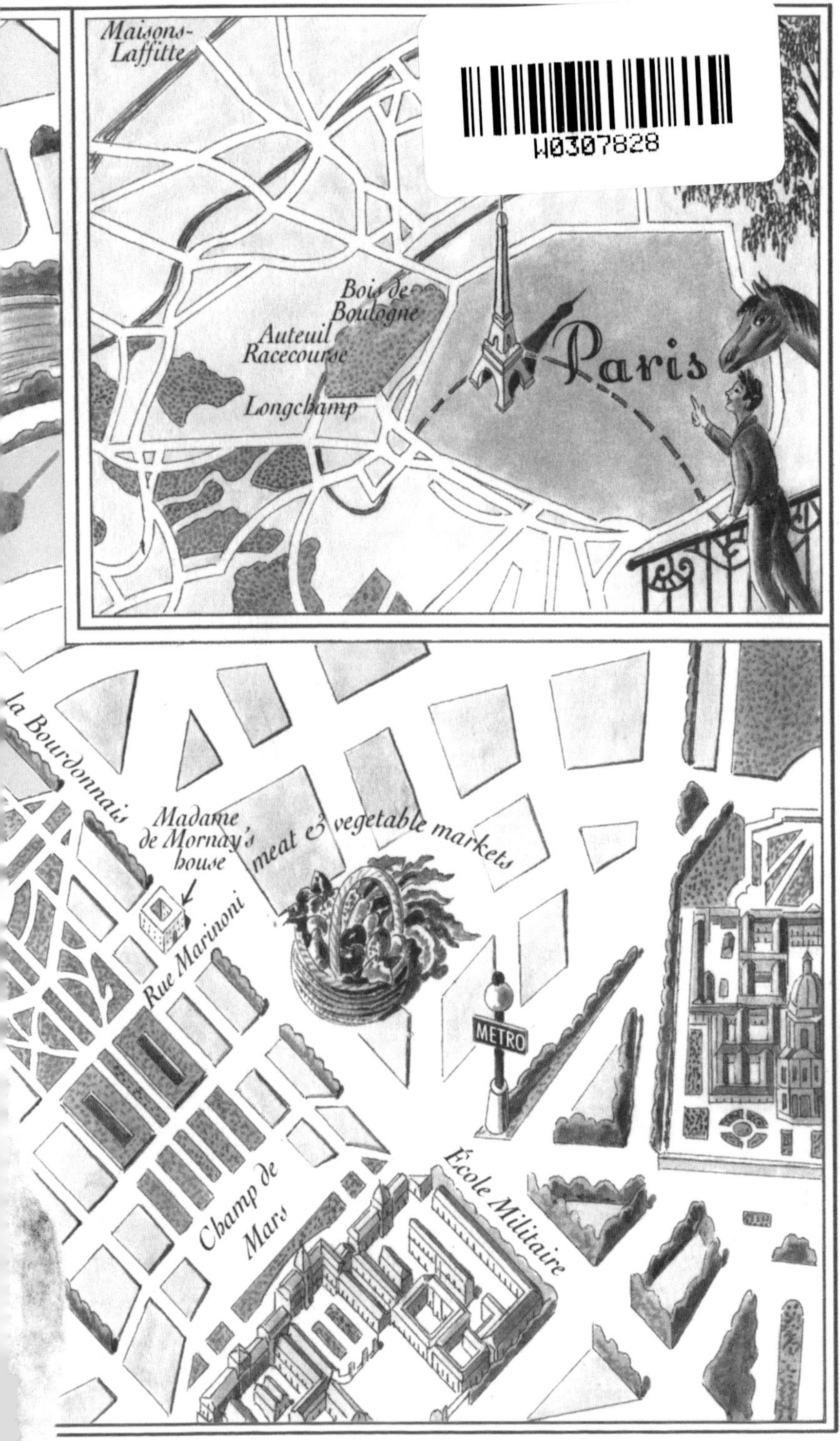
Maisons-Laffitte
Bois de Boulogne
Auteuil Racecourse
Longchamp
Paris
la Bourdonnais
Madame de Mornay's house
meat & vegetable markets
Rue Marinoni
METRO
Champ de Mars
École Militaire

NAGEL & KIMCHE

Jane Smiley

# Streuner in Paris

Jane Smiley

# Streuner in Paris

Aus dem amerikanischen Englisch
von Christine Ammann

NAGEL & KIMCHE

Die englische Originalausgabe erschien
unter dem Titel »Perestroika in Paris«
bei Alfred A. Knopf, a division of Penguin
Random House LLC, New York

1. Auflage 2021


Satz: Verlag Nagel & Kimche AG, Zürich
Illustration Vor- u. Nachsatz:
Dmytro Kozlov, Dreamstime.com
Druck und Bindung: CPI Books GmbH

ISBN 978-3-312-01252-7
Printed in Germany

MIX
Papier aus verantwortungsvollen Quellen
FSC® C083411
FSC www.fsc.org

# Erster Teil

# EINS

Paras hatte ihr Rennen gewonnen. Sie hatte Hindernis für Hindernis mit großer Freude und, wie sie fand, formvollendet genommen. Das zweitplatzierte Pferd, ein Fuchswallach irgendwo aus dem Süden, lag so weit hinter ihr, dass sie seinen Hufschlag auf dem Geläuf gar nicht mehr hörte. (Und natürlich schrien auch die Zuschauer.) War sie doch geradezu über die Ziellinie getanzt – so hatte sie es empfunden. Alle waren glücklich, der Jockey sprang mit einem Rückwärtssalto ab, die Pflegerin gab ihr einen Kuss, ihre Trainerin Delphine umarmte sie, sie bekam drei braune Zuckerwürfel, und als sie später wieder abgekühlt und ruhig war, wirklich ausgezeichnete Karotten.

Es war das letzte Rennen an diesem Novembertag und das letzte der Saison. Der Transporter war bereits vor ihrem Start mit vier Pferden abgefahren, er musste noch einmal wiederkommen, um sie abzuholen, doch er ließ auf sich warten. Der Stall war leer, ihre Pflegerin Rania war, wie sie sagte, ins Bad gegangen. Warum nicht in die Box, fragte sich

Paras. Aber auf diese Frage sollte sie nie eine Antwort erhalten.

Die Dämmerung legte sich über den weitläufigen Rasen der Pferderennbahn von Auteuil. Die Hindernisse verwandelten sich in Schatten und hoben sich von dem immer noch leuchtendgrünen Gras ab. Paras tat, was sie schon so oft getan hatte, und drückte gegen die Boxentür. Doch diesmal passierte etwas Unerwartetes. Die Tür schwang auf. Paras zögerte einen Moment, dann trat sie vorsichtig auf den feinen, knirschenden Kies und schnaubte. Alles blieb ruhig. Von hier konnte sie sehen, dass sämtliche Boxen leer und dunkel waren. Die leuchtendste Farbe rundherum war wirklich das Grün der Rennstrecke, es leuchtete so strahlend, dass sie fast nicht gewagt hätte, dort hinzugehen. Doch sie war eine äußerst neugierige junge Stute.

Am Boden sah sie verschiedene Dinge, die Rania dortgelassen hatte: den Putzkasten mit den vielen Bürsten, ihre blaue Winterdecke und etwas, das, wie sie wusste, »Handtasche« hieß. Nur die fand Paras interessant. Sie hatte schon viele Handtaschen gesehen und noch mehr darüber gehört, genauso wie über das Preisgeld. Das Preisgeld war bestimmt in der Handtasche, und das Preisgeld hatte ja sie gerade gewonnen. Sie senkte den Kopf, schnupperte, entdeckte den Henkel der Handtasche und hob die Tasche hoch. Dann trabte sie aus dem Stall und auf die Rennbahn. Eigentlich, dachte sie, fühlte sie sich für so ein langes Rennen mit vierzehn Hindernissen noch immer ziemlich tatendurstig. Quietschend bockte sie los.

Zuerst kam Paras sicher gar nicht der Gedanke, dass sie gerade abhaute. Im Grunde mochte sie die Rennen und Delphine und Rania, ihre »Besitzerin« Madeleine, viele der anderen Pferde und auch ihre schöne, saubere Box in Maisons-Laffitte. Sonst kannte sie ja nicht viel. Genauso wie alle anderen Pferde im Stall war sie auf einem hübschen, ländlichen Hof zur Welt gekommen und lebte schon seit ihren Fohlentagen in Maisons-Laffitte. Schon eine ganze Weile galoppierte sie mit den anderen Pferden, fraß, fuhr im Transporter und lief Rennen, galoppierte, fraß, fuhr im Transporter und lief Rennen, eigentlich so lange Paras denken konnte. Es war ein aktives Leben, und in Maisons-Laffitte war immer viel los, vor allem wenn man Hindernisrennen lief. Aber die Pferde unterhielten sich auch darüber, was es da draußen wohl noch so gab. Ein paar Weltenbummler aus dem Süden oder von der anderen Seite des Ozeans kannten andere Rennbahnen und spielten sich ein bisschen damit auf. Manche sagten auch, sie hätten dieses Leben satt, allerdings sagten sie nicht, was sie lieber tun wollten. Im Grunde war kein anderes Pferd so neugierig wie sie, dachte Paras.

Und das also war das Gras. Man nannte es Geläuf, aber eigentlich war es eine fette, grüne Wiese, so verlockend wie Wiesen nur sein konnten, doch kein Rennpferd kostete je auch nur einen Halm davon, dachte nicht einmal daran. Rennpferde rannten. Paras nahm ein paar Happen.

Und zweifellos war das Gras wirklich köstlich, mild, wohlriechend, schmackhaft, es schmeckte ein wenig fruchtig. Und es kaute sich ganz wunderbar, war nicht zu laff und nicht zu hart, so wie das Heu. Es machte einfach Freude, die frischen Halme abzubeißen. Knabbernd ging Paras weiter, fiel ab und zu in Trab, bockte ab und an los und stieg sogar zwei Mal, nur weil es Spaß machte. Aber die Handtasche behielt sie trotzdem im Auge. Wenn sie sie zu weit zurückgelassen hatte, kehrte sie um und holte sie. Schon bald wurde es vollkommen finster, doch das war Paras egal. Auch im Dunkeln sah sie ziemlich gut.

Paras tollte herum, graste, passte auf ihre Handtasche auf, schnupperte hie und da an einem Hindernis und dachte an ihr Rennen. Interessante Kräuter und Büsche prüfend lief sie weiter, fand sich plötzlich zwischen Bäumen wieder und stand dann auf einmal neben etwas, das sie als Straße erkannte. Die Transporter fuhren auf der Straße, und sie war schon über viele Straßen gefahren.

Drüben auf der anderen Seite gab es offenbar einiges von Interesse: noch mehr Bäume, noch mehr Wege. Ein paar hohe Gebäude. Dazwischen eine andere Straße. Autos, die kannte sie gut. Die Autos parkten ziemlich dicht an Häusern, die hie und da erleuchtet waren. Dort drüben gab es Gras, und das lockte sie schließlich hinüber. Ihre Hufe hallten auf dem Asphalt angenehm wider, sie hob den Schweif, wölbte den Hals und prustete ein paar Mal. Schon bald lag der Park weit hinter ihr.

KEINER WUSSTE, DASS Frida am Place du Trocadéro lebte, aber so war es. Frida, eine elegante Deutsch-Kurzhaar-Hündin, war weißgefleckt, mit braunem Kopf und zwei großen braunen Flecken am Rücken. Stolz setzte sie sich mal hier, mal dort auf den Platz, so als würde sie zu jemandem gehören und nur darauf warten, nach einem schönen Spaziergang wieder heimgeführt zu werden. Weil rund um den Place du Trocadéro viele Leute unterwegs waren, fiel das niemandem auf, auch lag dort so viel Essbares herum, dass sie perfekt ihre Linie halten konnte. Und sie vergaß nie, sich tagtäglich sorgfältig von Kopf bis Fuß zu pflegen. Den Platz kannte sie bis in den letzten Winkel, da ihr ehemaliger Besitzer Jacques dort viel Zeit verbracht hatte. An dieser Stelle liefen sieben Straßen in einem schönen Kreisel zusammen, in der Mitte eine kleine, mit Bäumen und Büschen gesäumte Rasenfläche, die Autos mussten also langsamer fahren und die Chancen, dass man Jacques etwas gab, standen gut. Leicht bergan befand sich ein überfüllter Friedhof, auf dem Jacques bei warmem Wetter übernachtet hatte. Gegen Abend ging Frida dorthin. Dann gab es noch zwei große Gebäude und dazwischen eine rutschige Freifläche, die Frida nicht mochte. Jacques sprach vom Palais de Chaillot. Dahinter erstreckte sich jedoch ein weitläufiger Park mit Bäumen und verschlungenen Wegen, der bis zum Fluss hin abfiel. Das hieß viel Platz zum Herumrennen und viele herumschlendernde Leute, die Jacques auch etwas gaben. Frida badete regelmäßig in dem Becken unterhalb vom »Palais«. In Paris durfte man kein schmutziger oder übel riechender Hund sein, sonst sackte einen die Polizei mit Sicherheit ein.

Frida war noch nie von der Polizei eingesackt worden. Jacques hatte ihr eindringlich klar gemacht, wie furchtbar das wäre. Er musste bloß von Weitem ein Polizeiauto oder einen Polizisten sehen, da stand er schon vom Bürgersteig auf, packte Teller, Matte und Gitarre zusammen und führte Frida die nächste Straße hoch. Jacques kannte alle Straßen, Hinterhöfe und Friedhöfe, besonders, wie er es nannte, an der Rive Gauche. Frida und er hatten an vielen Stellen übernachtet. Und dann wachte Jacques eines Morgens in einem kleinen Hof, ein kleines Stück flussabwärts, nicht auf, schon kam die Polizei, und Frida schlich sich davon. Aus sicherer

Entfernung beobachtete sie, wie sie ihn hochnahmen, in einen Van hoben und davonfuhren. Das hatte sie bis heute nicht verstanden. Die Gitarre ließen sie liegen. Frida war noch zweimal zurückgekehrt, hatte daran geschnüffelt, um herauszufinden, was passiert war, aber vergeblich.

Als man Jacques weggefahren hatte, war es noch heiß und gleißend gewesen, die Bäume trugen Laub, doch jetzt wurde es langsam kälter, das Laub war von den Bäumen gefallen, und auch wenn die Passanten Frida manchmal tätschelten, musste sie sich eingestehen, dass sie eigentlich völlig allein war und nicht wirklich wusste, was sie jetzt machen sollte. Außer Jacques hatte sie keinen einzigen Freund besessen, und Jacques hatte keine Freunde. Wie man Freunde fand, ob Mensch oder Tier, war Frida ein Rätsel. Denn nicht nur Jacques war ein Einzelgänger, der andere von sich fernhielt, auch die Pariser Hunde, die hübsch gestriegelt an ihrer Leine liefen, blieben lieber für sich. Wenn Frida sich näherte, bellten sie auf der Stelle los.

Als Frida jetzt im Dämmerlicht Paras hinter dem Zaun des Place du Trocadéro grasen sah, wusste sie darum noch längst nicht, dass sie Freundinnen werden würden. Eigentlich wusste sie gar nichts, außer, dass sie so etwas noch nie gesehen hatte: ein graziles, anmutiges Pferd, das nicht vor eine Kutsche gespannt war und das gierig Gras verschlang. Frida ließ sich auf ihr Hinterteil nieder, als hätte Jacques ihr »Frida! *Assieds!*« befohlen, und starrte das Pferd an. Bellte zwei Mal. Die Pferdeohren zuckten, aber der Kopf hob sich nicht.

Als Hund musste man mit Pferden vorsichtig sein. Pferde hatten große Hufe und große Zähne und konnten flink oder zu ungeschickt sein. Jacques gab den weißen Kutschpferden, wenn die Kutscher nicht guckten, manchmal ein Stück Apfel, aber Frida durfte nie an den Pferden schnüffeln oder sie näher erkunden. Trotzdem stand sie jetzt auf, sprang über den niedrigen Zaun und näherte sich dem Pferd. Nicht so nah, dass sie es beschnuppern konnte, doch nah genug, um sich anzuschauen, was da neben ihm lag und sehr nach einer Lederhandtasche aussah. Für Frida gab es kaum Faszinierenderes als Lederhandtaschen. Die Menschen trugen, dicht an sich gepresst, immer eine bei sich, kleine oder große, duftende oder weniger duftende. Und daraus kam alles Mögliche zum Vorschein, vor allem Kleingeld. Wenn Frida und Jacques am Straßenrand standen, Jacques ein Lied auf der Gitarre anschlug und Frida freundlich und aufmerksam guckte, regnete es nur so Kleingeld auf ihren Teller. Mit der Zeit begriff Frida, dass das etwas Gutes sein musste, vor allem als sie beobachtete, wie Jacques das Geld abends lächelnd zählte.

So leise, wie sie sich an einen Vogel heranpirschte, rutschte Frida, den Kopf am Boden, mit vorgestreckter Schnauze und gespitzten Ohren, in Richtung Handtasche. Das Pferd mampfte weiter Gras.

Wenn das eine Handtasche mit Reißverschluss gewesen wäre, hätte Frida sie wohl niemals öffnen können und diese Geschichte wäre vermutlich ganz anders verlaufen. Delphine hätte Paras gefunden und heim nach Maisons-Laffitte gebracht, und Frida hätte auf andere Weise versucht, Freunde zu finden. Aber die Handtasche hatte einen Magnetverschluss und ließ sich ziemlich leicht öffnen. Als die Klappe einmal offen war und Frida mit der Schnauze leicht auf die Tasche drückte, quoll der Inhalt hervor, und was sie sah, war Geld. Ja, da waren auch ein Lippenstift und eine Haarbürste, aber vor allem Geldscheine in allen Farben (Hunde sehen Rot als Braun, Blau als Blau und Grün als Weiß). Frida wusste, welche Scheine Jacques besonders interessant fand. Mit den weißen Scheinen hatte sie nicht viel Erfahrung, aber als Jacques einmal vor der Station Saint-Michel-Nôtre Dame Gitarre spielte und dazu sang, kam ein großer Mann mit spitzen Stiefeln und ausladendem Hut, hörte einen ganzen Song lang zu und sagte: »Thanks, brother.« Dann ließ er einen weißen Schein in die Schale fallen, beinahe wäre er davongeweht, Jacques konnte ihn gerade noch packen. Frida stupste die Klappe wieder zu und schlich ein paar Schritte rückwärts.

Und stieß genau gegen die Vorderbeine des Pferds. Das Pferd stand über ihr und fixierte sie. Das Geld war so interessant gewesen, dass sie nicht gehört hatte, dass das Pferd sich näherte. Frida erstarrte. Das Pferd schnupperte an ihr, prustete ein wenig, was furchterregend klang, bleckte aber nicht die Zähne. Frida räusperte sich und setzte sich. Würdevoll, wie sie dachte. Das Pferd berührte mit seinen Nüstern Fridas Nase, dann legte es den Kopf auf die Handtasche. Frida verstand. Es hieß: »Die gehört mir.« Wie so oft, wenn Frida nervös war, musste sie niesen. Schließlich brachte sie ein »Hast du dich verlaufen?«, heraus.

»Ich weiß nicht«, sagte das Pferd.

»Kommst du hier aus der Gegend?«, fragte Frida.

»Ich weiß nicht«, sagte das Pferd.

Frida war nie auf der Pferderennbahn gewesen, die eigentlich nur einige Kilometer entfernt lag.

»Wie heißt du?«, fragte Frida.

»Man nennt mich Paras«, sagte das Pferd, »aber eigentlich heiße ich Perestroika, von Moscow Ballett aus Mapleton, von

Big Spruce. Ich bin ein Nachkomme von Northern Dancer und Herbager und gehe mütterlicherseits bis auf Saint Simon zurück.«

»Was soll das heißen?«, sagte Frida.

»Das sind meine Vorfahren. Darunter waren berühmte Rennpferde.«

»Und eins kam aus Moskau?«

»Wo liegt Moskau?«

»In Russland. Sogar hier in Paris hört man Leute russisch sprechen.« Frida hatte gehört, wie ihr Mensch Jacques und ein anderer Straßenmusikant darüber gesprochen hatten. Anscheinend liebten die Russen Paris. »Aber du weißt schon, dass ›Perestroika‹ ein russisches Wort ist?«, fragte Frida.

»Nein, das wusste ich nicht«, sagte Paras. Sie hatte es für ein genauso sinnloses Wort gehalten wie »Hü Hott« oder »Verflixtundzugenäht«.

Für ein Wort mit einem so klaren Rhythmus wie ein guter Trab.

Langsam fragte sich Frida, ob das Pferd überhaupt wusste, was in der Handtasche war.

»Ich bin erst drei Jahre alt«, sagte Paras, »noch gar keine richtige Stute.«

»Stute?«

»Ein weibliches Pferd.«

»Denkst du, ich habe das nicht längst am Geruch erkannt?«, dachte Frida, behielt es aber für sich.

Mittlerweile war die Sonne vollständig aufgegangen, aber der Place du Trocadéro lag immer noch einsam da. Vor der Mittagszeit erwachte er nie zum Leben. Frida packte den Henkel der Handtasche mit den Zähnen und ging ein Stückchen weiter, zu dem Teil der Wiese, den die Menschen weniger gut einsehen konnten. Dort ließ sie die Handtasche ins Gras fallen. Erst einmal. Dann setzte sie sich und beobachtete das Pferd. »Was frisst du denn?«, fragte sie.

Das Pferd blickte sich um und entgegnete: »Und was frisst du?«

»Och, je nachdem. Ein wenig Zwiebelsuppe. Wenn ich Glück habe, ein Stückchen Steak. Viel Brot. Käse. Alten *croque-monsieur*. Gelegentlich ein Hühnerbein, eine Lammhaxe. Knochen. Das Angebot hier ist vielfältig. Allerdings ein wenig käselastig.«

»Und Hafer? Mais? Heu? Äpfel? Karotten?«

»Tja, in der Pâtisserie *Carette* gibt es leckere Apfeltartes, und manche Salate werden mit geriebenen Karotten serviert. Aber das ist teuer.«

»Was heißt das?«

Frida betrachtete die Stute aufs Neue. Wie groß sie war und so dumm. Na ja, eigentlich wohl »naiv«. Offenbar war sie ihr Leben lang wohlbehütet gewesen und wusste nicht, wie es in der Welt zuging. »Eine schöne Handtasche«, lobte sie.

»Wirklich? Woher weißt du das?«

»Hast du mal reingeguckt?«

»Ist da was drinnen?«

Frida sagte nichts, und Paras wandte sich wieder dem Gras zu.

Nach kurzem Zögern lief Frida ein Stück weiter und legte sich neben den Erdhügel, wo im Sommer und Frühling die Blumen wuchsen. Sie rollte sich nicht wie zum Schlafen zusammen, sondern nahm ihre Denkhaltung ein, den Kopf aufrecht, die Vorderläufe vor sich gelegt, die Hinterläufe angezogen. So konnte sie alles im Blick behalten und gleichzeitig ein wenig entspannen. Eine Hündin, die ihr Leben auf den Straßen von Paris verbrachte, lernte zwangsläufig zu erkennen, wenn vor ihr ein Trottel stand. Offenbar mochte das Pferd die Handtasche, aber sie musste ja nicht die ganze Handtasche stehlen, wenn sie das Geld oder einen Teil davon stehlen wollte. Sie konnte das Geld einfach herausstupsen, in ihr Maul schaufeln, zu ihrem Platz auf dem Friedhof bringen und dort verstecken. Sie hatte ein großes Maul und war geschickt damit. Wenn man zum Frühstück beispielsweise eine Taube fing, musste man mit den Federn irgendwie klarkommen. Und das hatte sie schon oft genug hingekriegt. Das Geld zu nehmen, war also nicht das Problem.

Aber konnte eine Hündin Paris mit so vielen Scheinen verlassen und dahin zurückkehren, wo sie hergekommen war? Dorthin, wo, wie sie sich vage erinnerte, die vielen Bäume standen, wo sie querfeldein rennen konnte und wo es diese wunderschönen, aufregenden Fasane, Gänse, Rebhühner und Rehe gab, die man kaum erjagen konnte? Selbst hatte sie allerdings nie gejagt, weil sie damals noch ein Welpe gewesen war, ihre Mutter jedoch schon. Und die anderen Hunde hatten, als sie ein wenig älter war, über nichts anderes geredet als darüber, wie man sich unbemerkt anpirschte, vollkommen lautlos, ohne auf trockene Blätter oder abgebrochene Zweige zu treten. Aber dann hatte Jacques sie mitgenommen und nach Paris gebracht. Ob er sie gekauft oder gestohlen hatte, erfuhr sie nie.

Konnte sie mit den vielen Scheinen also eine Zugfahrt bezahlen, um an einen solchen Ort zurückzukehren? So wie Jacques einmal. Vor einem Jahr waren Jacques und sie mit dem Zug in eine Stadt gefahren, die Lyon hieß. Jacques hatte sie fast den ganzen Tag über allein in einem Zimmer gelassen und sogar die Gitarre weggepackt. Sie hatten in einem richtigen Bett geschlafen. Aber am Ende konnte selbst das die beklemmenden vier Wände nicht aufwiegen, die sie beide immer nervöser machten. Schließlich fuhren sie mit dem Zug zurück, und obwohl die Bäume schon kahl, die Pfützen hart und eiskalt waren, waren sie froh, wieder da zu sein. Außerdem konnten sie so viel Geld sammeln. Jacques ließ sie ohne ihren Wollmantel neben dem Teller sitzen, die Damen, die im Pelzmantel vorbeikamen, waren durch ihr Zittern bekümmert, und schon stapelte sich das Kleingeld nur so auf ihrem Teller. Bestimmt wäre es schön, irgendwo hinzufahren, wo sie nicht Tag und Nacht vorgeben musste, das Recht zu haben, da zu sein, wo sie war, und um sie herum die meisten Menschen das Gegenteil dachten. Doch wie sie sich eingestehen musste, hatte sie selbst mit all dem Geld keine Ahnung, wie sie das anstellen sollte.

PARAS WUSSTE GENAU, dass Frida ein Hund war. Hunde wurden manchmal gebraucht. In einem Hof des Stallgebäudes hielt Delphine eine kleine weiße Hündin mit Flecken, einen Jack Russell Terrier. Assassin, wie die Hündin hieß, jagte nachts und meist auch den ganzen Tag über Ratten. Nur mittags rannte sie auch mal einem Ball hinterher und ließ die Ratten in Ruhe. Assassin und sie hatten sich manchmal über die Ratten unterhalten. Wie die meisten Pferde hatte Paras nichts gegen Ratten. Wenn eine in der Nähe war, merkte man das gleich, weil sie so viel Lärm machten und nach Ratte rochen, und die paar Getreidekörner oder Heuhalme, die sie fraßen, waren nicht der Rede wert. Auch Assassin hatte persönlich nichts gegen Ratten. Doch, so erklärte sie Paras, wenn sie so flach und flink über den Boden liefen und ins Loch huschten, ziehe sie irgendetwas an ihnen geradezu magnetisch an. Die Hündin bewies Geschick im Rattentöten, und in letzter Zeit machte ihr das Spiel sogar noch mehr Spaß. Nachdem sie immer mehr Ratten umgebracht hatte, waren nur noch die besonders cleveren, schnellen Exemplare übrig geblieben. Früher hatte Assassin alle paar Tage eine Ratte geschnappt, doch nun schaffte sie nur noch eine pro Woche, und das machte sie umso gieriger. Ihr Stallleben war aufregender als das von Paras. Manchmal beneidete Paras sie, weil sie sich nie langweilte. Einen Moment lang blickte Paras Frida an, dann fragte sie: »Tötest du Ratten?«

»Ich hasse Ratten.«

»Wieso?« Das musste so ein Hundeding sein, dachte Paras.

»Die schmecken furchtbar bitter.« Eigentlich hatte sie nur eine einzige gefressen, die tot auf der Straße lag. Nur, um mal zu probieren.

»Warum willst du sie denn fressen?«

»Warum willst du sie sonst töten?«

»Unsere Hündin in Maisons-Laffitte tötet am laufenden Band welche. Sie packt sie am Genick, lässt sie dann fallen und geht weg.«

Frida rümpfte die Nase.

»Dann bekommt sie also Hundefutter?«, fragte sie.

Irgendwie war es Paras peinlich, dass sie recht hatte. »Aber es schmeckt ihr nicht besonders«, sagte sie.

»Manche Hunde fressen einfach alles«, sagte Frida.

Paras schwieg. Schließlich fragte sie: »Reden die Hunde die ganze Zeit nur darüber? Über das Fressen?«

Frida senkte den Kopf, roch verwelkte Pflanzen und feuchte Erde und sagte: »Genau. Und worüber reden Pferde so?«

»Darüber, wer das letzte Rennen gewonnen hat. Wer wohl das nächste Rennen gewinnt. Manche sind die ganze Zeit damit beschäftigt, Ausreden zu finden. Ich rede eigentlich nicht so gern über die Rennen. Wir unterhalten uns auch über die Verwandten. Manche lassen die Pferde links liegen, die nicht mit Northern Dancer verwandt sind. Aber andere Familien sind weniger snobistisch.« Nach kurzem Zögern sagte sie: »Ganz ehrlich, der letzte Tag war ziemlich schön, ohne das Blabla über die Familie von Papa und Mama, über Brüder und Schwestern.« Einen Moment überlegte sie. »Und wir reden auch über die Jockeys.«

»Wer ist das?«

»Wenn wir ein Rennen laufen, sind die Jockeys mit dabei. Mit manchen kommt man besser aus als mit anderen.«

»Die laufen auch?«

»Nein, die reiten auf uns.«

Die Hündin schaute verblüfft. »Damit seid ihr doch langsamer?«

»Schon, aber unter uns, nicht alle Pferde kennen den Weg, die Jockeys haben also schon ihren Sinn. Auch wenn das viele Pferde nicht zugeben würden. Es wird einfach zu viel gemeckert.«

»Was jagt ihr denn?«

Paras dachte nach, dann sagte sie: »Ich weiß nicht.«

Damit war das Gespräch offenbar beendet.

Paras fraß wieder Gras, aber der Morgen verging und

bald, das wusste Frida, würden die Cafés wieder öffnen und die Menschen auftauchen, um Jagd aufs Mittagessen zu machen. Und auf keinen Fall würden eine Stute und eine Hündin, die auf dem Place du Trocadéro sich selbst überlassen waren, unbemerkt bleiben. Frida hatte keine Ahnung, wie sie das Problem für Paras lösen sollte. Ein Hund konnte sich hier und da mit aufmerksamem, freundlichem Blick vor die Cafés und Geschäfte setzen, aber ein Pferd war um etliches größer und normalerweise vor eine Kutsche gespannt. Allerdings bemerkten die Leute, die in Paris auf Mittagessenjagd waren, oft gar nicht, was um sie vorging. So gab es überall in der Stadt zahlreiche Statuen, gleich ein Stück weiter beispielsweise einen hohen Sockel mit einem Rappen, der sich nie bewegte, mit wogendem Schweif, obwohl gar kein Wind wehte. Frida hatte noch nie gesehen, dass jemand da hingeguckt hätte.

Doch die Handtasche würde manchen ins Auge fallen, und Frida wollte nicht, dass jemand dort hineinschaute. Darum ging sie hinüber zu Paras, setzte sich vor sie hin, wartete geduldig, bis sie noch ein wenig Gras geschnuppert und gefressen hatte, und sagte dann: »Wenn du leise bist, kannst du hierbleiben, aber die Handtasche solltest du« – und sie sagte nicht »wir« – »gut verstecken. Da ist nämlich Geld drin.« Dann fügte sie noch hinzu: »Die Menschen lieben einfach Geld, jemand könnte dein Geld wegnehmen.«

»Schmeckt es gut?«

»Nein.« Frida hatte tatsächlich schon mal an Geld geknabbert, aus reiner Neugier. »Doch wenn du in Paris leben willst, brauchst du viel Geld«, sagte sie.

»Was macht man damit?«

»Du gibst den Menschen ein bisschen, und sie geben dir dafür etwas zurück.«

»Was zum Beispiel?«

»Karotten, Äpfel.«

Paras schaute die Hündin an und spitzte die Ohren. »Was ist ›Paris‹?«, fragte sie dann.

»Da sind wir gerade. Die Stadt hier. Weißt du denn gar nichts?«

»Ich hab's dir doch gesagt. Ich bin noch eine sehr junge Stute. Erst am ersten Januar bin ich älter als drei. Dann weiß ich viel mehr. Wie alt bist du denn?«

Frida antwortete nicht. Sie wusste es nicht.

Eigentlich, dachte sie einen Moment, ging sie das Pferd trotz Geld und Handtasche doch gar nichts an. Warum verzog sie sich nicht einfach in ihre Hütte auf dem Friedhof, tat so, als habe sie Paras nie gesehen und lebte einfach weiter wie bisher? Doch dann fiel ihr ein, dass sie gar nicht wusste, wie sie einfach so weiterleben sollte. Schon mit Paras zu reden, war endlich einmal etwas ganz anderes. Selbst die Hunde, die sie nicht gleich anbellten und sogar anschauten, wandten sich ab, wenn sie nach ihrem Halsband und ihrer Leine Ausschau hielten und nichts fanden. Frida seufzte. Manchmal muss man bei dem Gedanken an das, was man tun möchte, seufzen, einfach weil es so schwer ist.

Es war kein schöner Tag mehr. Er hatte sonnig begonnen, jetzt eilten erste Wolken über den Himmel und Wind kam auf. Frida roch, dass er keinen Regen mitbrachte, doch das noch nicht weggefegte Laub wirbelte um sie herum. Auch Paras merkte es. »Bist du müde?«, fragte Frida.

»Ja«, sagte Paras. »Das Rennen gestern war hart, und ich habe fast die ganze Nacht die Gegend erkundet.«

»Legst du dich hin, wenn du müde bist?«

»Natürlich«, sagte Paras.

»Also, vielleicht solltest du ein bisschen dösen. Ich zeig dir, wo.« Frida führte Paras über die kleine Wiese zu der Stelle, wo Hecken und Büsche standen. »Wenn du dich dicht an die Hecke legst und möglichst klein machst, sieht dich vielleicht keiner«, sagte sie.

»Und was ist, wenn mich jemand sieht?«

»Dann kommst du ins Gefängnis.« Jacques hatte sie immer wieder gewarnt, sich nicht zu weit von ihm zu entfernen, wer nach dreckigem Streuner aussehe, komme ins Hundegefängnis, wo es noch enger sei als in dem Zimmer in Lyon.

Als Frida zitternd und mit düsterem Blick vom Gefängnis erzählte, begriff Paras, dass das kein guter Ort war. Darum folgte sie ihr zu den komisch geschnittenen Hecken und schmiegte sich an einer einigermaßen versteckten Stelle so dicht wie möglich daran. Sie zog die Hinterbeine unter sich, winkelte die Vorderbeine an, nahm den Kopf zur Seite und legte ihn zwischen den Hufen ab. Da Paras geschmeidig, schlank und behände war, liebte sie es, so zu schlafen. Frida nahm die Handtasche, schob sie mit der Schnauze unter die Hecke und vergewisserte sich noch einmal, dass der Magnetverschluss zu und die Tasche nicht zu sehen war. »Nach dem Mittag habe ich einen Plan«, sagte sie.

»Mittag?«

»Dann kommen die Menschen zum Essen hierher. Aber heute sind alle Cafés geschlossen, und sie essen drinnen. Das ist gut für uns.«

Paras war wirklich schläfrig. Sie blies die Luft aus den Nüstern und ließ die Augenlider zufallen. Schon bald machten ihre Lippen ein säuselndes Geräusch. Frida saß daneben und beobachtete sie, so wie sie Jacques früher beobachtet hatte, ehe er verschwand.

# ZWEI

Die Menschen auf dem Place du Trocadéro waren vielleicht zu geschäftig oder zu verfroren, sie schauten auf ihrem Weg von Gebäude zu Gebäude einfach nur zu Boden und bemerkten Paras darum nicht. Vielleicht flogen zu viele Blätter durch die Luft oder die Wolken kamen und gingen zu schnell, und die Menschen waren durch das blinkende Wechselspiel von Sonne und Schatten geblendet und bemerkten die schlafende, schön gewachsene, kastanienbraune Zuchtstute neben der Hecke darum nicht, gleich unterhalb von der Pferdestatue vor dem riesigen Gebäude. Doch einer sah alles ganz genau, von Anfang an, einer, der wusste, dass Frida auf dem Platz lebte und eine Streunerin war. Dieser eine war Raoul. Raoul war ein Rabe, und sein Nest befand sich auf einem Baum gleich in der Rue Benjamin-Franklin. Meistens lebte er dort allein. Er mochte Paris. Anders als die übrigen Raben, die er kannte. Besonders die Weibchen und Jungvögel bevorzugten den Wald im Westen, den die Menschen »Bois de Boulogne« nannten, oder flogen noch weiter aufs Land. Raoul kannte diese ganzen Gegenden ziemlich gut, aber für einen Vogel in seinem Alter, also alt, alt und nochmals alt, bot die Stadt einfach mehr Vorzüge, es gab mehr zu tun, zu sehen und weniger Streit. Die Raben waren ein streitlustiges Völkchen, und davon hatte Raoul genug. Wahrscheinlich wussten die anderen Raben gar nicht, dass er eine Partnerin hatte, Imelda, fast so alt wie er. Sie beide hatten viele gemeinsame Nachkommen, so viele, dass sie sich in aller Freundschaft getrennt hatten, als Imelda ihm zu verstehen gab, dass sie es leid war, sich zu vermehren und sich seine, wie sie es nannte, endlosen Ausführungen anzuhören.

Raoul schaute Paras eine Weile beim Schlafen zu, dann beobachtete er, wie Frida aufstand, zum einzigen Café hinüberging, das Tische draußen stehen hatte, und unter einem Tisch ein Stückchen Brot entdeckte, das die Reinigungskräfte übersehen hatten. Dann pflanzte sie sich vor einem mittelgroßen Kind auf, blickte ihm ins Gesicht, und natürlich reichte ihr das Kind etwas, wohl einen Käsewürfel. Die Mutter machte jedoch ein böses Gesicht und drohte mit dem Zeigefinger, da trollte sich Frida. Auch Raoul hatte ein paar Mal versucht, Menschen zu bewegen, ihm etwas zu geben, aber sie hatten nur gelacht. Doch eigentlich war das egal. Er fraß alles und besonders gern die winzigen, knusprigen, salzigen Ameisen. Und im Übrigen war er, wie er ohne Umschweife zugeben würde, sowieso ein bisschen zu dick.

Raoul flog zu seinem Nest zurück und kauerte sich hinein. Das Nest lag sehr günstig, zu einer Seite gut geschützt, dennoch mit Blick auf die Nachbarschaft. Die Nachbarschaft bestand, wie Raoul fand, vor allem aus vielen albernen Vögeln, Spatzen, Ammern, Waldsängern, Schwalben, Meisen.

Ganz zu schweigen von den Spechten an den Stämmen, den Drosseln am Boden und den Tauben überall. Paris war die Stadt der Vögel, und wenn die Stare die Könige waren, dann waren die Raben die Ritter. In der Stadt der Vögel herrschte reichlich Lärm. Meistens konnte Raoul nicht einmal hören, was die restliche Stadtbevölkerung sagte. So laut waren die *Aves*.

Wenn Raoul später am Tag noch einmal an Paras dachte, fand er sie höchstens seltsam, und wie alle Seltsamkeiten, die seit jeher zu Paris gehörten, würde auch diese bald vorübergehen. Draußen auf dem Land verliefen die Tage gleichförmig: Die Sonne ging auf, der Regen fiel oder nicht, der Wind blies aus der einen oder aus der anderen Richtung, das Gras wurde länger, und die Weibchen und Jungvögel zankten sich ewig um Kleinigkeiten.

PARAS SCHLIEF LANGE und wachte schließlich nervös auf. Sie war nicht in ihrer Box in Maisons-Laffitte und auch nicht in der an der Rennbahn, und die seltsame eckige Pflanze, die an ihrem Rücken pikste, kannte sie auch nicht. Stattdessen lag sie im Dreck. Sie prustete und wäre beinah aufgesprungen, doch dann sah sie Frida, die mit hübsch geschlossenen Vorderläufen und kantigem Hinterteil vor ihr saß. »Du hast lange geschlafen«, sagte Frida. »Es wird schon dunkel.«

Ja, das stimmte, der Himmel verdunkelte sich noch rascher als die Erde, nur die Gebäude ringsumher behielten einen fahlen Glanz. Da erkannte Paras, dass es ein schrecklicher Fehler gewesen war, die Boxentür an der Rennbahn aufzudrücken und hinaus in die Welt zu springen.

»Aber die Tage sind ja jetzt auch ziemlich kurz«, sagte Frida zitternd. Auch Paras zitterte. Sie stellte die Vorderbeine auf und hievte sich hoch. Als sie sich schüttelte, rieselten Blätter von ihrem Rücken. Sie ächzte. Frida schob die Schnauze unter die eckige, ungenießbare Pflanze (Paras kostete davon) und zog die Handtasche hervor. Paras hatte sie schon vergessen. Genau in dem Moment flog ein Rabe an Paras' Kopf vorbei und landete zwischen ihr und Frida auf der Wiese. Paras fragte sich gerade, wie sie bloß zur Rennbahn zurückfinden sollte, sie war wirklich sehr durcheinander und das schien ihr das Beste, und Frida fragte sich, ob ihre neue Freundin, okay, auch ihre neue Geldquelle, etwa vorhatte, zu verschwinden. Und weil Frida sich das fragte und abgelenkt war, ging sie nicht sofort auf den Raben los. Zwar hatte sie noch nie einen Raben getötet, aber ein Vogel war ein Vogel, ein Vogel, ein Vogel und sie war ein Vogelhund. Doch als der Rabe den Kopf schieflegte und sie geradewegs anblickte, gab sie ihr Vorhaben auf. Paras beugte, neugierig wie sie war, den Kopf, schob das Maul vor und schnupperte an dem Vogel. Er ließ sich das gefallen.

»Ich spreche sieben Sprachen«, sagte er.

Als keiner reagierte, plusterte sich Raoul ein wenig auf und sagte: »Französisch, Englisch, Deutsch, Spanisch, Romani, Baskisch und Chinesisch. Vielleicht wissen Sie das nicht, aber alle Vögel sprechen Chinesisch. Allerdings gibt es so viele Dialekte, dass wir uns manchmal kaum verständigen können.« Dann räusperte er sich, beschritt einen kleinen Kreis, hob bedächtig die Flügel, senkte sie wieder und spreizte die Schwanzfedern. »Wenn Sie so freundlich wären, mir Ihre Namen zu nennen.«

»Perestroika, von Moscow Ballet, aus M ...«

»Danke, das genügt. Und Sie?« Er zeigte mit einem Flügel auf Frida.

»Frida«, sagte diese.

»Das ist alles?«

Frida nickte.

»Ich heiße Sir Raoul Corvus Corax, der Dreiundzwanzigste. Mein Sitz ist gleich dort drüben, in der Rue Benjamin-Franklin, aber der Familienbesitz befindet sich draußen in Châteaufort, immer Richtung Versailles, dann rechts.« Das Pferd und die Hündin blickten Raoul ausdruckslos an, so wie Pferde und Hunde es oft tun. Raoul räusperte sich noch mal. »Wie ich von meinem Nest im Baum«, diesmal hob er den rechten Flügel, »bemerkt habe, sind die beiden Damen offenbar in Not.«

»Ich habe Hunger«, sagte Paras.

»Ach«, sagte Raoul. »Bitte korrigieren Sie mich, falls ich mich irre, aber als *Equus caballus* ernähren Sie sich von rohem Gras, Kleinpflanzen, Körnern, Samen, Wurzelgemüse und, wenn Sie sie bekommen, Äpfeln.«

Paras nickte.

»Zweifellos eine nahrhafte und ballaststoffreiche Ernährung, aber wenn ich das als *Avis* sagen darf, wenig abwechslungsreich und schmackhaft. Wenn auf Ihrem Heu eine Fliege oder Grille sitzen, speien Sie sie sicher aus, oder?

»Genau.«

»Dabei ist das gesamte Insektenreich äußerst aromatisch und nährstoffreich«, führte Raoul aus, »und ein natürliches Heilmittel gegen sämtliche Leiden. Hä.« Er schaute zu Frida, die sagte: »Das habe ich alles probiert.«

»Ich bin sehr hungrig«, sagte Paras.

»Ich glaube, ich kann Ihnen behilflich sein und Ihnen aufzeigen, was die Vorsehung in dieser wunderbaren Stadt Paris mit Ihnen vorhat. Das hier ist der schönste Flecken Erde, wie mir meine weit gereisten Berichterstatter, vor allem Albatrosse, bestätigen, und ich kenne mich hier gut aus. Sie dürfen sich also, wenn ich das so sagen darf, in mehrfacher Hinsicht glücklich schätzen, nicht nur, weil Sie zum Glück mir begegnet sind. Es mag zwar momentan so aussehen, als ob es in der Nähe keine saftigen, wasserreichen Wiesen gäbe. Doch wenn Sie die Vogelperspektive einnehmen könnten, wüssten Sie, dass das nicht stimmt.« Mittlerweile war es noch dunkler geworden. Und als nirgendwo mehr ein Auto zu sehen war, sagte Raoul: »Folgen Sie mir.«

Und das taten die beiden, Frida misstrauisch, Paras hungrig. Raoul flog voraus, sacht im Wind schwankend, ungefähr einen Meter über Fridas Kopf und zwei Meter vorneweg. Frida trug die Handtasche. Offenbar hatte Paras akzeptiert, dass sie dafür verantwortlich war. Raoul führte die beiden zur Straße, dann zu einem niedrigen Zaun, knapp einen Meter hoch. Ein furchtbarer Anreiteweg, dachte Paras. Gerade als sie versuchte, die Distanz abzuschätzen, drückte Frida den Zaun mit der Schnauze auf und ging hindurch. Paras folgte.

Der Weg führte leicht bergab an einer hohen, geschwungenen Mauer entlang, und war an einer Stelle recht schmal. Aber Paras schnappte nach ein paar Grashalmen und trank auch aus einem kleinen Teich. Das Gras war kurz und eher fad, hier und da probierte sie es mit einem Blatt. Aber als der Weg breiter wurde, standen sie plötzlich an einer grünen, sanft gewellten Anhöhe. Paras schnaubte. Raoul hob die Flügel, streckte die Zehen und landete auf einem Ast. »Ich darf wohl sagen«, sagte er, »dass dies hier der ganze Stolz meiner *domaine* ist. Die Menschen nennen es ›Palais de Chaillot‹«.

»Wem gehört das?« Frida setzte die Handtasche ab.

»Was sind heutzutage schon Besitztümer?«, sagte Raoul. »Ich wache darüber. Das allein ist mein Anspruch.« Dann sagte er: »Sie haben Hunger, sagten Sie?« Er beschrieb mit beiden Flügeln einen großen Halbkreis, der den gesamten Park einschloss. »Das Insektenreich steht zu Ihrer allfälligen Verfügung, und natürlich lassen kleine Kinder und ältere erwachsene Menschen bei ihrem ziellosen Umherstreifen über Wiesen und Wege ständig etwas fallen.«

Paras fing an zu grasen, achtete aber sorgfältig darauf, um die Bänke und Büsche zu gehen. Frida versuchte, nicht ganz so hungrig auszusehen, wie sie war. Ohne die Handtasche aus dem Blick zu verlieren, schaute sie unter dieselben Bänke und Büsche und stellte sich einmal sogar auf die Hinterbeine, um in einen Mülleimer zu spähen. Zur Belohnung fand sie ein halbaufgegessenes, in Fladenbrot gewickeltes Schisch Kebab. Es lag gleich obenauf, ein Mensch hatte ein oder zweimal davon abgebissen und den Rest, mit dem Papier, in den vollen Mülleimer gestopft. Eine schöne Abwechslung zum Käse, fand Frida. Raoul hüpfte über die Wege, pickte nach diesem und jenem. Wenn er in Nähe der Handtasche kam, betastete er sie mit dem Schnabel. Obwohl Frida sich sicher war, dass er sie nicht anheben konnte, sagte sie: »Die Handtasche gehört dem Pferd.«

Raoul hackte danach.

Da nahm Frida die Handtasche hoch, trug sie ein paar Schritte weiter, legte sie ab und setzte sich darauf.

»Ist das etwas Wertvolles?«, fragte Raoul.

»Gewissermaßen.«

Sie starrten sich an. Schließlich sagte Raoul: »Denken Sie

doch einmal nach. Leben die *Aves* nicht frei und unbeschwert, ohne solche Dinge wie Besitztümer? Selbst ein Nest ist doch nichts als eine vorübergehende Anhäufung von Krempel, Müll, wenn man so will, der gesammelt und in ein komfortables, aber doch flüchtiges Zuhause verwandelt wird. Die meisten Vögel wollen die Welt entdecken und nicht besitzen. Selbst Reviervögel wie ich erheben eher der Form halber Besitzansprüche. Wir suchen vor allem mit anderen Reviervögeln Streit. Wir wollen fliegen. Wir wollen uns streiten. Was ist in der Handtasche?«

»Geld«, sagte Frida. »Viel Geld.«

»*Aves* verwenden ständig Geld.«

»Echt?«, fragte Frida. In ihrem gesamten Pariser Leben hatte sie noch nie gesehen, dass Vögel irgendetwas bezahlt hätten.

»In meinem Nest liegt ein Zehn-Euro-Schein. Wenn er schön feucht ist und man ihn ein wenig zerdrückt, ist er ein fantastisches Bett. Stabil, weich, wohlig.«

»Irgendwo lag ein Zehn-Euro-Schein herum, den du gefunden hast?«

»Ja. Auf einem Tisch. Hinter einem offenen Fenster. Blitzschnell rein und wieder raus.«

Raoul wandte sich wieder dem Wegrand zu, hackte ausgiebig und hatte bald eine Raupe gefunden. Er pickte, schwenkte sie hin und her, riss den Schnabel auf und verschlang sie. Paras graste noch immer. Frida sah in der Dunkelheit kaum ihre Silhouette, aber sie konnte die Stute hören. Zeit, die Handtasche zu nehmen, dachte sie, und zum Place du Trocadéro zurückzuschleichen. Der Rabe, dieser Raoul, konnte Paras doch den Weg zur Rennbahn zeigen, da war sie eh am besten aufgehoben. Doch die Sache mit der Handtasche wollte gut durchdacht sein, darum legte Frida sich hin, streckte und reckte sich, rollte zur einen, dann zur anderen Seite, und plötzlich wunderte sie sich, dass sie vom anderen Ende des Parks ein lautes Klimpern und Klappern hörte. »Wo geht sie denn hin?«, fragte Raoul.

»Du bist es doch, der hier fliegen kann«, sagte Frida, und da schwang sich Raoul in die Dunkelheit.

Paras war wirklich jung und neugierig. Das Gras in dem Park, der sich den Hang hinter dem Palais de Chaillot hinab bis zum Fluss erstreckte, sättigte sie kurzfristig, aber schmeckte nicht. Darum lief sie weiter, nahm da und dort einen Bissen, probierte ein paar Blätter und fragte sich, wie so oft, was wohl dort drüben war, dort, wo die Lichter so hell strahlten. Sie fiel in Trab und überquerte eine schmale Straße.

Schon ihr Leben lang hörte Paras von den Menschen, dass sie nervös, empfindlich und schreckhaft sei: man müsse vorsichtig sein, sagten sie, sie könne im Handumdrehen abgehen. Doch Paras hielt sich einfach für vielseitig interessiert und hatte doch so vieles noch nicht gesehen. Den Menschen fiel zudem nicht auf, dass sie weitsichtig war. Auf der Rennbahn, beim Training oder sogar im Stall hatte sie so oft aufgeschaut und gesagt: »Was ist das?« oder »Siehst du das?«, aber die Pferde neben ihr hatten nur verwundert gefragt: »Was meinst du?« Und wenn eine kluge, neugierige junge Stute irgendwo etwas sah, dann musste sie sich das unbedingt näher anschauen und tat das auch. Delphine hatte im Lauf der Zeit gelernt, sie einfach gucken zu lassen.

Draußen beim Training ließ sie Paras manchmal einfach dastehen, mit hängenden Zügeln, damit sie in aller Ruhe die Bäume, die anderen Pferde oder den Wind, der über und durch die Hindernisse fegte, betrachten konnte, und wenn Delphine herausfand, wo Paras hinschaute, kam sie mit und tat ihre Arbeit. Und jetzt sah Paras ganz hinten in dem dämmrigen, grasgrünen Park etwas, das sie noch nie gesehen hatte. Kleine Pferde in stolzer, wachsamer Haltung, die sich absolut nicht rührten, nicht einmal weideten oder sich gegenseitig beschnupperten. Vorsichtig lief Paras zu ihnen hin.

Eigentlich hatte sie erwartet, dass sie prusten, den Kopf zu ihr drehen oder zumindest mit den Ohren zucken würden, aber nichts dergleichen passierte. Die Pferde standen nur mit gewölbtem Hals und geblähten Nüstern da. Paras näherte sich Schritt für Schritt, blieb dann ganz ruhig stehen, streckte den Hals vor und schnupperte an einem Pferd. Es war kalt und hart und roch irgendwie nach Lastwagen. Paras prustete und wich zurück.

»Hast du noch nie ein Karussell gesehen?«, fragte Frida, als sie Paras endlich gefunden hatte. Dann sprang sie mit einem Satz auf die Fläche, wo die Pferde standen, und setzte sich. Raoul schoss über Paras' Kopf hinweg, landete auf der Kruppe des nächsten Pferds, plusterte sich auf und nahm seine Denkerhaltung ein. »Vielleicht verstehen die Damen die Bedürfnisse der Sprösslinge nicht. Aber sie wollen bespaßt werden, die von den Menschen erst recht, weil sie anscheinend Jahre brauchen, ehe sie selbst auf Futtersuche gehen. Was sollen sie die ganze Zeit auch machen? Wir *Aves* unterhalten uns sehr oft über diese unter den Menschen weitverbreitete, rätselhafte Faulheit. Und trotzdem wachsen und gedeihen sie …«

Paras betastete mit den Nüstern noch einmal die geschwungene Mähne des Pferds. »Ein nutzloses Tier«, sagte sie und wandte sich enttäuscht ab. Und genau in diesem Moment traf die neugierige junge Stute eine Entscheidung, eben darum, weil sie neugierig war. Sie hätte sich links halten können und den Rasenhügel wieder hochlaufen, sie hätte die Fontänen oder die prächtigen Fassaden der sich zu beiden Seiten eindrucksvoll erstreckenden goldenen Gebäude bewundern können. Doch sie folgte dem Geruch des Flusses und dem Klang ihrer eigenen Hufe auf dem Asphalt. Sie warf den Kopf zurück und trabte über die Brücke. »Warum nicht?«, sagte sie sich. »Schauen wir doch mal, was es dort drüben so zu sehen gibt.«

DELPHINE UND RANIA suchten achtzehn lange Stunden nach Paras. Als Paras an dem Abend mit ihrer Handtasche und dem Handy verschwunden war, und Delphine nach ihr suchte, blieb Rania nichts anderes übrig, als zu warten, bis Delphine endlich mit dem Hänger zurückkam. Da war es schon fast Mitternacht, doch die beiden koppelten den Hänger ab, fuhren die Straßen rund um Auteuil ab, spähten so gut es ging in die Dunkelheit und kehrten schließlich nach Maisons-Laffitte zurück. Am nächsten Morgen standen sie auf, fütterten die Pferde, fuhren wieder in die Stadt, rund um den Bois de Boulogne und die Pferderennbahn Longchamp, überall dorthin, wo Paras sein könnte. Ein sehr langer Tag also, und jetzt war Delphine wieder allein und konnte, obwohl sie völlig erschöpft war, nicht aufgeben.

In der vorigen Nacht waren Rania und sie zweimal an Paras vorbeigefahren, ohne sie zu sehen, einmal, als Paras am Place du Trocadéro schlief und dann, als Paras Frida auf dem schmalen Weg hinterherlief. Die beiden entdeckten sie nicht, weil sie nicht nach ihr Ausschau hielten, weil sie davon ausgingen, dass sie sich im Bois de Boulogne verirrt hatte, einem weitläufigen Park von mehreren Kilometern Umfang und Durchmesser. Und diesmal sah Delphine nicht, dass Paras direkt unter dem Eiffelturm stand, weil sie in die andere Richtung schaute, zum Fluss. Aber irgendwie hatte sie ein komisches Gefühl, und darum machte sie gleich hinter der Avenue de la Bouronnais, an der Avenue Bosquet, wieder kehrt und fuhr zum Fluss zurück. Als sie am Eiffelturm vorbeikam, hatte Paras jedoch gerade den Teich abseits der Eiffelturmbeleuchtung bemerkt und war in der Dunkelheit verschwunden. Und als Delphine die Pont de Bir-Hakeim erreichte, verscheuchte sie endgültig ihre spinnerten Gedanken und überquerte lieber die Brücke, um noch einen letzten Blick auf den Bois zu werfen.

# DREI

Der Teich neben dem großen, glänzenden vierfüßigen Etwas, dessen Spitze Paras nicht sehen konnte, war von einem niedrigen Zaun umgeben, doch diesmal passte der Anreiteweg genau. Paras trat ein paar Schritte zurück und setzte hinüber. Das Gras dahinter war lang und saftig, und das Wasser im Teich annehmbar. Die Erfahrung sagte Paras, dass jedes Wasser anders schmeckte. Das hier schmeckte gehaltvoll und schmutzig, aber auch süßlich. Sie war durstig und trank ordentlich. Schon bald tauchte Frida auf und sprang auch über den Zaun. Ziemlich formvollendet, dachte Paras.

Trotz der schweren Tasche zwischen den Zähnen schaffte sie es mit angewinkelten Vorderbeinen und kurzem Austreten der Hinterbeine über die Metallzacken. Frida nahm ebenfalls ein paar Schlucke. Dann plötzlich ein lautes Kreischen. Paras erschrak und wich prustend zurück. Aber Raoul segelte mit ausgebreiteten Flügeln herbei, landete auf einem Ast, der flach über dem Wasser hing, krächzte verächtlich und sagte: »Enten. Stockenten. *Anas platyrhynchos*.«

Tatsächlich stammte das Kreischen von einem grünglänzenden, rundlichen, ordentlich geputzten Enterich. Jetzt watschelte er zu ihnen hinüber, blieb stehen und kreischte erneut. Gefolgt wurde er von einem glanzloseren Vogel. »Wohl seine Frau«, sagte Raoul.

Die Frau quakte: »Hör doch auf, Liebling. Kümmern wir uns besser um unsere eigenen Angelegenheiten. Schrei doch nicht so! Schau mal, sie frisst doch nur Gras! Das kann uns doch egal sein!«

Paras lief um den Teich. Er war vollständig eingezäunt, aber der Zaun war niedrig, und es wuchs dort allerhand. Es wurde langsam Abend, und das hier schien ein geeigneter Schlafplatz zu sein. Frida gähnte. Paras gähnte. Schließlich begab sich Paras in den Windschatten einer Mauer und legte sich hin. Frida versteckte die Handtasche und legte sich neben sie. Als Paras eindöste, wusste sie, dass sie sich entschieden hatte.

Die Enten hießen Sid und Nancy. Sid ließ Paras und Frida in Ruhe schlafen, schließlich hatte er Wichtigeres zu tun, vor allem sich ausgiebig zu putzen, aber das musste sein, wenn man schwimmen wollte. Doch als das Pferd und die Hündin aufwachten, kam er nicht mehr umhin, ihnen klarzumachen, dass sie aus seiner Sicht in sein Revier eingedrungen waren. Obwohl Nancy unentwegt mahnte, er solle sich doch beruhigen, kreischte er, bis er heiser war. Dann flog er davon. Nancy seufzte und flog kopfschüttelnd hinterher.

Spät in der Nacht kamen sie zurück. Das Pferd und die Hündin waren immer noch da, genau wie der Rabe. Sid hatte die Erfahrung gemacht, dass Raben andere gern für sich arbeiten ließen und sich selbst für wahnsinnig schlau hielten. Er überlegte, ob er den Raben ankreischen sollte, befürchtete aber, dieser würde das einfach ignorieren oder seine Rabenfreunde holen, um ihn zu verscheuchen. Und das konnte unangenehm werden. Sid beschloss, lieber die Klappe zu halten. Und Nancy war, wie er sehen konnte, erleichtert.

Es dauerte nicht lange, bis sich Paras an ihre neue Umgebung gewöhnt hatte: Den Tag verbrachte sie hinter dem Zaun im Schatten der Büsche, nachts streunerte sie über das Champ de Mars. Sich an Veränderungen anzupassen, war für sie nichts Neues, im Übrigen war das Gras auf dem Champ de Mars köstlich, dick und saftig, so wie bei dem Gestüt, auf dem sie ihre Jugend verbracht hatte. Hie und da wuchsen niedrige Pflanzen und leckere Kräuterbüschel, kurzum, es gab genug, was sie hier hielt.

Das Champ de Mars erinnerte Paras gewissermaßen an etwas, das sie seit jeher kannte: Es war grün und weitläufig wie eine riesige Weide, nur ebener. Drumherum standen Häuser, Autos fuhren hindurch, aber nicht über die Wiese. Es gab Bäume, Teiche und gute Plätze, um sich ordentlich zu wälzen. Und unter dem gigantischen Turm roch sie den Fluss und sah den Hügel auf der gegenüberliegenden Seite. Auch am anderen Ende stand ein großes Gebäude, aber zumindest nachts, wenn sie dort umherlief, ging dort kaum jemand ein und aus.

Frida wusste nicht so recht, was sie vom Champ de Mars halten sollte. Für ihren Geschmack lag es zu exponiert, und bei den vielen Menschen fürchtete sie um die Handtasche. Mit Jacques war sie nur einmal hier gewesen, als er versucht hatte, vor den vielen Leuten in der Schlange vor dem riesigen Turm zu spielen, aber ein grober Typ in Uniform hatte sie weggescheucht. Doch weil es Paras hier offensichtlich gefiel, blieb Frida. Nach einigen Tagen entdeckte sie eine weiche Stelle zwischen den Büschen und grub dort ein tiefes Loch. Mit ihren scharfen Krallen und kräftigen Pfoten konnte sie gut buddeln. Und die Mühe lohnte sich. Sie konnte darin nicht nur die Handtasche verstecken, sie konnte sich auch auf der Handtasche zusammenrollen und ein wenig dösen. Das Loch gefiel ihr. Dort fühlte sie sich wohl. Vielleicht zum ersten Mal wieder, seit man Jacques weggebracht hatte.

Doch für Frida gab es ein Problem: Was sollte sie fressen? Obwohl sie ein Jagdhund war, war sie das Jagen nicht gewohnt. Schließlich hatte sie jahrelang alle möglichen Speisereste gefressen. Die Wühlmaus, die sie einmal fing, schmeckte ziemlich widerlich. Und seit sie Sid und Nancy besser kannte, gefiel ihr die Vorstellung nicht mehr, sie zu jagen und zu töten. Natürlich gab es noch andere Vögel. Wenn Sid sah, wie sie einen Vogel anstarrte, sagte er oft: »Mach schon! Bring ihn um! Ich merke doch, du willst es!« Aber eigentlich wusste sie gar nicht, wie sie das anstellen sollte, außer sie hatte einfach Glück. Kaninchen hatte sie noch gar nicht gesehen. Und Eichhörnchen waren die Aufregung nicht wert. Außerdem war da noch das viele Geld.

Die nahe Fleischerei konnte sie eindeutig riechen. Je nach Windrichtung hing der Geruch über der gesamten Wiese. »Rind, Lamm, Schwein, Huhn«, sagte er zu ihr. Der Geruch zog sie unwiderstehlich an, und eines Morgens, vielleicht der dritte, nachdem Paras und sie sich am Teich niedergelassen hatten, trabte sie los, unter den Bäumen der Allee entlang, nahm die erste Straße, dann die nächste, so als würde sie neben ihrem Herrchen nach Hause laufen. Als sie die

Fleischerei aufgespürt hatte, musste sie an Jacques denken. Wie oft war er in solche Geschäfte gegangen und mit ein paar Knochen oder einem Stück Hühnchen für sie herausgekommen. Unentschlossen lungerte sie an der Tür herum. Doch sie durfte nicht hungrig oder verzweifelt wirken, sonst würde der Ladenbesitzer die Polizei rufen. Darum machte sie wieder kehrt, blieb unterwegs an einem Mülleimer stehen und fischte eine Käserinde und ein halbes Eier-Sandwich heraus.

Am nächsten und auch am übernächsten Tag ging sie wieder hin, konnte sich aber für keine Strategie entscheiden. Still saß sie nebenan vor dem Gemüseladen und genoss den Fleischgeruch, der zu ihr herüberwehte. Es war für diese Jahreszeit sehr sonnig, und alle Ladentüren standen offen. Frauen mit Beuteln und Körben gingen in den Gemüseladen und kamen wieder heraus, doch irgendwann riss der Strom ab. Der Besitzer trat vor die Tür und schaute sie an, die Arme vor der Brust verschränkt. Frida straffte sich, als habe ihr Herrchen ihr »Bleib!« befohlen, und versuchte, den Mann nicht anzuschauen. Er war groß, mit großer Nase und großen Füßen, und trug eine lange, weiße Schürze. Schließlich kam er näher, mit zusammengezogenen Augenbrauen, wie verwundert. Er schaute die Straße rechts, dann links hinunter. Sie war leer. Niemand, zu dem sie gehören konnte. Der Mann beugte sich zu ihr herunter und streckte die Hand aus, als wolle er sie packen.

Frida wusste, dass manche Hunde jetzt geknurrt oder den Mann sogar in die Hand gebissen hätten, aber so ein Hund war sie nicht. Stattdessen hielt sie ihm die Pfote hin, blickte ihn geradewegs an und dann zur Seite. Der Mann lachte, schüttelte ihr die Pfote und sagte: »Bonjour, Mademoiselle«.

Frida wartete einen Moment, dann zog sie die Pfote weg. Der Mann erhob sich, lächelte und ging in seinen Laden. Als er wieder herauskam, warf er ihr ein Brötchen zu, das sie natürlich geschickt auffing und herunterschlang. Dann stand sie auf und trabte sehr würdevoll davon. Als sie wieder am Champ de Mars ankam, hielt Paras ihren Nachmittagsschlaf und die Enten schwammen auf dem Teich herum. Sid wie immer vorneweg und Nancy dicht hinter ihm. Raoul war nirgends zu sehen.

Frida trank aus dem Teich, der schrecklich nach Ente roch. Erst als sie Frida sah, wie ein Windstoß in eine leere Plastiktüte fuhr und sie aus dem Mülleimer hob, erinnerte sie sich wieder daran, was Jacques ihr über Geld beigebracht hatte. Als die Tüte zu Boden fiel und der Wind sie vor sich hertrieb, rannte sie hinterher, stoppte sie mit der Pfote und packte sie mit den Zähnen. Da war sie den ganzen Sommer durch die Gegend getapst, hatte so getan, als würde sie zu jemandem gehören, und reichlich an Gewicht verloren, und dabei hätte sie einfach nur ihre Tricks vorführen müssen.

Menschen hatten eine Schwäche für Tricks, dann lachten sie immer und gaben einem etwas. Wie oft hatte sie mit Jacques auf der Straße gestanden, sich gewälzt oder die Augen mit den Pfoten bedeckt oder ihr Spielzeug in den Gitarrenkasten gelegt oder ein Stück Brot auf der Nase balanciert, hochgeworfen und wieder aufgeschnappt? Auch Jacques hatte natürlich Tricks vollführt, Gitarre gespielt und manchmal dazu gesungen. Tricks brachten ja Geld ein. Man konnte das Geld nehmen und es gegen alles eintauschen, was man haben wollte. Sie musste also nichts weiter tun, als ein wenig von dem Geld in die Plastiktüte zu stecken und damit zur Fleischerei zu gehen.

Bei dem Wind, der vom Fluss herüberwehte, war die Plastiktüte allerdings ziemlich widerspenstig, doch sie schaffte es, die Handtasche freizulegen, mit der Schnauze aufzudrücken und einen Schein ins Maul zu nehmen. Dann kratzte sie mit den Pfoten so lange an der Tüte, bis sie aufging, und stopfte den Schein hinein. Am Ende packte sie das unhandliche Ding mit dem Maul und schaufelte die lockere Erde mit den Pfoten wieder auf die Handtasche. Als sie sich umblickte, sah sie nur diese seltsam rennenden Menschen hinter den Bäumen verschwinden. Wenn die Menschen so rannten, sahen sie eigentlich gar nichts, dachte Frida. Vielleicht konnten sie nicht zwei Dinge gleichzeitig tun, und wohl darum hatte sie selbst bei den besonders schnellen noch nie gesehen, dass sie eine Taube fingen.

Aber die Fleischerei war zu. Die Leckereien im Schaufenster lagen im Dunkeln. Alle Lampen waren aus. Und auch die Düfte nur ganz schwach. Nur unten an der Tür roch es noch eindeutig und sehr abwechslungsreich. Frida sackte enttäuscht in sich zusammen. Doch dann sah sie den Besitzer des Gemüseladens. Die Hände unter der Schürze, stand er an der Tür. Lächelnd sagte er: »Mademoiselle.«

Gleich an der Tür stand ein Tisch. Frida trabte zu dem Besitzer (der Trab, fand sie, war die selbstbewussteste, würdevollste Gangart der Hunde), stellte sich auf die Hinterbeine, legte die Pfoten auf den Tisch und ließ die Tüte aus dem Maul fallen. Der Mann schaute sie an, nahm die Tüte und entdeckte den Schein. Er lachte. Hühnchen wird es wohl nicht geben, dachte Frida, aber ein Brötchen oder vielleicht Käse.

Vorsichtig ging sie ein bisschen weiter in den Laden, richtete sich vor den Kisten auf und schaute hinein. Der Mann war wirklich ziemlich klug, dachte Frida. Wenn sie vor einer Kiste stehen blieb, legte er etwas daraus in die Tüte. Als Straßenhündin hatte sie schon alles mögliche an Gemüse gefressen. Rohe Kartoffeln konnte sie zwar nicht gebrauchen, gekocht sah das natürlich völlig anders aus, aber gegen grüne Bohnen, Karotten oder sogar ein zwei Salatblätter hatte sie nichts. Sehr weit reichte ihr Schein nicht: ein Brötchen, Bohnen, Karotten, Salat, noch ein Brötchen.

Freundlich nahm der Mann ihr Geld, zog dann die Henkel der Tüte straff und hielt sie ihr hin. Frida öffnete das Maul, der Mann gab ihr die Tüte. Schließlich verließ sie den Laden und lief zielstrebig, als würde ihr Herrchen auf sie erwarten, die Straße hinab. Hinter sich hörte sie den Mann lachen.

Als Frida zurückkam, lag Paras noch immer an derselben Stelle, war aber wach. Raoul saß auf ihrer Kruppe. Gerade hatte er Paras erklärt, was er über den Begriff »Perestroika« wusste, eigentlich nicht viel, es ging irgendwie um ständige Pläne oder ob man die Dinge besser laufen ließ und das Beste daraus machte. (»Auf was traf das besser zu als auf Pferderennen?«, dachte Paras.) Und jetzt erzählte er vom Streit mit einem Raben, der den Kopf von Benjamin Franklin, direkt unter Raouls Nest, für sich beanspruchte. »Dabei weiß doch jeder, dass Raben ein kugelförmiges Revier haben, rund um das Nest ist es am ausgedehntesten, dann wird es immer kleiner. Auf den Boden unter meinem Nest habe ich so gut wie keinen Anspruch, aber der Kopf liegt eindeutig noch in meinem Revier und selbst für den Schoß hätte ich gute Argumente …«

Frida ließ die Tüte direkt vor Paras fallen, die Tüte sprang auf. Paras stupste eine Karotte hervor, zerbiss sie in zwei Teile und mampfte. »Köstlich«, sagte sie. »Ich hatte die

Hoffnung schon aufgegeben. Man sollte ja meinen, dass in einem so großen Park auch Karotten gepflanzt werden, aber ich habe sie nicht gesehen.«

»Ich habe sie gekauft«, sagte Frida.

»Ah, der Handel! Also diese Idee ist ja eigentlich durch uns *Aves* in die Welt gekommen.« Raoul schlug mit den Flügeln, aber nur im Überschwang der Selbstgefälligkeit. Er flog nicht weg, sondern lief seitwärts über die Tüte und bediente sich an den grünen Bohnen.

Jetzt wurden auch Sid und Nancy aufmerksam, stiegen aus dem Teich und guckten. Paras schnappte noch nach einer Karotte und zerbiss sie in zwei Teile. Frida nahm die eine Hälfte, dann ein Brötchen. Es war frisch und lecker. »Und Äpfel?«, fragte Paras.

»Äpfel kenne ich nicht wirklich«, sagte Frida.

*»Malus domestica!«*, krächzte Raoul. »Seidenschwänze essen Äpfel.« Er hüstelte, als halte er das für eine befremdliche Vorliebe. »Ich hab sie mal probiert.«

Sid und Nancy watschelten näher heran und ließen sich nieder. Kein Kreischen, kein Schnattern. Frida nahm das vorletzte Brotstück aus der Tüte, trug es zu ihnen hin und ließ es fallen. Jacques hatte sein Essen immer mit anderen geteilt. Sid fraß von dem Brot, Nancy den Rest. »Wir haben schon mal Äpfel gegessen«, sagte Sid. »Vor ein paar Jahren hat uns ein Kind Apfelstücke zugeworfen. Sie sind ganz okay.«

»Ich liebe Äpfel«, sagte Paras.

Frida verstand den Wink.

Am nächsten Tag bewaffnete sie sich mit einem neuen Schein und ging noch früher los, als die Läden gerade eben aufmachten. Natürlich lief sie zuerst zu der Fleischerei, dem

Duft konnte sie einfach nicht widerstehen. Die Frau in dem Laden fegte gerade die Eingangsstufen, aber sie wedelte mit dem Besen vor Fridas Nase herum und rief: »Aaah. Schsch, schsch. Weg!« Frida wich zurück, setzte sich und betrachtete die bleichen, fetten, federlosen Tiere im Schaufenster.

Da tätschelte ihr jemand den Kopf. »Ach, mein liebes Mädchen, da bist du ja wieder!«, sagte der Mann. »Ja, die Hühner sind wirklich herrlich.«

Bei Jacques hatte Frida gelernt, dass sie am besten ruhig und reglos dasaß, wenn der Mann machen sollte, was sie sich wünschte, und tatsächlich griff er nun nach der Plastiktüte und nahm den Schein heraus. Dann betrat er die Fleischerei. Frida ging vorsichtig zum Schaufenster, berührte es dort, wo ein Stapel fleischiger Knochen lag, und der Mann legte zwei davon in die Tüte, bezahlte und kam wieder heraus. Doch er gab ihr die Tüte nicht, sondern ging damit in seinen Laden. Frida folgte ihm. Als sie auf der Schwelle stand, nahm er zwei Münzen aus der Kasse und sagte: »Mademoiselle, ich schulde Ihnen vom letzten Mal noch zwei Euro.« Frida bedeutete ihm, dass sie etwas von jeder Kiste nahe der Straße nehmen würde. Als sie alles Geld ausgegeben hatte, hing die Tüte sehr schwer in ihrem Maul. Auf dem Rückweg zum Champ de Mars würde sie sie mehrmals absetzen müssen. Aber die Knochen motivierten sie.

Doch kaum war sie losgegangen, riss die Tüte schon.

Der Mann gluckste, schlug die Hände zusammen und sagte: »Oje!« Dann gab er ihr eine neue, robustere Tüte.

Als sie bei den anderen ankam, schauten Raoul, Paras und Nancy, was es diesmal war: Orange, Apfel, Birne, noch ein Apfel, Zitrone, Banane. Paras nahm die beiden Äpfel, Raoul hatte Zitronen schon einmal gesehen, aber noch nie probiert. Nancy entschied sich für die Orange. Was sie mit der Banane anfangen sollten, wusste keiner, darum ließen sie sie am Teich liegen. Frida trug die Knochen zu ihrem gebuddelten Rückzugsort und nagte sie zufrieden ab.

Ein Mensch wusste jedoch, dass sich ein Pferd auf dem Champ de Mars versteckte. Schon am ersten Morgen, als es sich hinter dem Zaun am rechten Teich reckte und streckte, schnaubte, aufstand und zu einem hinter Büschen verborgenen Rasenstück lief, hatte er es entdeckt. Der Mann hieß Pierre und war Chefgärtner auf dem Champ de Mars. Er liebte seinen Arbeitsplatz, für ihn der wunderbarste Ort in ganz Paris: Das Marsfeld, direkt an der Seine gelegen, war so gleichmäßig eben, dass es zuerst der École Militaire als ein hundert Hektar großer Ausbildungsplatz diente und später noch so riesig, dass man dort erst Pferderennen austrug (ehe man dafür nach Longchamp ging) und später sogenannte Weltausstellungen veranstaltete, vom Tour einmal ganz zu schweigen. Auf einem Kilometer Länge und einem halben Kilometer Breite gab es, soweit man sah, nur Wiesen, Bäume, Autos, Gewässer und Müll (Pierre tat, was er konnte), manchmal war es dort sehr friedlich, manchmal, besonders im Sommer, herrschte Trubel, doch jetzt im Spätherbst eher nicht.

Als er an jenem Morgen das Pferd entdeckte, war sein erster Gedanke, es einfangen und wegbringen zu lassen. Doch es war schön: eine prächtige kastanienbraune Stute mit langem Schweif, dicker Mähne und großen, ausdrucksvollen Augen. Je länger er sie betrachtete, desto mehr gelangte er zu der Überzeugung, dass sie dem Champ de Mars zumindest momentan ein gewisses Flair verlieh: Jede Landschaft brauchte ein Lebewesen und vielleicht am besten eines, das nur hin und wieder sichtbar, rätselhaft und flüchtig war. Er sah die Stute immer wieder, und wenn er konnte, beobachtete er sie.

Hufabdrücke und Pferdeäpfel verrieten ihm, dass sie zum Grasen nachts über den Zaun sprang. Die Touristen bemerkten sie vielleicht nicht oder dachten, da sie tagsüber hinter dem Zaun war, die Behörden hätten dem Park etwas Malerisches verleihen wollen. Und seine Angestellten bemerkten sie vielleicht, aber solange er nichts sagte, würden sie auch nichts sagen. Alle schaufelten also wortlos ihre Hinterlassenschaften auf, so wie die von Hunden, Katzen, Vögeln, Füchsen und einmal sogar einem Ozelot. Der war seinem Besitzer an der Avenue de Suffren entwischt und hatte erheblich mehr Ärger gemacht als ein Pferd. Eigentlich sollte er sich natürlich fragen, wo das Pferd überhaupt herkam, und es melden, aber, so beruhigte sich Pierre, arbeitete er ja nicht beim Seuchenschutz, und wenn jemand das Pferd wiederhaben wollte, konnte er ja kommen und es suchen.

# VIER

Auch wenn Frida die Enten wegen des Geruchs nicht mochte und Raoul sie als furchtbar gewöhnliche Tiere verachtete (Sie seien einfach überall, sei Paras überhaupt klar, dass sie sich mit jeder beliebigen *Anatidae* paarten?), schätzte Paras die Gesellschaft der extrem geduldigen Nancy sehr. Sid, sagte Nancy, lebe nicht das ganze Jahr hier. Erst im Herbst würde er, prächtig grün, wieder auftauchen. Eine Weile bleibe er noch bei ihr, dann fliege er gen Süden. Er vertrage die Kälte nicht. Natürlich flögen die Stockenten statistisch gesehen in den Süden, aber wenn man in Paris lebe, also, Nancy reckte den Kopf, darüber würden sie viel streiten, sie sei eben mehr der häusliche Typ. Sie liebe ihr Revier einfach. Und der Teich sei nur ein einziges Mal völlig zugefroren gewesen. Da unten im Süden (einmal sei sie mitgeflogen) herrsche das reinste Chaos. Das Schlimmste hier sei, so Nancy, dass man sein Nest wirklich gut verstecken müsse, wenn man zu den eigenen sechs, acht oder zehn Eiern (einmal habe sie sogar zwölf gelegt) nicht noch fremde Eier im Nest haben wolle. Dann habe man den Salat und ehe man noch begriff, was los war, ein total befremdliches kleines Etwas ausgebrütet. Ihre letzte Brut sei erst vor einem Monat flügge geworden. Sie schubse sie möglichst bald aus dem Nest. Sie sei wohl ein wenig ungeduldig, aber alle seien gut versorgt und kräftig, und sie brauche wenigstens ein bisschen Zeit für sich, das könne Paras doch bestimmt verstehen? Natürlich konnte Paras das, sie brauchte ja selbst viel Zeit für sich. In einem halben Jahr, im Spätfrühling, flögen die Enten wieder los, aber diesmal nur die Erpel. Umso besser. Ein Erpel plus zehn Küken, das war einfach zu viel.

»Wie heißen denn deine letzten Küken?«, warf Paras ein.

Nancy schüttelte ihr Gefieder und reckte den Kopf. »Keine Ahnung«, sagte sie. »Den Namen bekommt man vom Partner, nicht von der Mutter.«

»Den Pferden«, sagte Paras, »geben die Menschen einen Namen. Unsere Mütter nennen uns nur ›Sonnenschein‹ oder ›Süße‹. Aber die Menschen können Pferde offenbar nur mit einem Namen auseinanderhalten, darum haben wir nichts dagegen.« Man könne Pferde, vertraute sie Nancy an, auch ohne charakteristische Abzeichen unterscheiden, anhand der Fellwirbel, Apfelflecken oder der Art, wie sie sich bewegten. Den Rennpferden sei es ein Rätsel, warum sie neben dem Jockey auch noch leuchtend bunte Satteldecken tragen mussten, damit die Menschen sie auseinanderhalten konnten. Ein Pferd wisse selbst beim überfülltesten Rennen, wer wer sei. Manche Pferde fänden genau das ziemlich nervenaufreibend, doch sie müsse sich, weil sie immer vorn lief, nicht groß darum kümmern.

Sid sei ziemlich herrschsüchtig, schnatterte Nancy, aber sie könne sich nicht beklagen und habe ihm nie, so wie andere Enten fremden Eindringlingen und selbst ihrem eigenen Partner, die kalte Schulter gezeigt. Er sei ein guter Ernährer, und eine Ente müsse fett sein. Wenn sie vor der Brutzeit nicht gut für sich sorge, würden die Küken ihr die Federn vom Kopf fressen. Aber natürlich wisse Sid (Nancy hob die Flügel und ruckte mit dem Kopf), wie man seine Schwanzfedern schütteln müsse. Schnatter, schnatter, schnatter. Paras beruhigte es, über das Gras zu laufen, hier und da ein wenig zu fressen und Nancy zuzuhören. »Wohin fliegen die Erpel?«, fragte sie. Nancy wusste es nicht. Natürlich erzählten sie, dass sie in die Ferne schweiften, zu Bergen, Ozeanen usw. Aber wer wollte das überprüfen? Abgesehen von dem einen Flug in den Süden lebe sie seit Jahren auf dem Champ de Mars. Hier sei es wunderbar, egal, was manche Stockenten über andere Gegenden erzählten. Es gebe hier viele Verstecke, Wasser und Nahrung. Der Lärm sei ihr egal, das höre sie gar nicht mehr.

»Es ist laut hier«, sagte Paras.

Ein Gutteil des Lärms stammte von Sid. Wenn er sein spitzes Kreischen losließ, zuckten Paras Ohren. Sid war für das Nest zuständig, und weil Paras mit ihren Freunden ständig in der Nähe war, wollte er es dieses Jahr an einer besonders sicheren Stelle bauen. Er marschierte um den Teich und durch das benachbarte Gehölz und überlegte laut. »Hier«, sagte er, »wäre der Rand ungeschützt. Sehr gefährlich. Aber wenn das Nest kleiner ist, genauso gefährlich. In den letzten drei Jahren haben wir kein einziges Küken verloren. Darauf können wir stolz sein, ich, aber auch Nancy, weil, wir beide haben unsere Aufgaben und Zuständigkeiten, für das Nest bin allerdings ich verantwortlich.« Vorsichtig setzte er einen Fuß vor den anderen, schaute hier, schaute dort, lief weiter. »Bloß nicht zu weit vom Wasser«, sagte er. »Sehr gefährlich, wenn sie zu weit laufen müssen. In der Dämmerung die Käuze, tagsüber der Habicht, Tag und Nacht Fuchs, Hunde, Katzen. Enten sind einfach Freiwild, das kann dir jeder bestätigen.« Er hüstelte, blickte um sich und schauderte. »Die Ratten.«

»Ratten sind nicht schlimm«, sagte Paras. »Die säubern das Gelände.«

»Die sind skrupellos. Ich habe noch keine einzige Ratte gesehen, die sich nicht für Eier interessiert«, schrie Sid. Dann watschelte er auf einen großen Stein und ließ sich in die Sonne plumpsen. In letzter Zeit hatte sich die Sonne selten blicken lassen, doch der Regen machte Paras wenig aus. Es war einfacher, bei jedem Wetter draußen zu sein, als in einer dunklen Box zu stehen, wo man kaum etwas sah, aber rund um die Uhr noch die kleinsten Geräusche hörte. Alle Pferde klagten darüber, eingesperrt zu sein, selbst die, die gar nicht neugierig waren. Aber holten die Menschen einen dann aus der Box und man schreckte wegen irgendwas auf, verloren sie gleich die Nerven. Die besseren Reiter blieben einfach sitzen und sagten »Ooh ooh«, doch ein sensibles junges Pferd wie Paras spürte genau, wie schnell das menschliche Herz schlug. Wenn man draußen lebte, konnte einen nichts so schnell aus der Ruhe bringen. Auf dem Champ de Mars gab es für Paras ständig etwas zu sehen, große und kleine Menschen, große und kleine Hunde. Vögel aller Art flogen auf und schossen durch die Luft. Draußen hatte jedes Geräusch seinen Grund, jeder Blick ein vorher und nachher. Von wegen Aufschrecken. Wenig später ließ sich Nancy neben Sid auf dem Stein nieder, beide schienen zu schlafen.

Paras reckte und streckte sich, ein Zittern lief durch ihren Körper, dann ging sie los. Während der letzten Regentage waren nur wenige Menschen zu sehen gewesen, aber die Sonne würde sie wieder hervorlocken, und bis dahin wollte sie noch ein wenig herumtraben. Sie sprang über den Zaun und lief die Allee hinunter, mit erhobenem Kopf, gespitzten Ohren, der Schritt recht forsch. Das fühlte sich gut an. Sie schlug mit dem Schweif und fiel in einen leichten Galopp. Der Boden war fest, ein wenig feucht, aber nicht rutschig. Sie genoss das dumpfe Klappern ihrer Hufe. Schließlich hatte man sie für 3200 Meter lange Rennen ausgebildet, mit einem anständigen Galopp konnte sie die Lunge einmal richtig durchpusten und auch ein wenig trainieren. An dem großen Gebäude am anderen Ende des Champ fiel sie zurück in den Schritt und machte kehrt. Beim Zurücktraben legte sie hie und da eine Pause ein und fraß ein paar Grashalme.

Die wenigen Menschen, die nicht weit von ihr durch den Park rannten, bemerkten sie nicht oder taten jedenfalls so. Aber ihre Hunde bellten: »Wer bist du denn? Was machst du hier überhaupt? Ich hab dich hier noch nie gesehen! Was hast du hier zu suchen?« Paras ignorierte die Hunde einfach, und wenn sich ein Mensch zu ihr umdrehte, reckte sie den Kopf und trabte nur umso stolzer. Am besten verhielt man sich so, hatte Frida gesagt, »als ob« man einen Menschen dabei hätte. Man wirkte ruhig und stolz, aber niemals bedrohlich, es soll ja keiner Angst vor einem bekommen. Am besten hielt man Abstand zu den Menschen – sie mochten es nicht, wenn ihnen ein komisches Tier zu nahe kam. Man sollte sie nur anschauen, wenn sie einen anschauten. Dann könne man ruhig freundlich gucken, nach dem Motto: Wenn ich Zeit hätte, würde ich dich gern kennenlernen, aber gerade bin ich zu beschäftigt. Außerdem, ganz wichtig, sollte man immer möglichst sauber sein. Darum wälzte sich Paras, so oft es ging, im nassen Gras, und hielt sich vom Matsch fern. Aber weil sie ein gut erzogenes Pferd war, fühlte sie sich sowieso wohler, wenn sie sauber war.

Als Paras wieder am Teich ankam, war Frida schon vom Laden zurück. Natürlich hatte sie duftende Äpfel für sie, aber auch Birnen, Rucola, ein paar Karotten und eine Artischocke. Die Artischocke fraß Paras zuerst. Sie schmeckte ein bisschen nach Medizin, und das gefiel ihr. Man konnte nicht immer nur Süßes fressen. Und natürlich hatte Frida auch Nancys und besonders Sids Lieblingsspeise mitgebracht: Brombeeren.

Paras bemerkte den Jungen zuerst. Über das Champ de Mars liefen öfter Jungen oder auch Mädchen, aber sie gehörten immer zu normalgroßen Menschen. Paras konnte sich nicht erinnern, einen Jungen je allein gesehen zu haben. Noch dazu stand er breitbeinig da, die Kappe in den Nacken geschoben, die Hände in den Taschen, und starrte die fünf Tiere an, die gerade ihre Leckereien fraßen. Als Paras ihn anschaute, kam er noch zwei Schritte näher.

Raoul fraß seinen Rucola, dann bemerkte auch er den Jungen. Er krächzte ein paar Mal, flog auf und setzte sich auf Paras Kruppe.

»Worüber redet ihr?«, fragte Frida, weil der Wind aus der falschen Richtung kam und sie den Jungen nicht riechen konnte. Dann sah sie ihn.

»Jag ihn weg«, sagte Raoul und merkte gar nicht, dass er Frida duzte.

»Oh je«, sagte Frida.

»Was? Was?«, kreischte Sid.

Sid war aufgebracht, begriff Paras, weil der Junge nicht weit vom neuen Nistplatz stand. Nancy sagte lieber nichts.

»Ich habe den Jungen auf dem Rückweg, nicht weit vom Laden, gesehen«, sagte Frida, »aber nicht gemerkt, dass er mir gefolgt ist.«

»Er ist dir gefolgt, und du hast es nicht einmal bemerkt?«, krächzte Raoul.

»Die Tüte duftete so. Ich konnte gar nichts anderes riechen.«

»Jag ihn weg«, krächzte Raoul.

Der Junge streckte die Hand aus.

Raoul lief im Kreis, krächzte wie verrückt, schlug zweimal mit den Flügeln, doch der Junge verstand ihn nicht. Er blieb einfach stehen. Nancy und Sid waren, wie Paras sah, zwischen dem Wunsch hin- und hergerissen, weiter Brombeeren zu fressen oder wegzufliegen. Sie schnappten nach ein paar Beeren, den Jungen fest im Blick. Frida setzte sich. Der Junge trat noch einen Schritt näher, schaute Frida an, dann Paras. Plötzlich stand Frida auf und sagte zu Paras: »Los jetzt.« Und da rannte sie schon los, weg von dem Jungen auf die andere Turmseite, auf den belebteren Teil des Champ de Mars. Paras galoppierte hinterher, blieb dann auf der Wiese neben dem anderen Teich stehen und guckte sich um. Nancy und Sid waren nirgendwo zu sehen. Der Junge stand immer noch dort, schaute auf die Leckereien, hockte sich schließlich hin, befühlte irgendetwas, erhob sich und ging weg. Er wirkte auf dem großen Champ de Mars sehr klein.

PARAS HATTE EINEN TRAUM. Vielleicht lag es an den Äpfeln, aber sie träumte nicht von Äpfeln, sondern von Hafer. Mit anderen Pferden stand sie auf einer Sommerwiese und knabberte an den Grashalmen zwischen den gelben Blumen. Ein Tor öffnete sich, ein Mann trat hindurch, mit Kappe und vier Eimern am Arm. Er hob die Eimer auf den Zaun, Paras und die anderen Pferde gingen dorthin, tauchten ihr Maul in die Eimer und fraßen den Hafer. Er schmeckte süß und knusprig. Als Paras aus dem Traum erwachte, war es noch früh, am anderen Ende des Champ de Mars war man nicht einmal ein erster Lichtschimmer zu sehen. Frida lag ausgestreckt neben ihr. Paras rollte sich über die Brust nach vorn und stemmte sich hoch. Frida schlief weiter.

Wenn man als neugierige junge Stute mit klappernden Hufen die Straße hinunterlaufen und ohne von Menschen gesehen zu werden, in die Fenster schauen wollte, dann ging das nur jetzt, wo noch alles ruhig war. Paras überquerte das Marsfeld, blickte eine Straße hinunter und nahm die nächste. Einige Menschen wachten vielleicht in ihren warmen Betten auf, schauten durch die dunklen Fenster und fragten sich: »Was ist das für ein Lärm?« Dann zogen sie sich vielleicht die Decke über den Kopf und dachten, dass sie wohl träumten, oder standen auf, blickten aus dem Fenster und sahen nichts. Möglicherweise machten zu dieser Nachtzeit selbst die Wachleute irgendwo Pause und den paar Gendarmen fielen vor Müdigkeit die Augen fast zu, sodass sie die Straße nicht so aufmerksam wie sonst beobachten konnten. Jedenfalls streunte Paras in aller Ruhe durch die Straßen und schaute sich um. Alle Türen waren geschlossen, die Markisen eingezogen, die Fenster dunkel, es roch nach feuchtem Bürgersteig. Paras berührte mit den Nüstern das kühle Metall der Autos, die kalten Fensterscheiben und die steinernen Gebäude. Sie beschnupperte eiserne Zäune und zwickte ein paar Pflänzchen ab, die aus Bürgersteigritzen wuchsen. Sie schaute nach vorn, nach hinten und sogar nach oben. Es war nur ein einziger Hund unterwegs, er lief um sie herum, Kopf, Schwanz und Ohren gesenkt. Offenbar ein trauriger Hund, nicht so stolz wie Frida. In manchen Ecken lagen Katzen, die Pfoten unter der Brust, die Augen halb offen. Paras merkte genau, dass sie sie sahen: Als sie vorbeilief, drehten sie den Kopf. Eine schwarze Katze miaute. Paras antwortete leise wiehernd. Vielleicht sah sie sogar einen Rotfuchs, der gerade um eine Hausecke verschwand, mit wedelndem buschigem Schwanz. Aber Füchse waren trügerisch.

Dann sah sie in einem Fenster Licht. Sie blieb stehen und schnaubte. In dem Licht war jemand damit beschäftigt, etwas intensiver anzuschauen, zu betasten, zu formen. Paras beobachtete alles ganz genau. Die Tür stand leicht offen, und ein schmaler Lichtkegel fiel auf den Bürgerschein. Ein Geruch waberte heraus. Der Geruch zog sie an. Sie ging näher heran.

Anaïs spürte, dass sie beobachtet wurde, linste hoch, sah aber nur das dunkle große Fenster, das auf die Avenue de Suffren ging. Auf den Tischen im Laden hatte sie ihre Backbleche verteilt, wenn sie fertig wären, würde sie sie in die *cuisine* bringen. Schnell schüttelte sie das Gefühl ab und formte weiter Brötchen. Die backte sie am liebsten. Die Baguettes und größeren Brotlaibe waren schon fertig. Die Croissants und *petits pains au chocolat* gerade im Ofen. Bald würde Henri kommen und sich um die *tartes* und *galettes* kümmern.

Anaïs probierte etwas Neues aus. Das Brötchen war leicht süß, rautenförmig, mit Fenchelsamen bestreut, beim Backen würden die Fenchelsamen goldgelb und knusprig werden.

Als Anaïs ein Geräusch hörte, schaute sie erneut auf. Am Fenster tauchte ein Pferdekopf auf, mit geblähten Nüstern und gespitzten Ohren. Fast wäre sie auf der Stelle tot umgefallen. Die beiden Backbleche stießen rasselnd gegeneinander. »Ooh!«, atmete sie hörbar aus. Der Pferdekopf drehte sich zur Seite, drehte sich wieder zurück, schaute wieder zu ihr. Anaïs musste husten. Dann gab sie sich einen Ruck, wischte sich die Hände an der Schürze ab und ging zur Kaffeemaschine. Sie nahm zwei Stück Zucker und öffnete vorsichtig die Ladentür.

Einen Moment stand das Pferd reglos da, dann kam es näher. Bedächtig nahm es den einen Zuckerwürfel von ihrer flachen Hand, dann den anderen. Die Pferdelippen waren samtig weich. Anaïs legte eine Hand auf den Hals des Pferdes und trat auf den Bürgersteig. Das Pferd wich zurück. Anaïs blickte zur École Militaire, dann zum Quai Branly. Niemand zu sehen. Der Pferdehals war weich und warm, unwillkürlich streichelte sie, unter der schweren, schwarzen Mähne, darüber. Das Pferd senkte den Kopf, als genieße es das. Draußen war es kalt. Anaïs bibberte und ging näher an das Pferd heran.

Anaïs hatte nicht viel Erfahrung mit Pferden. Zweimal hatte sie in einer Kutsche gesessen, im Fernsehen hatte sie Pferderennen gesehen. Alles, was sie wusste, war, dass Pferde Zucker und Hafer mochten. Und nun auch, dass sie ein warmes, weiches Fell hatten. Schließlich hörte sie auf, das Pferd zu streicheln, und kehrte in die warme Bäckerei zurück. Marie, die das Café managte, hatte in einer Ecke eine Dose mit Haferflocken stehen. Anaïs suchte eine passende Schüssel heraus und gab ein paar Löffel hinein. Als sie wieder hinausging, war das Pferd weitergegangen und stand vor einem erleuchteten Schaufenster mit Gemüsekonserven. »Hallo!«, rief Anaïs und machte lockende Kussgeräusche. Als sich das Pferd umdrehte, rüttelte sie die Flocken in der Schüssel hin- und her.

Paras kannte den Gedanken, dass Träume wahr werden, nicht, sie wusste eigentlich nicht einmal, dass Träumen etwas anderes war als Wachen. Auch wenn sie merkte, dass sie nach ihrem Traum vom Hafer noch so hungrig war, als hätte sie gar keinen gefressen, war sie für philosophische Betrachtungen noch zu jung, bislang jedenfalls. Genauso wenig erstaunte sie der seltsame Zufall, dass sie von Hafer geträumt hatte und nun welchen bekam. Doch sie spürte, dass Anaïs ein sehr angenehmer Mensch war: Anaïs verhielt sich ähnlich wie Delphine, verlangte aber nichts von ihr und sah auch nicht so aus, als würde sie gleich ein Halfter hinter dem Rücken hervorziehen und sie in die Box zurückführen. Paras wollte nicht zurück in die Box. Sie fraß den ganzen Hafer auf und leckte die Schüssel sauber. Anaïs lachte. Dann streichelte sie Paras noch lange an der warmen Stelle unter der Mähne, trat schließlich einen Schritt zurück und sagte: »Ich hoffe, du kommst wieder.« Paras warf den Kopf hoch, dann lief sie über die Avenue bis dort, wo sie die Wiese auf dem Champ de Mars sah. Anaïs kehrte zu ihrer Arbeit zurück, aber zuerst wusch sie sich natürlich sorgfältig Hände und Arme und zog eine frische Schürze an. Weil sie so wenig über Tiere wusste, kam ihr zunächst gar nicht der Gedanke, dass sie das Pferd melden müsste. Wenn ein Pferd in Paris lebte, über die Straßen spazierte und in Schaufenster spähte, war das ja wohl seine Sache. Doch als ihr das Erlebnis später wieder in den Kopf kam, dachte sie: wenn das überhaupt wirklich ein Pferd war.

# FÜNF

Eines Morgens lief Frida, nach einer kalten, regnerischen Nacht, wieder zum Laden. Autos mied Frida ganz automatisch. Autos machten manchmal unerwartete Bewegungen, doch sie war eine sehr aufmerksame Hündin und noch nie war ihr eins zu nahegekommen. An diesem Tag sah sie, fuhren die Autos ungeschickt, rutschten und ruckelten gefährlich. Frida ging ein wenig näher an den Läden entlang. Und dann passierte es: Quietschend fuhren zwei Autos auf. Eine alte Frau war auf die Straße getreten, gestolpert und gestürzt, und da war der Junge, den Frida auf dem Champ de Mars gesehen hatte. Er reichte der alten Frau beide Hände, mühsam rappelte sie sich auf. Das eine Auto hatte den Einkaufstrolley angefahren, den die Frau vor sich herschob. Der Junge blickte erschrocken, doch die alte Frau schien unverletzt. Er zog sie auf den Bürgersteig zurück und nahm den Einkaufstrolley. Die Autos hupten. Frida trabte zu dem Jungen hin, der immer noch neben der sehr alten Dame stand, und tat etwas, das sie einmal bei einer Dogge gesehen hatte: Sie stellte sich ganz dicht an die alte Dame, lehnte sich gegen sie. Schnell fand die alte Dame wieder ihr Gleichgewicht. Es war eine freundliche alte Dame. Sie beugte sich zu Frida herunter und streichelte ihr über den Kopf. Frida begleitete die alte Dame und den Jungen zu dem Gemüseladen und setzte sich still neben den verbogenen Einkaufstrolley.

Obwohl sich sein Laden in einer wohlhabenden Gegend befand, war Jérôme mit den Widrigkeiten des Lebens wohlvertraut. Er stammte aus einem kleinen, eher armen Dorf nördlich von Toulouse, noch dazu handelte es sich um Madame de Mornay, eine wenn auch seltene, so doch regelmäßige Kundin, die nicht weit von seinem Geschäft in der Rue Marinoni wohnte. Madame war, so vermutete Jérôme, mindestens hundert Jahre alt und kümmerte sich um einen vielleicht achtjährigen Jungen, wohl ihr Urenkel. Die Hündin wartete still draußen. Jérôme hatte sich daran gewöhnt, ihr alle zwei Tage Gemüse zu verkaufen und ein oder zwei Markknochen dazuzulegen. Normalerweise brachte Frida einen Zehn-Euro-Schein mit, manchmal einen Zwanziger. Einmal steckte sogar ein Hundert-Euro-Schein in ihrer Plastiktüte, wenn auch verblüfft, zählte er sorgfältig das Wechselgeld ab (Wie sollte ein Hund Gemüse für hundert Euro wegtragen?), rollte die Scheine zusammen und steckte sie zwischen die Blätter eines Salatkopfs. Wieso kaufte eine Hündin überhaupt Salat?. Jérôme war zu der Überzeugung gelangt, dass sie von einem Herrchen oder Frauchen, die ans Haus gefesselt waren, geschickt wurde, und nun glaubte er, zu wissen, wer es war.

Madame war blind, aber hellwach. Mittlerweile stand sie mitten im Laden. Wenn sie nach etwas fragte, gab Jérôme es dem Jungen, der es Madame in die Hand legte, damit sie es sorgfältig betasten konnte. Jérôme hielt einen Korb in der Hand, und der Junge legte die Einkäufe hinein. Dann zahlte er, Jérôme reichte ihm die Tüte mit dem Gemüse und sie gingen hinaus. Auf dem Bürgersteig steckte der Junge die Tüte in den Einkaufstrolley, anschließend gingen sie in die Fleischerei und zum Bäcker. Der Junge sagte nie ein Wort, und sie auch nicht, aber scheinbar wusste er genau, was Madame von ihm wollte. Der Junge war ordentlich gekleidet und irgendwie sorgte sie dafür, dass er tat, was er sollte.

Madame war stets freundlich und zahlte in bar. Auch sie war gut gekleidet und nie ohne Hut. Trotzdem hatte Jérôme den Verdacht, dass ihr Leben in der Rue Marinoni irgendwie armselig war. Als der Junge nun zusammen mit der Hündin auftauchte, überraschte ihn das nicht. Es war eine schöne Hündin, eher groß für die Pariser Straßen, aber vornehm. Jérôme sagte nichts. Die Hündin zahlte.

Jérôme beobachtete, wie sie dem Jungen und der Frau folgte. Schließlich bogen alle drei um die Ecke und verschwanden.

Der Frau fiel es nicht auf, merkte Frida, dass sie ihnen hinterherging, wohl aber dem Jungen. Mehrmals drehte er sich um und pfiff sogar, um sie näher heranzulocken, aber sie blieb lieber auf Abstand. Dann kamen sie ans Ende der Häuserzeile, an ein Tor in einem hohen Zaun, der so dicht mit Efeu und anderem überwuchert war, dass Frida nicht hindurchschauen konnte. Der Junge nestelte einen Schlüssel aus der Tasche, schloss das Tor auf, half der Frau hindurch und zog den verbogenen Einkaufstrolley hinterher. Frida hörte, wie er wahrscheinlich die Haustür öffnete. Dann kam er wieder heraus, stellte sich vor sie und schaute sie an. Frida ging zu ihm hin, leckte ihm die Hand, blieb aber auf dem

Bürgersteig. Tore konnten zugehen. Jacques hatte dafür gesorgt, dass sie ihnen gegenüber misstrauisch blieb. Sie trabte davon.

MADAME ÉVELINE WAR noch nicht hundert Jahre alt, aber bis dahin fehlten nur noch drei Jahre (und ein Monat). Ihr Großvater stammte aus Domme, einem hübschen Hügeldorf an den Ufern der Dordogne, wo Madame früher gern hingefahren war. Dank einer der ersten Eisenbahnstrecken im Zweiten Kaiserreich war er nach Paris gekommen. Mit Seifen und cremigen Lotionen, die nach Lavendel und Verbene rochen, hatte er viel Geld verdient und konnte schließlich ein Haus am Champ de Mars kaufen, unweit der École Militaire. Évelines Vater war im Ersten Weltkrieg gefallen, sie war damals erst drei Jahre alt und hatte an ihn keine Erinnerung. Im Zweiten Weltkrieg starben ihr Bruder und ihr Ehemann. Ihr Sohn kam in Algerien um und ihr Enkel und seine Frau bei einem Autounfall auf der Périphérique. Jetzt hatte Éveline nur noch diesen einen Jungen, Étienne. Er war acht Jahre alt, fast genauso alt also wie das 21. Jahrhundert, von dem Madame nie geglaubt hätte, es noch zu erleben. Mit jedem Toten hatte sie ein oder zwei Räume in dem großen Haus, in dem sie lebte, verschlossen. Jetzt nutzten sie und Étienne nur noch die *cuisine*, das Speisezimmer, das alte Arbeitszimmer ihres Vaters – das war ihr Schlafzimmer – und die kleine Bibliothek als Étiennes Schlafzimmer. Es gab ein Telefon, das aber seit Jahren nicht mehr geklingelt hatte. Vielleicht wusste Étienne nicht einmal, wie sich das Klingeln anhörte.

Das Lesen hatte Étienne sich selbst beigebracht. Nicht nur in seinem Schlafzimmer, überall im Haus seiner Uroma standen Bücher. Anschließend hatte er sich das Zählen, Addieren, Subtrahieren, Multiplizieren und Dividieren beigebracht. Manche würden vielleicht sagen, er lebe gefährlich isoliert, aber er war daran gewöhnt und beäugte andere Kinder misstrauisch. Was ihm seine Uroma über die Welt erzählt hatte, lockte ihn nicht gerade nach draußen, und, solange er das alles alleine lernen konnte, sah er keinen Grund, andere Kinder oder die Schule kennenzulernen.

Trotzdem fühlte er sich manchmal einsam. Eine Weile freute er sich über die Gesellschaft einer Katze aus dem Viertel, doch irgendwann war sie verschwunden. Danach versuchte er, mit Krümeln auf dem Fensterbrett zwei Tauben anzulocken, aber sie blieben scheu. Nun beobachtete er schon seit zwei Wochen Frida, er wusste genau, dass sie, genauso wie ein Pferd, an dem Teich rechts neben dem Turm lebte.

RAOUL BEOBACHTETE FRIDAS Abenteuer von einem Geländer im ersten Stock eines Hauses, nicht weit vom Gemüseladen – und schaute mit einem gewissen Vergnügen auch dem menschlichen Tumult zu, als die beiden Autos auffuhren, die Fahrer heraussprangen und sich lauthals stritten, wer denn nun schuld war und hätte aufpassen müssen. Der eine schrie die alte Frau an, die aber einfach selbstvergessen weitertrippelte, eine Hand auf der Schulter des Jungen, daneben Frida. Auch der Junge blickte sich nicht um. Jetzt segelte Raoul über ihnen, die kleinste Brise ausnutzend, behielt dabei Frida im Auge und gleichzeitig den Bürgersteig, auf der Suche nach heruntergefallenen *frites*. Ab und zu stürzte er sich hinab und scheuchte eine Taube auf, ein guter Sport, dachte er. Die Frau stützte sich noch immer auf die Schulter des Jungen und schien auf nichts zu reagieren.

Wenn die beiden an einer Kreuzung hielten, schaute sie scheinbar ins Leere, wenn sie eine Straße überquerten, achtete sie auf kein Auto. Als der Junge und die alte Frau schließlich ihr Haus erreichten, flog Raoul schnell in den nächsten Haselnussstrauch. Nachdem Frida davongerannt war, glitt er über das Grundstück und schaute in einige der Fenster. Alles war ruhig und dunkel. Der Vorgarten war mit Gräsern und Unkraut überwuchert, aber zu seiner großen Freude entdeckte er in einer Ecke noch ein paar dichte, dornige, späte Brombeeren. Er ließ sich auf den alten, schweren Zweigen nieder und pickte da und dort nach den schon halbvergorenen Früchten. Als der Junge an einem der unteren Fenster auftauchte und es aufstieß, flog Raoul davon.

Doch erst einmal hielt er sich von Paras und Frida fern. Auch wenn sie von der ganzen Aufregung rund um das Entennest vielleicht nichts mitbekamen, er schon. Dabei wusste doch jeder Vogel, dass ein Nest eben ein Nest war und den Launen des Schicksals ausgesetzt. Egal, wo man es baute, in einer Astgabel, am Boden, unter einem Dachvorsprung, in einer Schornsteinecke, einem Speicher, es konnte immer etwas schiefgehen. Wer war das noch mal, überlegte Raoul, eine Taube, die er vor Jahren kennengelernt hatte: Wie stolz war sie gewesen, einen warmen, ruhigen, gut versteckten Platz für ihr Nest gefunden zu haben, und am Ende war es der Motorraum eines Autos. Als der Besitzer aus dem Urlaub zurückkehrte, ging das Nest in Rauch auf. Sid fehlte einfach der Sinn für die langfristige Perspektive, den mit dem Alter doch jeder Vogel erwerben sollte. Er konnte einfach nicht akzeptieren, dass jeder Platz Vor- und Nachteile hatte und man das Schicksal nicht aufhalten konnte. Er sei, wie Sid versicherte, mit seiner Erpelbande am Ozean, im Eis, an sandigen Küsten gewesen, aber das bezweifelte Raoul Corvus Corax, der dreiundzwanzigste. Es würde ihn nicht wundern, wenn Sid und sein Trupp nicht weiter als bis zum Lac du Der-Chantecoq gekommen wären, wo sie den ganzen Sommer herumstolzierten, mit Paris prahlten und auf dem domestizierten stillen See schwammen.

Sein eigenes Nest schien Raoul gleichwohl leer und öde. Er war so sehr davon gelangweilt, dass er sogar zustimmte, als sein Rivale Maurice Anspruch auf Benjamin Franklins Schoß erhob, was Maurice sofort damit besiegelte, dass er überall seinen Kot hinterließ. Eigentlich, dachte Raoul, verbrachte er viel zu viel Zeit damit, ständig zwischen dem Teich und seinem Nest hin- und herzufliegen und Sid in puncto Nestbau endlich zur Vernunft zu bringen. Der Winter, der echte Winter, stand vor der Tür. Paras' Fell war so flauschig wie das von einem jungen Kätzchen.

An diesem Abend flog er pfeilschnell zurück in die Rue Marinoni und setzte sich auf den steinernen Sims des einzigen hellen Fensters. Drinnen auf dem Bett saß, ans Kopfende gelehnt, der Junge. Die Decken hatte er bis oben hochgezogen, aber in der Hand hielt er ein Buch. Raoul beobachtete ihn eine Weile. Am nächsten Fenster sah er die alte Frau, ruhig oder vielleicht tot (um das festzustellen, müsste er ein wenig picken). Ihr Nest war karg, aber ordentlich. Auf jeder der drei Ablageflächen, die es gab, stand genau in der Mitte ein einzelner Gegenstand.

Raoul sprang zum nächsten Fenstersims. Das Zimmer war so groß, dass er nicht bis ans Ende sehen konnte. Es war dunkel, still und kalt. Die Kälte konnte er durch die Scheibe spüren. Wie in allen menschlichen Behausungen, in die er je gespäht hatte, stand darin alles Mögliche, doch selbst an der Wand direkt neben dem Fenster war alles verhangen. Es wirkte, als würde der Raum schon sehr lange auf jemanden warten. Raoul flog zurück zu dem beleuchteten Fenster, landete auf dem Sims und pickte leicht gegen die Scheibe. Der Junge blickte auf.

ÉTIENNE LAS *Vingt mille lieues sous les mers (20.000 Meilen unter dem Meer)*, von dem er zwei Exemplare im Regal stehen hatte, ein älteres, sehr unbequem zu halten, und ein neueres. Er hatte das Buch schon einmal gelesen, aber diesmal verstand er es besser. Gerade war er an der Stelle mit Atlantis. Wenn er sich das Meer vorstellte, dachte er an die Seine, nur ohne gegenüberliegendes Ufer und mit Schiffen größer als Häuser. Étienne störte es nicht, wenn er nicht alles verstand. Seine Uroma verstand so vieles nicht, aber wurde nicht ungeduldig. Egal, was es war, sie betastete es, nahm es in die Hand, roch daran, nach einer Weile nickte sie dann und lächelte. Und obwohl sie nichts hörte, und, wie Étienne vermutete, auch nicht viel sah, kochte sie in ihrer *cuisine* leckere Mahlzeiten.

Jeden Morgen stellte er sich vor den Sessel, in dem sie immer saß, und tastend prüfte sie, ob er noch Knoten im Haar hatte, sein Hemd richtig zugeknöpft, seine Schuhe und sein Hosenaufschlag ordentlich und sauber waren, ob er also ausgehfertig war. Sie selbst trug beinahe jeden Tag dieselbe Kleidung.

Auf der Fensterbank saß ein Rabe, und jetzt pickte er wieder an die Scheibe. Étienne sah ihn genau (war es ein er?). Der Rabe legte den Kopf schief und schaute ihn an, als wollte er ihn bitten, das Fenster zu öffnen. Es war schon sehr spät, die Uhr zeigte fast Mitternacht. Draußen war es kalt, und Étienne trug nur einen dünnen Schlafanzug, trotzdem schlüpfte er aus dem Bett und öffnete das Fenster. Er hätte schwören können, dass ihm der schwarzglänzende Rabe zunickte, als er ins Zimmer hüpfte. Étienne wunderte sich, aber nicht übermäßig. In seinen Büchern stellten Tiere alles Mögliche an, und das meiste, was er über sie und fast alles andere wusste, kannte er aus Büchern. Weil es kalt war, schloss er hinter dem Raben das Fenster und schlüpfte unter die Bettdecke.

Der Rabe hüpfte auf den Tisch, auf einen Bücherstapel, auf die Lehne von Étiennes Schreibtischstuhl, dann auf den Rand der Lampe. Er schaute er sich dies und jenes an, pickte eifrig, beugte sich über ein Apfelgehäuse, das an einer Schreibtischecke lag, pickte und warf es herunter. Dann hüpfte er auf das Fußteil vom Bett, schaute Étienne an und krächzte leise, als wollte er nicht zu viel Lärm machen oder etwas erörtern. Schließlich schwieg er, und sie blickten sich wortlos an. Am liebsten hätte Étienne die Hand nach dem Vogel ausgestreckt und ihn gestreichelt, aber dann ließ er seine Hände doch unter der warmen Decke.

Einen Augenblick später hüpfte der Vogel auf das Buch, das aufgeschlagen auf der Bettdecke lag, drehte den Kopf hin und her, betrachtete die weißen, glänzenden Seiten und klopfte vorsichtig mit dem Schnabel darauf. Vermutlich entschied er, dass das nichts für ihn war, jedenfalls verlor er plötzlich das Interesse daran, lief über das Bett, huschte zur Fensterbank und pickte gegen die Scheibe.

Étienne stand auf und öffnete das Fenster. Der Rabe flog in die sehr dunkle Nacht (Wolken, keine Sterne), und Étienne schloss das Fenster wieder. So etwas hatte er in keinem seiner Bücher gelesen, doch er wunderte sich nicht. Wenn er sich über alles wundern wollte, was er nicht kannte, käme er aus dem Wundern ja gar nicht mehr heraus.

# SECHS

Nachdem Paras das Champ de Mars erkundet, einige Male Hafer aus Anaïs' Schüssel gefressen und aus ihrem neuen Umfeld ganz allgemein das Beste gemacht hatte, konnte sie sich an ihr früheres, reglementiertes Leben kaum noch erinnern, es sich eigentlich kaum noch vorstellen. Die ganze Nacht und auch tagsüber meistens in der Box stehen? Zuhören, wie die anderen Pferde an den Eimer stoßen, gegen die Wände treten, stöhnen und wiehern, im Stroh scharren, mit der Brust gegen die Boxentür stoßen? Fast immer nur zur selben Zeit rausgehen? Tag für Tag nur fressen, was einem vorgesetzt wird? Ja, wenn sie das Futter kommen hörte, hatte sie ungeduldig gegen die Boxentür getreten, aber nicht, weil sie hungrig war, sondern weil sie nichts anderes zu tun hatte.

Ja, sie war nicht abgehauen, weil sie unzufrieden war, sie war einfach neugierig gewesen und wusste im Grunde gar nicht, was sie tat, aber die neue Freiheit, die neuen Freunde und die komische Wiese waren um vieles faszinierender als alles, was sie kannte. Wenn sie kaum Gras fand, der Boden gefroren war und der Wind heulte, stellte sie sich manchmal vor, wie es wäre, wieder zurückzugehen, doch ihr war sehr bewusst, was sie damit aufgeben würde. Pferde taten, was man ihnen sagte. Schon als Jährlinge lernten sie, am Halfter herumgeführt zu werden, die meiste Zeit in der Box zu verbringen, geputzt und hübsch gemacht zu werden, vor- und rückwärts zu gehen, lernten, dass Menschen ihre Schwächen und Fehler hatten, sie aber besser gehorchten und sich damit abfanden. Alle Zweijährigen, denen man begegnete, waren schon bestiegen, geritten, galoppiert und manchmal auch auf Rennen geschickt worden. Wenn Pferde sich verletzten, erzählten sie, wieder zurück im Stall, dass sie Tag für Tag, Woche für Woche nur in der Box gestanden, nichts zu tun und keine Gesellschaft gehabt hätten. Ein guter Grund, sich möglichst nicht zu verletzen.

Delphine und Rania hatten sie gut behandelt, sie konnte sich nicht beschweren. Auch die andere Frau, die manchmal kam, ihre »Besitzerin«, war freundlich und fütterte sie mit Keksen und Karotten. Nicht alle Pferde, die sie auf den Rennen traf, hatten es so gut. Manche, und wenn sie noch so geduldig waren, ärgerten sich darüber, wie sie behandelt wurden, mit Peitsche und Sporen. Einige Trainer kannten nicht einmal die Namen der Pferde oder wussten, was sie gern taten. Und die Rennen hatten ihr gefallen, das anstrengende, stürmische, raumgreifende Galoppieren, das kraftvolle Abspringen und Fliegen über die Hindernisse, der Rausch des Wettkampfs. Hier auf dem Champ de Mars gab es keine Gewinner und Verlierer, nur Menschen, Vierbeiner und Vögel. Natürlich blieb Galopp Galopp, und das Traben gab einem – besonders wenn es kalt war, und es wurde immer kälter – ein gutes Gefühl. Doch die Aufregung der Rennen gehörte wohl der Vergangenheit an. Aber darauf verzichtete sie gern, wenn sie dafür ihre Neugierde befriedigen und tun konnte, was ihr Spaß machte. Sie genoss die Gesellschaft von Frida, Raoul, Nancy und sogar Sid. Nachts, wenn Raoul in seinem Nest saß, kam ein Käuzchen angeflogen, das viel zu erzählen hatte. Füchse tauchten ab und zu auf. Obwohl Frida ihnen mehrmals befohlen hatte, zu verschwinden, mit ihrem tiefen, vollen Bellen, das wirklich erschreckend klang, wenn man es zum ersten Mal hörte. Und wahrscheinlich gab es irgendwo auch einen Menschen, denn auf dem Stützpfeiler neben dem Teich lagen manchmal eine Karotte, ein Apfel, ein Zuckerstück, also Pferdeleckereien, offenbar für sie bestimmt. Doch der Mensch, wer immer es war (Paras glaubte nicht, dass es der Junge war), machte sich rar.

Sid entschied sich schließlich und baute das Nest genau dort, wo er es die letzten drei Jahre gebaut hatte, im Gebüsch unter dicken Ästen rechts vom Teich, nicht weit von Paras Schlafplatz. Sie konnte es von dort sehen. Als Sid fertig war, sorgte Nancy für mehr Wohnlichkeit. Sie rollte sich in dem Nest herum, trat es fest, brachte es in eine bequeme Form, ließ sich schließlich darauf nieder und saß immer wieder sehr lange dort. Sid machte sich nach getaner Arbeit in den Süden auf – und klagte.

»Kreisch-Kreisch-Kreisch, du solltest mitkommen, es wär ja nicht für lange. Falls du deine Meinung noch ändern solltest, ich häng noch eine Zeit in der Gegend von Évry ab.« Nancy steckte den Kopf unter die Flügel. Als Sid weg war, fragte Paras. »Wo liegt Évry?«

»Ein Tagesflug von hier. Aber das sagt er jedes Jahr, obwohl ich nie mitkomme.«

Einige Zeit lang war das Wetter akzeptabel, und das Gras an manchen Stellen dicht genug. Aber es wurde früher dunkel, und die Menschen auf dem Champ de Mars wurden Tag für Tag weniger. Paras hatte Hunger und besuchte Anaïs häufiger. Anaïs verhielt sich anders als Delphine oder Rania. Sie war zurückhaltend und hatte wohl sogar ein bisschen Angst vor ihr, dachte Paras. Nur selten kam sie nah heran, und wenn sie die Hand ausstreckte, um sie zu streicheln, war ihr Arm wie ein Stock. Doch ihre Berührungen waren sanft und freundlich. Sie legte ihre Hand unter Paras' volle Mähne und streichelte langsam, wie mit einem weichen Tuch, von der Backe bis zur Schulter. Auf Striegel und Bürste hatte Paras immer empfindlich reagiert, aber sie hatte es genossen, wenn man ihr Fell so lange mit dem Tuch putzte, bis es in der Sonne glänzte.

Wenn Anaïs sie mit Hafer fütterte, hielt sie die Schüssel so weit vom Körper, als könne Paras sie treten (was sie nie tun würde). Paras bemühte sich, langsam und ordentlich, ohne dass Hafer auf den Bürgersteig rieselte, zu fressen. Anaïs bot ihr auch andere Köstlichkeiten an, Kleie oder Weizenhäppchen mit Melasse (die Delphine ihr manchmal als Leckerli gegeben hatte). Manchmal mischte sie geriebene Karotten unter den Hafer, und einmal gab sie ihr Apfeltarte.

Paras dehnte die Besuche so lange wie möglich, doch wenn es langsam heller wurde, die Hunde aufwachten oder auf dem Quai Branly die ersten Autos zu sehen war, machte sie sich auf den Rückweg, aber damit Anaïs nicht sah, wo sie hinging, schlug sie jedes Mal eine andere Richtung ein. Auf dem Champ de Mars konnte sie Anaïs nie entdecken. Anaïs hatte ihr, wie alle Menschen, einen Namen gegeben: »Chouchou«. Und da sie immer im Laden war, wenn Paras dort auftauchte, nahm Paras an, dass sie dort wohnte.

Paras' Fell war in diesem Winter so dick wie noch nie. Würde sie noch Rennen laufen, hätte Rania sie jetzt geschoren, tagsüber würde sie eine leichte, nachts eine schwere Decke tragen und sogar beim Training läge ein Wollviereck auf ihrer Kruppe. Das Fell wärmte sie ziemlich gut, zumindest wenn es einigermaßen trocken war, und bauschte sich angenehm bei jedem Schritt. Am wärmsten wurde ihr allerdings, wenn sie trabte, sich also wirklich bewegte, trotzdem überlegte sie sich immer sehr genau, wann und wo sie sich das gönnte. Und als sie jetzt Anaïs (nach Haferflocken mit Honig und geriebenen Roten Beten!) verließ und zum Teich zurückging, fiel ihr eben wegen ihres flauschigen Fells auch nichts auf. Bis sie über den Zaun gesetzt hatte und Frida sagte: »Du weißt schon, dass du voller Schnee bist, oder?« Frida lag da, Vorder- und Hinterbeine unter sich gezogen. Da erst bemerkte Paras etwas Leichtes, Kaltes auf ihrem Rücken. Sie senkte den Kopf und schüttelte sich. Schnee flog auf und rieselte um sie herum. Als er am Boden landete, tastete sie ihn mit dem Maul ab. Er war faszinierend flockig.

»Schau mal da, wo du hergekommen bist«, sagte Frida.

Paras drehte sich um. Sie hätte nicht gedacht, dass sie über Schnee getrabt war. Sie kannte Schnee, oft knirschte er unter den Hufen. Als Jährling hatte man sie einmal mit drei anderen Pferden in den Schnee herausgelassen. Sie hatten gespielt und getobt, der dünne verharschte Schnee hatte nachgegeben, sie waren eingesunken und wieder hervorgesprungen. Aber jetzt sah sie das Weiß, das sich bis in die Ferne erstreckte, und auf der ebenen, weiten Fläche, in einer langen Linie, die genau dorthin führte, wo sie über den Zaun gesprungen war, die runden, dunklen Flecken ihrer Hufe. »Du kannst nur hoffen, dass sie am Morgen wieder zugeschneit sind«, sagte Frida.

Paras schaute nach oben. Der Himmel war voller glitzernder Schneeflocken, ein leichter Wind wirbelte sie herum, aber sie fielen ohne Unterlass auf ihr Gesicht, in ihre Augen. Sie blickte zum Teich. Auch sein Rand war weiß. Paras stapfte durch das Eis, bis es in kalten, scharfen Scherben um ihre Schienbeine lag. In der Mitte war das Wasser von einer dünnen Eisschicht überzogen, die noch nicht ganz weiß war, aber fast. Paras stupste mit dem Maul dagegen, das Eis zerbrach. Sie nahm einen langen, kalten Schluck.

Frida seufzte.

Paras vermutete, dass sie an etwas Trauriges dachte. Frida dachte oft an Trauriges, das hatte sie mit der Zeit begriffen, auch, dass ein Mensch auf rätselhafte Weise verschwunden war und sich ein Hund, anders als ein Pferd, ohne einen Menschen unwohl fühlte. Offensichtlich betrachteten Hunde die Menschen als Freunde, Pferde sahen eher einen Partner in ihnen. »Okay«, sagte Paras mit wiedergewonnener Zuversicht, es werde sich schon alles finden, dachte sie, »jetzt bin ich müde und satt und werde erst mal schlafen. Dann sehen wir weiter.«

»Wovon bist du satt?«, fragte Frida.

Paras tat so, als hätte sie nichts gehört. Erst einmal wollte sie Anaïs lieber für sich behalten. Und wahrscheinlich mochte Frida ja sowieso keinen Hafer.

Als Paras ihre Schlafposition gefunden hatte und wegdöste, lag Frida lange Zeit still da, versuchte, ihre Pfoten warm zu halten, steckte die Nase unters Knie, aber unweigerlich musste sie immer wieder zu den Hufabdrücken schauen.

Schließlich erhob sie sich und schlich davon. Als sie sich umblickte, stellte sie beruhigt fest, dass Paras nicht aufgewacht war, nicht einmal die Ohren zuckten. Ein Pferd schlief nicht so viel wie ein Hund, war Frida aufgefallen, doch jetzt schlief Paras. Frida rannte los.

Frida konnte den Hufabdrücken gut folgen. Sie sah sie nicht nur, sondern roch sie auch, allerdings würde sogar ein Mensch merken, dass Paras auf dem Kiesweg, der um den Teich führte, geäpfelt hatte. Es überraschte sie, dass die Hufabdrücke zur anderen Seite des Champ de Mars führten, weg von Jérômes Laden, in Richtung der Avenue de Suffren. Frida hatte die Straße schon mehrmals erkundet, ohne irgendetwas Interessantes zu entdecken. Den Fußballplatz hätte sie wohl gern näher untersucht, aber der Zaun war zu hoch, oder auch einen der Hunde besucht, die in der Gegend bellten, aber alle waren offenbar sicher irgendwo in einem oberen Stockwerk eingeschlossen. Einmal war sie zu einem Gemüseladen dort gegangen, aber der Besitzer saß anders als Jérôme drinnen, und kein einziger Kunde hatte sie bemerkt. Doch genau vor diesem Laden endeten jetzt die Hufabdrücke. Soweit Frida es übersehen konnte, war dort und auch sonst auf der Straße alles verriegelt. Sie schnüffelte an den Türschwellen, knurrte mehrere Katzen an, erkundigte sich aber nicht, und betrachtete noch einmal genauer die Hufabdrücke.

Neben dem Gemüseladen gab es eine Bäckerei. Frida blieb stehen und legte die Vorderpfoten auf die Fensterbank. Es war dämmrig, sie konnte nichts erkennen. Die Scheibe war kalt, Eisblumen rankten sich empor. Nichts zu riechen. Enttäuscht winselte sie kurz und leise. Da ging die Tür auf, und jemand ganz in Weiß rief: »Weg! Weg! Hau ab, blöder

Hund!« Frida wich zurück und rannte die Straße hoch. Mittlerweile schneite es stärker. Paras Hufe waren fast verschwunden. Als sie wieder den Stützpfeiler erreichte, hatte sich Paras noch nicht geregt, und Nancy schlief so fest, dass sie nicht einmal zusammenzuckte, als Frida sie anstupste. Wie dämlich Nancy ist, dachte sie, ein Hund war ein Hund, und eine Ente blieb eine Ente. Auch wenn Frida all ihre Willenskraft zusammennahm, konnte sie der Instinkt doch übermannen, vor allem, wenn Nancy sich bewegte. Aber Nancy rührte sich so wenig wie ein Stein, und selbst ihr aufgeplustertes Gefieder war kühl. Darum wurde Fridas Instinkt nicht geweckt. Sie legte sich auf ihren Platz und malte sich zufrieden aus, wie sie mit ihrer Tüte zu den üblichen Läden ging, früh am Morgen, wenn Jérôme gerade die Lieferungen annahm und sorgfältig auftürmte. Selbst wenn Jérôme ihr unansehnliches Gemüse gab, das die Menschen nicht mochten, für einen Hund war das okay. Das hatte er schon einmal gemacht. Sie schlief ein und träumte von einem wunderbaren Knochen.

Paras wachte als Erste auf und wusste nicht, wo sie war. Etwas lag auf ihr, lag um sie herum. Wärme spürte sie nur unter der Brust. Sie schüttelte den Kopf und schnaubte, aus ihren Nüstern stiegen weiße Wolken auf. Als sie den ganzen Körper schüttelte, zersplitterte das Weiß, das sie umhüllte, und fiel in kleinen Kissen zu Boden. Sie erkannte, dass es Schnee war. Auch die Äste, die sich sonst im Schlaf über ihr wölbten, wurden davon niedergedrückt. Doch plötzlich zuckten sie und hoben sich, und da konnte sie die Welt wieder sehen. Viel war allerdings nicht zu sehen, alles war weiß, der Boden, die Bäume, der Teich, der Himmel, aus dem noch immer leise Schneeflocken rieselten. Sie drehte den

Kopf. Neben ihr türmte sich der Schnee fast bis zum Widerrist. Sie ließ ihre Haut erzittern, der Schnee erzitterte und fiel ab.

Erst jetzt spürte sie die Kälte, und für ein Pferd hieß das, es musste sich bewegen. Sie streckte ein Vorderbein aus und wollte sich aufrichten, doch Frida rief: »Vorsicht! Vorsicht!« und ließ zwei Karotten vor Paras' Maul fallen. Sie waren fad und schlaff, welche Enttäuschung, doch sie fraß sie trotzdem. Frida drängte sich näher an sie und sagte: »Der Schnee geht mir bis über die Brust. Ich musste zum Laden springen. Es hat ewig gedauert und war so anstrengend. Ich habe es kaum geschafft, etwas mitzubringen. Auf den Straßen sieht es nicht viel besser aus als hier auf dem Champ. Kein einziges Auto weit und breit.«

Dank Anaïs hatte Paras sich ordentlich satt gefressen – Hafer, Honig, Rote Bete, auch Kleie, fast zu viel –, doch sie hatte alles bis auf den letzten Krümel verputzt. Sie war also nicht hungrig, aber fürchtete, bald hungrig zu werden. Das erste Mal seit Langem wurde sie ein wenig nervös.

Sie hievte sich hoch.

Überall konnte man hören, Vollblüter seien nervös. Und das war als Kompliment gemeint. Es sollte heißen, dass sie schnell, klug und aufmerksam waren. Dort, wo Paras trainiert und die meiste Zeit gelebt hatte, in Maisons-Laffitte, gab es auch andere Pferde, und alle Vollblüter waren froh, nicht zu diesen trägen Exemplaren zu gehören, mit den komischen Zotteln an den Fesseln, dem massigen Kopf und dicken Fell. Selbst wenn man ein Rennen nicht gewann (und jeder Vollblüter wusste, wer gewonnen hatte, platziert war oder nur prahlte), war man immerhin noch ein Vollblüter und das wollte etwas heißen. Aber wer nervös war, rannte gern herum, und da hätte Frida gar nichts sagen brauchen: dass Herumrennen im Moment keine gute Idee war, war klar.

Weiter nördlich, in Maisons-Laffitte, betrachtete Delphine ebenfalls den Schnee, und er lag hier noch höher als in Paris. Den Weg, der von ihrem Häuschen zur Straße führte, hatte sie schon freigeschaufelt. Jetzt musste sie noch mit dem kleinen Traktor, den sie normalerweise für die Stallarbeit verwendete, den Schnee vor den Boxentüren in die Hofmitte schieben. Später würden sich die Männer, die für die gesamte Anlage zuständig waren, dann die Wege vornehmen. Die Pferde behielten heute ihre Decken an, aber Rania und sie würden sie später auf den Hof und eine Stunde um den Schneehaufen führen. Bei zehn Pferden im Stall würde das wohl fast den ganzen Tag in Anspruch nehmen.

Momentan musste sie sich keine Gedanken um die Pferde machen, am Abend hatte sie allen noch ein zusätzliches Heunetz gegeben, damit sie am Vormittag genug zu fressen hatten.

Von den Boxen stand keine leer. Delphine fragte sich immer noch, was wohl mit Paras passiert war, aber in Paras' Box stand mittlerweile ein anderes Pferd, das gerade für die Frühjahrssaison trainiert wurde. In der Nähe gab es noch eine Box, die als Abstellkammer genutzt wurde, und falls Paras auftauchen sollte, konnte sie sie dort unterstellen. Aber eigentlich hatte sie die Hoffnung aufgegeben. Auch wenn es keiner sagte, keiner glaubte mehr, dass Paras noch lebte. Vielleicht war sie von Auteuil in den Bois de Boulogne gelaufen, dort gestorben, und ihr Gerippe lag jetzt irgendwo im Unterholz, von Geiern und Füchsen abgenagt. Oder jemand hatte sie entführt. Vielleicht konnte irgendwo einer ein gestohlenes Pferd gebrauchen. Paras' Abzeichen waren nicht besonders auffällig: ein schlichter weißer Stern, zwei kleine Fellwirbel an typischer Stelle, eine kastanienbraune Stute ohne weiße Stiefel. Delphine würde sie natürlich sofort erkennen, aber für die meisten würde Paras genauso aussehen wie viele andere Pferde auch. Auf welcher Rennbahn Delphine auch gewesen war, in Deauville, unten im Süden oder in Chantilly, hatte sie nach dem verräterisch vollen Schopf, den intelligenten Augen und geblähten Nüstern Ausschau gehalten, aber nirgendwo hatte sie ein Pferd entdeckt, das wie Paras aussah.

Sie hatte »France Galop« kontaktiert, die Organisation für Pferderennen, hatte Aushänge gemacht, Zeitungsanzeigen geschaltet, Internetaufrufe gestartet, allen Freunden und Bekannten mehr als einmal davon erzählt, hatte alle Gestüte in Frankreich, England und Irland angerufen und gefragt, ob dort vielleicht eine rätselhafte Zuchtstute aufgetaucht war, auch wenn sie sich nicht vorstellen konnte, wie ein Dieb das hätte bewerkstelligen sollen. Aber jemand anders konnte es sich vielleicht nur allzu gut vorstellen, ihr Trainer-Kollege Louis Paul (jeder wusste, dass das nicht sein richtiger Name war) hatte, wie man hörte, früher Pferde gestohlen. Und er mochte keine Trainerinnen, seiner Meinung nach hatten sie keine Ahnung und verdienten keinerlei Unterstützung. Wenn es bei einem Rennen für sie einmal nicht so gut gelaufen war, tat er manchmal alles, nur um sie lächerlich zu machen. In der Pferderennwelt kursierten allerlei Geschichten über ähnliche Pferde, die vertauscht und in Rennen eingeschleust wurden, weil sie dort Gewinnchancen hatten. Außerdem hatte sie auch das Veterinäramt verständigt. Ein gestohlenes Pferd konnte man natürlich auch an den Schlachthof verkaufen, aber wofür? Für ein paar Euro? Und jedem Schlachthof würde wohl auffallen, dass Paras gesund, gut ernährt und jung war. Delphine hatte Kontakte zu einigen Schlachthöfen. Es war einfach ein Rätsel, als hätte sich das Pferd in Luft aufgelöst.

Madeleine, Rania und sie waren sehr niedergeschlagen gewesen. Rania wollte nicht, dass Delphine das neue Pferd, Jesse James, einen Wallach, trainierte, aber Delphine war auf das Geld angewiesen und es schien ihr zu traurig, die Box, wie Madeleine es wollte, einfach leer zu lassen, einzustreuen und darauf zu warten, dass Paras zurückkam. Madeleine hätte sogar dafür gezahlt. Das Rennen, das Paras gewonnen hatte, war nicht besonders prestigeträchtig gewesen, zumindest war sie also noch nicht Zighunderttausende Euro wert, aber wie vielen Besitzern ging es Madeleine nicht ums Geld. Alle drei machten sich einfach Sorgen um die bald dreijährige Stute. Als Pferdetrainerin, dachte Delphine, sollte sie eigentlich abgebrühter sein als Rania oder Madeleine. Rennpferde auszubilden, war ein Geschäft, man musste auf alles gefasst sein und damit umgehen können. Sie konnte damit umgehen, aber das Rätsel ließ sie nicht los. Paras war ihr ganz persönlicher ungeklärter Fall.

Genauso rätselhaft war, was mit Ranias Handtasche passiert war, die ebenfalls verschwunden war. Als Rania von der Toilette zurückkam, die leere Box sah, die offene Tür, den umgekippten Putzkasten, hatte sie nur an ihr Handy gedacht, obwohl in ihrer Handtasche ein Haufen Geld steckte. Sie hatte beim Pferderennen ihren gesamten Wochenlohn gesetzt und gewonnen. Mit einer Quote von 12:1 war Paras eher ein Außenseiter, und die zweit- und drittplatzierten Pferde waren, mit 30:1 und 50:1, noch größere Außenseiter. Rania hatte auf alle drei gesetzt und so viel gewonnen, dass Delphine sich gar nicht getraut hatte, es zusammenzurechnen. Doch dass Paras weg war, hatte Rania wesentlich mehr mitgenommen als das fehlende Geld, und Delphine hatte sie nicht für ihre Sorglosigkeit bestraft. Wenn man pinkeln musste, musste man eben pinkeln, soviel war klar. Aber was genau passiert war, war alles andere als klar. Die Handtasche war nie wieder aufgetaucht, genauso wenig wie Ranias Schlüssel, Kreditkarte oder Handy. Nur ihr Handspiegel lag draußen im Kies vor der Box und glitzerte in der Dämmerung. Eine Spur, die aber niemand lesen konnte.

Ohne Madeleine etwas zu sagen, hatte Delphine auf eigene Kosten eine Tier-Hellseherin angerufen. Die Frau, die in Westirland saß, hatte als Erstes nach ihrer Kreditkarte gefragt, ehe sie sich dann »auf die Suche machte«. Delphine nannte der Frau, Áine, alle Details zu Paras, Färbung, Geburtsdatum, Fellwirbel, Rennerfolge, Zucht, und am anderen Ende der Leitung suchte Áine so ewig, dass Delphine schon glaubte, die Verbindung sei zusammengebrochen, und »Hallo? Hallo?« ins Telefon rief. Schließlich sagte Áine, Paras laufe eine Straße herab und blicke in Schaufenster, aber da sie selbst nie in Paris gewesen sei und kein Französisch könne, wisse sie nicht, was an den Läden stehe. Sie könne nur sagen, dass die Fenster dunkel und Paras offensichtlich gesund und guter Dinge sei. Das erschien Delphine so lächerlich, dass sie es sofort aus ihrem Gedächtnis strich und beschloss, sich nie wieder so hereinlegen zu lassen. Na klar! Sie lief durch die Straßen und blickte in Schaufenster!

Was guckte sie sich denn an? Designer-Plateau-Heels? Hundert Euro ins Klo gespült! Dennoch tröstete sie es ein wenig, dass eine menschliche Stimme, tief, warm und mit irischem Trällern, ihr versichert hatte, dass Paras noch lebte. Sie zog ihre Mütze tiefer ins Gesicht und marschierte, mit der Schaufel in der Hand, über die Straße zu den Ställen. Die Abstellbox, in der der kleine Traktor stand, musste erst noch freigeschaufelt werden.

Die Pferde sahen sie kommen. Keines sprach viel über Paras, nur sechs hatten sie überhaupt gekannt, und sie hatte nicht zu den Pferden gehört, die zu allen freundlich und liebenswürdig waren. Als sie verschwunden war, hatten die beiden Pferde aus England geglaubt, man habe sie verkauft. Doch die Pferde aus Frankreich meinten, wenn man sie verkauft hätte, wären die Menschen nicht so betrübt. Jesse James, das einzelne, einsame Pferd aus Amerika fragte laut, ob sie vielleicht, wie in Amerika, ein »claiming race« gelaufen sei, bei dem der neue Besitzer einfach bezahlte und einen sofort in seinen Stall mitnahm, aber er redete mit einem so seltsamen Akzent, dass niemand antwortete. Nach Ansicht der anderen war Jesse James mit Paras verwandt, weil in seinem Stammbaum überall Northern Dancer auftauchte, und nur durch seinen Großvater Nijinsky sei er groß und muskulös, ein Fuchs. Doch heute dachte niemand an Paras. Es war kalt, die Decken waren vom langen Liegen im Stroh schmutzig und das Heu schon ein bisschen trocken. Letztendlich waren und blieben sie Vollblüter. Und ein Tag, an dem sie in der Box standen oder nur Schritt gehen konnten, war kein guter Tag.

# SIEBEN

Auch Raoul wunderte sich über den Schnee. In seinem ganzen langen Leben hatte er das in Paris noch nie erlebt. Benjamin Franklins Schoß hatte sich in eine Schneekuppel verwandelt, auf seinem kahlen Kopf saß ein weißes Hütchen, an seiner Nasenspitze hing ein Eiszapfen, und sogar die Stuhllehne zierte ein weißes Geländer. Raoul hatte die ganze Nacht im Nest gekauert, und jetzt war er hungrig, aber da war der Schnee ja gar nicht so schlecht. Mit dem kalten Nass regnete es Körner, die auf dem Weiß gut zu sehen waren. Allerdings musste man schlau genug sein, um zu warten, bis die Sonne herauskam und die Oberfläche antaute. Wenn sie dann später wieder gefror, konnte man als behänder Rabe vorsichtig darauf herumhüpfen und hie und da die kühle Nahrung herausziehen. Außerdem schleuderten die Menschen allerhand weg, was gut sichtbar auf dem Schnee landete und von oben gut zu sehen war.

Zu dieser Jahreszeit waren die Menschen ziemlich nachlässig, weil sie ständig überall herumrannten und Berge von

Dingen für ihre sogenannten *vacances de Noël* kauften. Da purzelte schon manches aus Jacken- und Einkaufstaschen. Raoul gönnte sich manchmal ein *palmier* – ein Schweineöhrchen –, ein paar Baiser-Brocken und, sehr selten allerdings, Nugat. Besonders die Menschenkinder schrien lauthals, weil sie irgendwas haben wollten, bissen ein paar Mal davon ab, warfen es dann aber weg und schrien nach dem nächsten. Ein umsichtiger *Corvus corax* konnte ihnen auf der Straße folgen, aufpicken, was sie wegschmissen, und wurde so im Handumdrehen satt. Aber er musste umsichtig vorgehen. Wenn zu viele *Aves* auf ihn aufmerksam wurden und ebenfalls den Leckereien hinterherjagten, wurden sie von den Menschen verscheucht.

Was die Tiere nicht wussten, aber Étienne: heute war Mariä Empfängnis. Noch im Dunkeln war seine Uroma aufgestanden und hatte sich für den langen Weg zur Messe fertiggemacht: mit zwei Paar Socken, dicken Stiefeln, Fingerhandschuhen plus Fäustlingen, einem langen Wollkleid, zwei Pullis und darüber der Mantel. Schließlich wickelte sie sich noch einen Schal um den Kopf, den sie vor zwanzig Jahren gestrickt hatte (aus vierfädiger Kaschmirwolle, die sie sich damals noch leisten konnte). In ihrer Manteltasche steckte ein Spitzentuch, das sie während der Messe tragen würde.

Prüfend beklopfte sie Étienne, der sehr stillhielt: War er passend gekleidet? Ja. Der Weg zur Messe war zu jeder Jahreszeit lang, um ein Vielfaches länger als der Weg zum Einkaufen, aber nach Meinung von Madame de Mornay hieß das eben nur, dass man rechtzeitig losgehen musste. Darum öffneten sie jetzt die Tür und traten nach draußen. Die Stufe und den Weg zum Tor hatte Étienne schon freigeschaufelt.

Jetzt hatte er seine kleine Schaufel dabei und kratzte damit auf dem nur teils freigeräumten Bürgersteig Schnee und Eis zur Seite, um den Pfad zu verbreitern, auf dem seine Uroma ging. Er war ein guter Junge. Die wenigen Leute, die zu der Zeit unterwegs waren, blickten lächelnd zu ihm hinüber.

Es würde eine lange Messe werden, und Étienne und Madame de Mornay waren rechtzeitig da. Seine Schaufel ließ Étienne vor der Tür, dann führte er seine Uroma zu ihrem Stammplatz, ungefähr in der Mitte des Mittelschiffs. Sie kniete nicht nieder, aber nahm Mantel, Handschuhe und Schal ab, legte alles neben sich und ordnete ihr Spitzentuch, dann saß sie still da, die Hände im Schoß, und betete mit geschlossenen Augen. Madame de Mornay kannte alle Gebete aus dem Buch und sprach sie sogar laut, obwohl sie sich nicht hörte. Trotz allem Leid war sie früher eine gewissenhafte Kirchgängerin gewesen, doch jetzt schaffte sie es nur noch drei Mal im Jahr zur Messe: zu Mariä Empfängnis, Weihnachten und Pfingsten. Étienne setzte sich neben sie. Doch als die Kirche fast voll war, kurz vor Beginn der Messe, stahl er sich aus der Kirchenbank und durch die Seitentür nach draußen. Er hatte wohl mindestens zwei Stunden Zeit. So schnell er konnte, lief er zum Champ de Mars, hielt allerdings noch einmal kurz am Haus seiner Uroma und holte einen Beutel mit Sachen, der dort schon lange wartete.

Der Schnee war wie eine Landkarte, die einem zeigte, wo am Morgen welches Tier gelaufen war. Unter den Bäumen, die das Champ säumten, war der Schnee von Menschen und Hunde plattgetreten, doch auf den verschneiten Innenflächen sah man noch die Spuren von Katzen, Füchsen oder Gänsen, die dort gelandet, langgewatschelt und wieder weggeflogen waren. Ein Hase hatte das Champ überquert, und ein Kaninchen war von einem Bau zum nächsten gehastet. Mehrere Eichhörnchen hatten ihre Kobel im Baum verlassen, waren über den Schnee gesaust, wo sie ein paar Nussschalen fallen ließen, und zurück zu ihrem Baum gelaufen. Raben und andere Vögel hatten im Schnee aufgesetzt, waren herumgehüpft und dann weitergeflogen. Und Frida war zu den Geschäften gerannt, ihr war kalt, und die Kälte machte Hunde hungrig. Ihre Spur war schnurgerade, weg vom Stützpfeiler, hin zum Stützpfeiler. Hufabdrücke sah er keine. Étienne ging die Stellen ab, wo er Paras in den letzten Wochen entdeckt hatte, konnte sie aber nirgendwo sehen. Müde vom Laufen, setzte er sich neben seinen Beutel.

Aber Paras konnte Étienne sehen. Von ihrem Platz unter den Bäumen, wo sie zusammengerollt lag (so zusammengerollt, dass sie ihren Magen rumoren hörte), sah sie, wie sich der Junge, die Hände in den Hüften, auf die Zehenspitzen stellte, sich langsam um sich selbst drehte und seinen Blick über das gesamte Champ schweifen ließ. Paras verstand auch ohne Frida, dass er nach ihr Ausschau hielt. Das spürte sie einfach. Und in der kalten, trockenen Luft roch sie ganz schwach den süßen Duft, der wohl aus dem Beutel kam. Sie konnte sehen, dass es ein großer Beutel war, und sie wusste, dass er schwer war. Sie hatte in ihrem Leben schon viele Taschen und Beutel gesehen, weniger Handtaschen, aber Futterbeutel. Darum spitzte sie jetzt die Ohren und wurde immer neugieriger. Unwillkürlich wieherte sie leise. Nancy, die, um sich gegen die Kälte zu schützen, aufgeplustert in ihrem Nest kauerte, quakte: »Pass auf!« Aber so was quakte Nancy immer. Der Junge hatte die Mütze weit ins Gesicht gezogen, man sah nur Mund und Nase. Paras konnte sich jedenfalls nicht vorstellen, dass er sie gehört hatte, er drehte sich nämlich nicht um. Also blieb sie ruhig liegen. Aber mit wachsender Neugier. Sie schob ihre Nüstern in Richtung des Jungen, reckte den Hals, riss die Augen auf und bewegte die Ohren so weit es ging nach vorn. Ihr Schweif spannte sich an, als wolle sie aufstehen, aber sie wusste, dass das nicht ging. Oder vielmehr, dass Frida gesagt hatte, das ginge nicht. Unaufhaltsam wurde der Gedanke stärker, dass sie nichts verlieren konnte, wenn sie aufstand, zu dem Jungen hinüberlief, an dem Beutel schnupperte, die Wange des Jungen beschnüffelte, um zu sehen, was das für ein Junge war.

Der Junge sprang jetzt auf und ab, die Arme fest um sich geschlungen, und machte Geräusche wie ein schnaubendes Pferd. Schließlich drehte er sich wieder um sich selbst, schaute sehr lange in ihre Richtung und wieder weg. »Er hat dich gesehen!«, quakte Nancy, »mich aber nicht! Ihr Vierfüßler könnt einfach nicht stillhalten, stimmt's?«

Paras schwieg.

Der Junge öffnete den Beutel und schaute hinein. Nach kurzem Zögern holte er etwas heraus. Paras sah, dass es eine große Karotte war. Er ließ sie in den Schnee fallen. Es roch nach Karotte, auch wenn es nicht so aussah. Auf dem blendenden Weiß wirkte die Karotte schwarz. Schließlich nahm der Junge den Beutel und ging davon, hielt aber immer wieder an, um etwas herauszunehmen und in den Schnee zu legen. Aus der Entfernung konnte Paras nicht riechen, was es war.

»Er will dich hereinlegen!«, quakte Nancy. »Fall bloß nicht drauf rein. Kennst du nicht diese Enten, die auf dem Wasser schwimmen? Von oben sehen sie gut aus, hübsch könnte man geradezu sagen. Sie schwimmen dort unten friedlich auf dem See, über den du gerade fliegst. Immer wieder streiten wir darüber, ob man einen Stopp einlegen und ein bisschen fressen sollte. Aber die Enten, die einen Stopp einlegen: Peng, schon sind sie tot. Und die, die sie angelockt haben, schwimmen einfach weiter, als wenn nichts wäre. Die Menschen sind furchtbar falsch.«

»Das habe ich anders erlebt«, sagte Paras und sah, wie sich ein Eichhörnchen der Karotte näherte. Dabei hatte der Junge die doch für sie hingelegt. Das Eichhörnchen guckte sich nach allen Richtungen um. Ein anderes Eichhörnchen wartete schon in der Nähe.

Eins hatte Paras auf dem Champ de Mars gelernt. Wenn irgendwo Eichhörnchen herumliefen, waren weit und breit keine Menschen zu sehen. Also streckte sie das Vorderbein vor und hievte sich hoch. Als sie die Bäume und Büsche, die ihr Nest waren, verließ, spürte sie im Rücken das Kratzen der Äste. Sie lief mit gesenktem Kopf an Nancy vorbei und prustete das Eichhörnchen an, das gerade seine Vorderpfoten nach der Karotte ausstreckte. Von hier roch sie noch süßer und leckerer. Anders als erwartet flüchtete das Eichhörnchen nicht sofort. »Der Stärkere hat nicht immer recht«, sagte es.

Paras hatte noch nie mit einem Eichhörnchen geredet. »Ich bin hungrig«, sagte es. Sie schaute das Eichhörnchen an, dann sagte sie: »Du sieht nicht hungrig aus. Du hast doch noch etwas in deinen Backen.«

Das Eichhörnchen warf den Kopf hoch und sauste davon. Paras biss in die Karotte und fraß sie sogleich genüsslich auf. Sie schaute über das Champ. Der Junge hatte noch mehr fallen lassen. Sie lief weiter. Eigentlich hatte sie auf eine weitere Karotte gehofft, aber es war ein Salatkopf, schon ein wenig welk, eher bitter als süß, auch wenn er an manchen Stellen recht knackig war. Sie fraß ihn restlos auf, selbst den faserigen Strunk. Ihr nächster Fund war halb im Schnee versunken und sah aus wie eine Karotte, doch als sie hineinbiss, schmeckte es anders. Erst reckte sie die Nüstern in die Luft und kniff die Lippen zusammen, doch sie war hungrig, also fraß sie es einfach. Es war groß, und als sie es aufgefressen hatte, schmeckte es ihr beinah.

An der nächsten Stelle, wo sie etwas Dunkles, Rundes sah, stand der Junge. Er wich nicht zurück, als sie näher kam. Ruhig stand er da, dann hob er den Apfel auf (jedes Pferd würde von Weitem einen Apfel erkennen) und hielt ihn ihr auf der flachen, behandschuhten Hand hin. Der Apfel sah gut aus und roch verführerisch. Sie hätte ihn sofort entzweibeißen können, aber weil sie eine neugierige junge Stute war, streckte sie trotz ihres Hungers den Hals vor und beschnupperte den Jungen am Kopf. Er stand reglos da, aber hatte offensichtlich keine Angst. Menschen konnten ziemlich schlecht riechen, wenn sie sich fürchteten. Paras schnupperte an den Haaren des Jungen. Dann wartete sie höflich einen Moment, ehe sie den Apfel sauber in zwei Hälften zerbiss und die eine Hälfte auf der Hand des Jungen liegen ließ. Sie kaute langsam. Der Apfel war genauso kühl wie der Salat, aber süß und knackig.

Neben dem Jungen lag der Beutel. Und obwohl Paras wusste, dass das ungezogen war und Delphine kopfschüttelnd »Mm« gesagt hätte, beugte sie den Kopf und öffnete den Beutel mit dem Maul. Es roch gut, nach noch mehr Äpfeln, Salat und Karotten und auch anderem, wahrscheinlich Rote Bete. Sie hob den Kopf und stand still da. Ein langer Moment verging. Der Junge zog einen Handschuh aus und streichelte behutsam über ihre Wange. Paras wieherte leise.

Weiter rechts, beinah schon hinter ihr, lief etwas über den Schnee. Ihr rechtes Auge rollte seitwärts, es war Frida. Den Kopf bewegte sie aber nicht. Frida sollte nicht merken, dass sie sie entdeckt hatte. Der Junge griff in den Beutel, und dann hatte er etwas in der Hand, das kein Pferd alleine finden konnte, einen Zuckerwürfel. Paras nahm ihn vorsichtig mit den Lippen, schob ihn sich auf die Zunge und spürte, wie dieses süßeste aller Dinge langsam zerschmolz. Schließlich zerkaute sie den Rest und schleckte sich über die Lippen.

Dann sah sie, dass Frida nicht allein war. Raoul flog direkt über ihr, und offenbar stritten sie. Paras stupste den Jungen vorsichtig an der Schulter, und er tat, was er sollte: Er nahm den Beutel und ging weiter. Als sie ihm auf dem aufgeweichten, pappigen Schnee hinterherlief, blieb der Schnee unter ihren Vorderhufen kleben, ein unangenehmes Gefühl. Frida und Raoul waren jetzt ziemlich nah, ungefähr dort, wo die Beinah-Karotte gelegen hatte. Schliddernd kam Frida zum Stehen und setzte sich. Raoul hob die Flügel und landete genau vor ihr. Der Junge hielt inne, blickte die beiden an, dann griff er in den Beutel, wühlte eine Weile darin herum und streckte die Hand aus. Paras schnupperte, was es wohl war: Es roch scharf und salzig, ein wenig wie der Salzstein, den Delphine in den Futtertrog legte. Raouls Kopf ruckte nach rechts, nach links. Dann hüpfte er näher, flog auf, landete auf Paras Kruppe und lief dort hin und her (Paras störte das nicht, es fühlte sich an wie Kratzen). Der Rabe beugte sich vor, und der Junge hielt ihm, was immer es nun war, auf der behandschuhten Hand hin. Raoul nahm es.

»Ausgezeichnet!«, sagte er. »Von höchster Qualität! Ursprungsort Costa Brava oder womöglich sogar Nordafrika. Sehr fest und trotzdem weich, beinah breiig.«

»Was frisst du da?«, fragte Paras.

*»Tenebrio molitor!«*, sagte Raoul mit vollem Mund. »Mehlwürmer!«

»Die hab ich schon mal gefressen!«, sagte Paras. »Mit dem Hafer.« Sie rümpfte die Nüstern.

Raoul hüpfte auf das Handgelenk des Jungen. Der Arm des Jungen senkte sich, blieb aber oben. Raoul pickte Mehlwurm für Mehlwurm aus seiner Hand und verschlang sie. Sie sahen ziemlich dick aus. Als Raoul fertig war, nickte er dankend mit dem Kopf und sprang zurück auf Paras' Kruppe. Der Junge drehte sich um, nahm den Beutel und ging quer über das Champ de Mars. Paras folgte ihm. Hinter ihr bellte Frida ihr volles, tiefes Bellen. »Am besten ignorieren«, sagte Raoul. »Wie ich ihr schon erklärt habe, das Leben mit diesem Typen, auch wenn er beste Absichten hatte und, das gebe ich zu, für einen Menschen sehr liebevoll war und sie gar nicht verlassen hat – ich musste ihr ja erst erklären, was tot bedeutet ...«

»Was bedeutet tot?«, fragte Paras.

»Ich vergesse immer, wie jung ihr Säugetiere seid«, sagte Raoul. »Aber um meinen Gedanken zu Ende zu führen, er hatte einfach seine eigenen Probleme, und wenn er es vorzog, im Freien zu leben, statt vor allem im Winter irgendwo Schutz zu suchen ... man muss sich ja nur anschauen, wie das geendet hat, und ja, ich weiß, dass es Sommer war, als er, wie wir *Aves* sagen, »aufwärts geflogen ist«, aber bei jeder Art akkumulieren sich die Schäden mit der Zeit ...«

»Was ist denn das Problem?«, fragte Paras. Frida bellte immer noch.

»Sie glaubt, dass man dich einfangen und ins Gefängnis bringen wird.« Das Siezen musste er wohl aufgeben.

Paras blieb stehen. »Das hab ich schon mal von ihr gehört«, sagte sie. »Was bedeutet Gefängnis?«

»Ach du lieber Himmel! Ein kleiner, abgetrennter Raum, den man nicht aus freien Stücken verlassen oder betreten kann, wo man für ein Minimum an Selbstentfaltung immerzu buckeln und kratzen und tricksen muss.«

»Ach so, eine Box«, sagte Paras. Sie wandte sich zu Raoul um.

»So ähnlich«, sagte er.

»An einem Tag wie heute hätte eine Box einiges für sich.«

»Bist du denn schon einmal in einem Haus gewesen?«

»Wo Menschen leben?«

»Ja.«

Paras lief weiter hinter dem Jungen her, der noch immer den Beutel in der Hand trug und für so einen kleinen Menschen ein ganz schönes Tempo anschlug. »Ich kannte eine Frau, die in unserem Stall gewohnt hat. Ihr Pferd hatte eine, sie eine andere Box und ihr Hund die Box dazwischen. Aber Delphine konnte sich frei bewegen.« Sie überlegte. »Manchmal wohnen die Menschen auch über uns. Dann kann man sie herumlaufen hören.«

»Dein Leben war sehr klar umrissen«, sagte Raoul. »Meiner Meinung nach und wohl nach Meinung der meisten *Aves,* insbesondere *Corvi,* ist nichts so amüsant, wie Menschen in ihrem angestammten Habitat zu beobachten. Sie schlafen, mit offenem Mund, auf dem Rücken, und anders als draußen vor der Tür, wo sie immer so herrisch und viel beschäftigt aussehen, laufen sie dort nicht ständig hin und her, sondern fläzen sich faul herum und stopfen sich mit Essen und Trinken voll. Dort sehen ihre Zusammenkünfte ganz anders aus. Sie hocken ziemlich oft gemeinsam in großen, hellen Räumen, plustern sich auf und tragen Rangkämpfe aus. Wie gern würde ich einmal dabei sein, wenn dort ein fideler Vogelschwarm reinfliegt und sich auf die Köpfe setzt. Aber auch so herrscht bei ihnen ziemliches Chaos.«

Paras hielt sich die ganze Zeit zwei Schritte hinter dem Jungen, und er blickte sich immer wieder nach ihr um. Sie liefen schräg über das Champ de Mars, genauso, wie Frida zum Einkaufen. Mittlerweile bellte Frida nicht mehr und schlich hinter ihnen her. Ab und zu winselte sie traurig, als hätte sie sie aufgegeben und redete mit sich selbst. Der Junge machte eine Pause. Paras näherte sich ihm, und er gab ihr noch etwas aus dem Beutel, diesmal ein Stück Brot. Sie schmeckte Hafer heraus. Köstlich. Raoul landete vor dem Jungen und ruckte mit dem Kopf. Der Junge verstand anscheinend, öffnete den Beutel und ließ Raoul hineinschauen.

»Eigentlich habe ich *cacahuètes* gerochen«, sagte Raoul.

»Was sind *cacahuètes?*«, fragte Paras.

»Dein Speiseplan ist wirklich armselig«, sagte Raoul, ohne zu erklären, was *cacahuètes* waren.

Schließlich erreichten sie ein Gebäude, um vieles höher als ein Stall. Es war von einem Zaun umgeben, über den frostige undurchdringliche Ranken wucherten. Paras reckte den Hals und probierte von den abgestorbenen Blättern. Viel Schnee und ein Anflug von bitterem Sommergeschmack. Sie spuckte die Reste aus. Frida bellte einmal, setzte sich und schaute die anderen, mit angelegten Ohren, an. Der Junge öffnete das Tor so weit wie möglich. Paras schaute in den Garten.

Viel gab es nicht zu sehen. Der Schnee war hier nicht gleichmäßig eben, sondern lag in Haufen vor der Hauswand und türmte sich auf den Fenstersimsen. Schnee und Mauern wurden von der Sonne beschienen, es leuchtete so grell, dass Paras blinzeln musste. Sie prustete und warf den Kopf hoch. Der Garten war größer, als er von außen wirkte. So groß, dass man darin, wenn nicht umhertraben, so doch umhergehen konnte, er lag trotz des strahlenden Sonnenscheins abgeschieden, und es gab keine Äste, die über ihren Rücken schrappen würden, wenn sie hinein- und hinausging. Das Spiel von Wolken, Regen, Nebel und Wind wurde durch nichts behindert. Aber im Moment: nicht gerade sehr einladend. Paras blieb vor dem Tor stehen.

Der Junge machte sich nun an der schwarzen Tür gegenüber dem Tor zu schaffen und öffnete sie ebenfalls. Sie war wesentlich schmaler als das Tor, und ein Pferd, ein Hund oder ein Junge konnten sie nur über eine Stufe erreichen. Der Junge stieß die Tür sehr weit auf. Paras konnte nicht ins Innere blicken, der sonnige Schnee hatte sie ein wenig geblendet, aber sie spürte die Wärme wie Duftschwaden aus dem Haus herüberwehen, und obwohl Frida zwei Mal scharf bellte, trat sie, die neugierige junge Stute, auf die Stufe und durch die Tür (ohne sich die Hüftknochen am Türrahmen zu stoßen). Raoul flog hinterher. Der Junge schloss hinter ihnen die Tür und auch das Tor, und das war auch gut so, denn auf der anderen Seite der Avenue de la Bourdonnais ging ein Gendarm über den Bürgersteig und traute seinen Augen nicht. Es schien ihm, als habe er ein Pferd in das Haus hineingehen sehen, an dem er täglich vorüberkam. Ein anständiges Haus, das seit mindestens hundert Jahren ein und derselben Familie gehörte. Doch seitdem er dort vorbeiging, war das Tor stets zu und verschlossen gewesen.

In dem festgebackenen Schnee auf der Straße und auch dem Bürgersteig konnte er allerdings keine Hufabdrücke entdecken, und daher sagte er sich, er habe wohl auf der Verlobungsfeier seiner Tochter gestern Abend tatsächlich etwas über den Durst getrunken und sollte zumindest in den nächsten Wochen einen großen Bogen um den Alkohol machen. Doch er sah Frida und trat, seiner Ansicht nach freundlich, auf sie zu (was für ein schöner Hund, der sicher jemandem gehörte), nach Fridas Ansicht aber feindlich, schließlich trug er Uniform. Als er die Hand nach ihr ausstreckte, wich sie zurück (ohne Knurren, ein guter Hund knurrte einen Gendarm nicht an) und lief in Richtung Champ de Mars davon, nicht jedoch in der Richtung von Nancys Nest und ihrem eigenen Unterschlupf. Sie tat so, als ob Jacques nach ihr gerufen hätte.

Der Gendarm schaute ihr noch eine Weile hinterher, dann machte er kehrt und setzte seine Runde fort. Und weil er auf der Avenue de la Bourdonnais in Richtung Avenue Rapp ging, konnte er nicht sehen, wie Étienne aus dem Haus trat, das Tor hinter sich schloss und so schnell er konnte zur Kirche zurücklief.

# ACHT

Wenn Madame de Mornay aus der Messe kam, wehrte sie sich stets entschieden dagegen, dass man sie mit dem Auto nach Hause fuhr. Schließlich hatte sie ihren Stock und ihren Jungen. Der Pfarrer durfte sie unterfassen und die fünf Kirchenstufen hinabführen, das war bloß höflich und das hatte sie vor sehr langer Zeit, als sie noch jung war, auch ihrem Ehemann erlaubt. Doch jetzt wedelte sie mit der Hand, um zu bedeuten, dass sie ihn nicht länger brauchte und man sich ja bald wiedersehen würde, und obwohl der Pfarrer wegen des Schnees (ja, auch wenn die Straßen inzwischen geräumt waren) besorgt war, blieb er mit gefalteten Händen stehen und schaute reglos zu, wie sie und der Junge, der eine kleine Schaufel bei sich trug, Schritt für Schritt weitergingen. Schon sein Vorgänger, längst im Ruhestand, hatte Madame für alt gehalten, und der Pfarrer war mittlerweile auch kein Jüngling mehr. Wenn er Madame sah, fragte er sich jedes Mal, wie er wohl ihr oder auch dem Jungen helfen könne. Aber am Ende unternahm er jedes Mal nichts, schaute ihnen nur ab und zu nach, es gab zu viel, an was er sonst noch denken musste. Und sowieso würde sie ja alles ablehnen, was er ihr vorschlug.

Madame und Étienne brauchten eine ganze Weile bis nach Hause, aber Madame bedauerte den langen Spaziergang nicht. Die Messe hatte sie belebt, der Chor hatte so schön gesungen (besonders die Baritonstimmen waren diesmal gut gewesen, voll und ausdrucksstark, auch wenn sie sie nicht hörte und eigentlich an einen Chor von vor vielen Jahren dachte). Sie war zur heiligen Kommunion gegangen, als letzte in der Reihe, und hatte leise oder sogar laut ihre (lateinischen) Gebete gesprochen. Und weil Étienne nach Ende der Messe, als alle anderen gegangen waren, wieder da war, hatte sie nicht wirklich gemerkt, dass er bei der Messe nicht da war. Vielleicht spürte sie, dass seine Hände und Wangen kalt waren, aber das konnte auch Einbildung sein.

Die beiden liefen und liefen, und obwohl es Étienne kaum erwarten konnte, zu sehen, was das Pferd und der Rabe zu Hause machten, hatte er mit seiner Uroma große Geduld.

Raoul hatte eigentlich nicht vorgehabt, im Haus zu bleiben, hinter all den geschlossenen Fenstern. Deshalb setzte er sich auf sämtliche Fensterbänke und schaute nach draußen. Als er mit dem Erdgeschoss fertig war, flog er durch das große Treppenhaus nach oben, in die offenen Zimmer (nur zwei) und schaute von dort nach draußen. Dann pickte er an den Weintrauben, die von der Zimmerdecke hingen, aber sie waren aus Gips und außerdem staubig. Und als er vom ersten Stock aus sah, dass Étienne und die alte Dame die Rue Marinoni hochkamen, flog er die Treppen abwärts und, als die Vordertür aufging, war er schon weg, noch ehe die alte Dame über die Schwelle getreten war.

Auch Paras profitierte von einem der Fenster. Sie streckte sich in einem Sonnenviereck auf einem angenehm dicken Teppich aus (auch wenn sie nicht wirklich wusste, was ein Teppich war), seufzte wohlig in der Wärme und schlief bald ein. Normalerweise schlafen Pferde nicht lange, aber Paras war müde und schlief tief und fest. Ein leises Schnauben aus gekräuselten Nüstern durchdrang die Stille des alten Hauses.

Frida hatte ihr Leben lang einen kühlen Kopf bewahrt. Das musste man als Jagdhund, wie ihr damals, als sie noch ein Welpe war, ihre Verwandten erklärt hatten. Man konnte nicht einfach den Kopf verlieren und sobald man eine Wachtel oder einen Fasan sah, bellend auf sie zurennen. Soweit sie sich erinnerte, waren ihre Verwandten auf diese Fähigkeit stolz gewesen. Ein »guter Hund« nahm sich Zeit, ging weg, wieder heran und sprang genau im richtigen Moment auf die Beute zu, aber immer leise, immer konzentriert, so, dass sich die Luft kaum regte. Das waren die Regeln. Als sie mit Jacques auf der Straße lebte, war sie cool gewesen, hatte still und aufrecht, selbstbewusst wie eine Statue dagesessen, damit die Passanten ihr den Kopf tätschelten und vor allem Münzen auf den Teller fallen ließen. Kleine Hunde bellten vielleicht, ein großer Hund aber nicht.

Doch jetzt wusste sie nicht, was sie tun sollte, und darum tat sie etwas zugegeben typisch Jagdhund-mäßiges: Sie rannte in Kreisen über das Champ, als würde sie nach Beute suchen, was sie aber nicht tat, wirklich nicht, sie hatte nur einfach nicht die leiseste Idee, was sie sonst tun sollte. Sie suchte tatsächlich nach etwas, aber keinen Vogel, sondern eine Idee. Doch Ideen waren an diesem sonnigen, schneeigen, ruhigen und kalten Tag auf dem Champ de Mars offenbar rar gesät. Frida rannte, bis sie erschöpft war – und sich verblüfft auf der Avenue de Suffren wiederfand. Nur wenige Menschen hasteten in Wintermänteln, mit eingemummelten Gesichtern und Handschuhen über die Straße. Soweit Frida feststellten konnte, schaute keiner zu ihr. Doch das Herumrennen hatte sie hungrig gemacht. Von der Avenue de Suffren bog sie in die Rue Desaix ein, wo sie sich nicht besonders gut auskannte. Aber es gab eine Fleischerei, das roch sie, und auch wenn sie dort keinen kannte, war es beruhigend, davor auf dem Bürgersteig zu liegen, mit dem Rücken an der kalten Hauswand, und einfach eine Weile zu hecheln. Sie schloss die Augen.

Frida besaß ein hervorragendes Gedächtnis, und die Szene, wie Paras und Raoul durch das Tor und die Tür gingen und sich die Tür hinter ihnen schloss, sah sie noch genau vor sich. Und vermutlich, weil sie so beschäftigt war oder es rund um die Fleischerei so wunderbar duftete, war sie überrascht, als sie die Augen öffnete und eine Frau in einem hübschen Schaffellmantel (auch wenn das Fell innen war) vor ihr hockte und ihr die Faust hinhielt. Die Faust war nur locker geschlossen und ohne wirklich nachzudenken, tat Frida, was sie tun sollte. Sie streckte die Nase vor und schnüffelte. Dann wedelte sie mit dem Schwanz. Obwohl der Schwanz nur kurz war, sah die Frau es und lächelte. Sie strich Frida zwei Mal über den Kopf. Das fühlte sich gut an. Seit Jacques tot war, hatte niemand mehr Frida streicheln dürfen, nicht einmal Jérôme, der ihr das Gemüse verkaufte. Sie hatte ganz vergessen, wie gut das tat.

»Du hübsches Ding! Dein Fell ist ja seidenweich!«, sagte

die Frau und streichelte sie noch einmal. Bald hechelte Frida nicht mehr und ließ ein leises Schnauben hören.

Die Frau stand auf und schaute die Straße auf und ab. Niemand zu sehen. Noch einmal guckte sie in alle Richtungen. Immer noch keiner. Zum ersten Mal seit Jacques Tod im Frühling entdeckte jemand Fridas Geheimnis.

»Du arme Kleine!«, sagte die Frau. »Anscheinend gehörst du zu gar keinem. Bist du wirklich ganz allein?«

Ich habe zwar keinen Menschen, dachte Frida, aber Freunde. Dann erinnerte sie sich an die Tür, die sich hinter Paras und Raoul geschlossen hatte, an Nancy, die mit ihren Eiern beschäftigt war, und legte den Kopf auf das Vorderbein. Die Frau beugte sich zu ihr hinunter und streichelte sie wieder.

»Aber du bist nicht wirklich dürr«, sagte sie dann. »Irgendjemand kümmert sich um dich.« Wieder hockte sie sich hin. »Du bist ein schöner Hund«, sagte sie. »Ich wünschte, du würdest mir gehören!« Dann öffnete sie ihre Tasche und zog ein Päckchen heraus, schlug das Papier zur Seite und bot Frida sehr freundlich eine schöne Wurst an, eine von Fridas Lieblingsspeisen, die sie noch dazu sehr lange nicht gehabt hatte.

Die Frau legte die Wurst direkt vor Fridas Nase. Aber Frida schlang sie nicht gierig herunter. Sie setzte sich auf, schaute der Frau direkt in die Augen und hielt ihr die Pfote hin. Die Frau nahm die Pfote und sagte: »Gern geschehen.« Und erst als die Frau davonging, die Rue Desaix hinunter in Richtung Avenue de Suffren, fraß Frida die Wurst. Das löste zwar nicht ihr Problem, aber beruhigte und wärmte sie. Die Wurst schmeckte geradezu herrlich, nicht zu scharf, aber sehr aromatisch und intensiv. Eine leckere Abwechslung zu Knochen und Käse.

Frida stand auf und schüttelte sich. Als sie zum Champ de Mars zurücklief, roch es nach der Frau oder wohl eher nach ihrem Schaffellmantel. Frida roch, dass sie an der Avenue de Suffren links gegangen war, roch, dass sie einen Häuserblock weiter und dann über die Straße gegangen war, roch, dass sie noch einen Häuserblock weitergelaufen war, dort einen Laden betreten und wieder verlassen hatte. Dann war sie noch einen halben Häuserblock weitergelaufen, durch eine Tür getreten (Frida schnüffelte an der unteren Türkante) und hatte die Tür hinter sich geschlossen. Frida ging ein wenig zurück und blickte nach oben. Falls die Frau gerade aus dem Fenster schaute, könnte sie die Frau vielleicht sehen können, aber sie guckte gegen das Licht und war sich unsicher.

Zur selben Zeit führte Étienne Madame de Mornay vom Hausflur in ihr Zimmer. Er half ihr, den Mantel auszuziehen, und hing ihn in den Garderobenschrank. Dann half er ihr aus dem Schal, aus einem der Pullis, dann den Stiefeln. Er half ihr, in die Filzhausschuhe zu schlüpfen, und räumte ihre Sachen weg. Der lange Tag hatte seine Uroma offensichtlich ermüdet, sie bewegte die Lippen und sang wohl die Lieder oder sprach die Gebete, die ihr so vertraut waren. Der Junge hatte Paras lang ausgestreckt im *grand salon* liegen gesehen, ihre Nüstern flatterten leicht und ein Hinterhuf zuckte. Er wäre gern zu ihr gegangen, aber erst musste er noch eine Tasse Tee für seine Uroma zubereiten und ihr etwas zu essen bringen. Seit gestern Abend hatten sie nichts mehr gegessen, vor der Messe fastete seine Uroma. Aber für ihre Rückkehr hatte sie Sandwiches vorbereitet, mit ein bisschen Schinken, Kresse und Senf. Seine Uroma gähnte, aber hielt sich natürlich höflich die Hand vor den Mund und tätschelte ihm die Wange. Étienne ging in die *cuisine* und schloss wie zufällig ihre Zimmertür. Wieder kam er am *grand salon* vorbei. Paras lag noch immer ausgestreckt da.

Aber Paras schlief nicht tief. Sie lag still da, und war noch nicht ganz zum Aufstehen bereit. Für ein Pferd ist es eine ziemliche Aufgabe, aus dem Liegen aufzustehen, es muss sich mental darauf vorbereiten. Es hat lange Beine, einen schweren Rumpf. Es kann sein Gleichgewicht halten, aber das kostet ein bisschen Mühe. Wie oft hatte Paras Frida schon bewundert, wenn sie sich aus dem Liegen einfach hochrollte und aufsetzte – und das war nichts im Vergleich zu einer Katze! Eine von Delphines Katzen lag im Stall liebend gern auf der Fensterbank und beobachtete von dort oben die Ratten und Mäuse. Silvie, so hieß sie. Mehr als einmal war sie von der Fensterbank direkt auf eine ahnungslose Maus losgegangen. Delphine nannte es »Luftangriff«. Aber Silvie hatte kein Wort dafür, sie wollte keine große Sache daraus machen. Da rannte plötzlich der Junge vorbei. Rannte noch einmal vorbei, diesmal etwas langsamer, mit etwas in der Hand, und verschwand. Paras rollte sich auf ihr Brustbein, hielt inne und schüttelte den Kopf.

Madame de Mornay fühlte sich durch die Sandwiches und den Tee gestärkt. Sie tastete das Bett neben sich ab, weil sie glaubte, Étienne säße wie sonst neben ihr, äße ein Sandwich und höre ihre kleinen Geschichten an. Einen Moment später saß er tatsächlich da. Die Matratze sank ein. Sie reichte ihm den Teller und sagte: »Mein lieber Junge, ich muss immer noch daran denken, was mir in deinem Alter passiert ist.« Dann erzählte sie, dass ihre Mutter, nachdem ihr Vater gestorben war, einen Mann ins Herz geschlossen hatte, der in der Normandie gelebt und nicht weit entfernt von Deauville ein großes Anwesen besessen hatte. Zweimal sei sie mit ihrer Mutter dort gewesen, aber sie könne sich noch immer sehr gut an die Wiesen und die jungen Pferde erinnern, die im grünen Gras herumtollten. »Wie wäre wohl mein Leben verlaufen«, sagte sie, »wenn einiges anders gekommen wäre.« Wieder tätschelte sie Étiennes Kopf, dann sagte sie: »Ich bin furchtbar müde. Die alten Erinnerungen erschöpfen mich.«

Sie legte sich hin, bettete den Kopf aufs Kissen, und Étienne deckte sie mit dem alten fellgefütterten Seidenumhang zu, unter dem sie so gern ihr Nickerchen machte. Fast im selben Moment schnarchte sie schon.

Im *grand salon* war Paras endlich aufgewacht und schaute sich um. Zugegeben, hier gab es wirklich Platz. Trotz all der Sachen, die aussahen wie umhüllte Heuhaufen, die man an die Wände gerückt hatte, konnte ein Pferd dort noch herumspazieren. Doch wie ihr Geruch und Augenschein sagten, war offenbar schon lange kein Pferd mehr hier gewesen. Erstens gab es keinen Mist, was fast schade war, weil sie eine Menge herausfinden konnte, wenn sie Misthaufen oder auch nur einen einzigen fremden Pferdeapfel untersuchte. Selbst wenn sie nicht zu denen gehörte, die darin gern nach Heuresten oder Hafer schnüffelten, verdiente jeder Misthaufen einen genaueren Blick. Und zweitens sah sie nirgendwo Heuraufen, Futtereimer oder Tränken. Das konnte ein schlechtes Zeichen sein, aber im Moment war ihr warm und sie war neugierig, also stand sie auf, lief in eine Ecke und ließ ein paar Pferdeäpfel fallen, dort, wo sie später nicht hineintreten würde (sie war schon immer ein sauberes, ordentliches Pferd gewesen, Delphine hatte sie stets dafür gelobt). Sie ließ nur wenige Äpfel fallen, aber auch die verströmten einen angenehmen Geruch, der den *grand salon* ein wenig wohnlicher und gemütlicher machte. Dann lief sie an den Wänden entlang, schnüffelte und leckte hie und da. Aber viel konnte sie nicht entdecken, nur Staub, aber davon umso mehr. Sie musste niesen.

Und da war auch der Junge. Er stand am Ende des *grand salon*, blickte sie an und hielt nichts in der Hand, keinen Apfel, keine Karotte. Trotzdem ging sie zu ihm und schnupperte an seinem Hemd.

Étienne hatte nicht darüber nachgedacht, was wäre, wenn das Pferd mit ins Haus kommen würde. Er hätte nicht gedacht, dass es überhaupt ins Haus kommen würde und darum nicht darüber nachgedacht, was er mit dem Pferd machen würde. Eigentlich hatte er noch nie ein Pferd aus der Nähe gesehen, nur darüber gelesen, und in keinem seiner Bücher kam ein Pferd ins Haus und schlief unter dem Fenster. Étienne fürchtete sich ein bisschen, doch da er ein kleiner, aber entschlossener Junge war, hatte er sich auch früher schon gefürchtet. Also tat er, was er immer tat, er lächelte und blickte dem Pferd geradewegs in die Augen. Und schon bekam er Lust, es zu streicheln. Zuerst streichelte er es an der Backe und an den Nüstern, und als es den Kopf senkte, schob er eine Hand unter den buschigen Schopf und kraulte den weißen Stern. Bald schon glitt seine Hand den Pferdehals hinab.

Das Pferd hatte dickes, glattes, flauschiges Fell, anders als die Wolle an dem Sofa oder ein wollener Pullover. Étienne strich über die Schulter. Das gefiel dem Pferd offenbar. Es neigte den Kopf und schloss die Augen.

Als Paras so dastand, roch sie, dass sich hinter einer nahen Tür Futter und Wasser befinden mussten. Seit sie das letzte Mal in dem Bäckerei-Café auf der Avenue de Suffren gewesen war, hatte sie im Grunde nichts Richtiges mehr gefressen. Außerdem war sie durstig. Obwohl sie noch am Morgen reichlich Schnee geleckt und gefressen hatte. Étienne merkte, wo die Stute hinwollte, und ging voraus.

Tatsächlich befand sich in der *cuisine* einiges an Essbarem. Madame de Mornay graute es davor, ohne Vorräte dazustehen, weil sie in ihrem langen Leben schon mehrmals ohne dagestanden hatte und sich daran besser erinnerte als an die guten Jahre. Étienne fragte sich darum nicht, ob es dort etwas Essbares gab, sondern, was ein Pferd wohl fraß.

In Paras' Augen lautete die Antwort: »Schauen wir einfach mal, was sich so findet«. Sie schritt durch die Tür, die alt und breit war, trappelte erstmal zum Spülbecken und leckte an der Keramik. Étienne steckte den Stöpsel ein und ließ Wasser einlaufen. Paras trank in großen Schlucken. Als sie genug hatte und das Becken bis auf den letzten Tropfen geleert war, zog Étienne den Stöpsel. Jetzt roch Paras den Rest von dem Baguette, das Étienne und seine Uroma am Vortag gekauft hatten. Étienne brach es in Stücke. Die Stücke waren noch nicht völlig hart, Paras kaute und schluckte. Aber lecker war das nicht. Anders der Grünkohl, den Étienne aus dem Kühlschrank holte. Für Paras schmeckte er nach Sommer und Sonne. Davon gab es reichlich, und sie fraß das wirklich gern. Étienne war das nur recht, er konnte Grünkohl nicht ausstehen, auch wenn seine Uroma meinte, er müsse ihn essen, weil er so gesund sei.

Dann wandten sie sich Karotten, Pastinaken, Rübchen und schließlich den Süßkartoffeln zu. Gut, dass das alles aus der Speisekammer verschwand, dachte Étienne (In der kühlen, großen, etwa einen halben Stock tief in die Erde gegrabenen Vorratskammer hielt sich alles lange; mehrmals stieg

Étienne die Stufen hinauf und hinab und brachte jedes Mal eine Überraschung mit.) Am Ende kamen die Kartoffeln an die Reihe. Paras schnupperte daran. Unter anderen Umständen hätte sie sie wohl gefressen, aber jetzt ließ sie sie liegen und schaute aus dem Fenster. Das Fenster ging auf den Vorgarten. Am Licht erkannte sie, dass es langsam Abend wurde. Unwillkürlich wanderte Paras weiter durch die *cuisine*, die wie alle Zimmer in dem Haus sehr geräumig war. Am anderen Ende war eine Tür, durch die früher die Lieferanten gekommen waren, die die Lebensmittel, den Wein und alles sonst gebracht hatten, was Madame de Mornay oder ein anderer Mornay für Abendessen oder eine Party benötigten. Es war eine breite Tür, von derselben Farbe wie die Wand, aber Paras roch, dass sie nach draußen führte. Einen Moment blieb sie davor stehen, prüfte sie und stieß dann, völlig aus Versehen, mit Knie und Huf dagegen. Daraufhin trat Étienne vor sie und öffnete die Tür. Der Vorgarten hier war anders als der vor der vorderen Tür, nicht ganz so groß und aufgrund seiner Lage fast schneefrei, dafür aber irgendwie düsterer und stärker überwuchert. Paras lief nach draußen und wurde das Wasser los, das sie in der Spüle getrunken hatte. Doch immer noch war es kalt, und nachdem sie ein wenig herumgelaufen war, stand sie wieder an der Tür, und da Étienne sie eigentlich wirklich mochte, trat er einen Schritt zurück und bat sie herein. Zudem gab er ihr ein Stück Zucker.

Und so kamen die beiden überein, wofür das Haus geeignet war und wofür nicht. Das kleine Malheur im *grand salon* störte Étienne nicht groß. Er nahm einen Eimer, schmiss die Pferdeäpfel durchs Fenster auf die Beerenecke und wischte ein wenig nach.

Die Pferdeäpfel blieben allerdings nicht unbemerkt, außer von Madame de Mornay, die weiterhin tief und fest schlief. Hätte Paras genauer hingesehen, hätte sie in der Ecke des *grand salon*, wo sie geäpfelt hatte, ein kleines Loch in der Wand bemerkt, dort, wo der Bodenbelag beschädigt und weggebröckelt war. Das Loch bildete den Eingang zu einem ziemlich großen Anwesen, das Vater und Sohn gehörte, Conrad und Kurt. Die beiden Hausratten waren Nachfahren einer Familie, die die Wände des Hauses schon zu Zeiten bewohnt hatte, als man von den Mornays noch lange nichts gehört hatte. Die einst große Familie hatte Verbindungen nach ganz Paris, doch vor einigen Jahren hatte sich am Champ de Mars ein fruchtbares Katzenvolk angesiedelt und derart vermehrt, dass die meisten örtlichen Ratten und insbesondere die kleineren Hausratten ausgerottet oder zumindest zum Place des Invalides vertrieben worden waren. Conrad und Kurt liefen manchmal tagelang durch die Nachbarschaft, ohne nur eine einzige andere Ratte zu sehen oder, noch wichtiger, zu hören. Die beiden Haupteingänge zu ihrem Reich lagen in der Speisekammer, aus der Étienne den Grünkohl und die Karotten geholt hatte. Der eine Eingang befand sich nahe der Mehldose (der größere von beiden, durch den sie vor allem die Vorräte in ihr Anwesen beförderten), der andere ein Stück weiter an der Wand hinter der Linsendose. Doch Kurt und Conrad und schon ihre Vorgänger hatten es längst aufgegeben, sich durch Dosen, Fässer, Kisten oder etwa Beutel fressen zu wollen, denn Étienne reinigte die Kammer nicht besonders gründlich, wenn er etwas verschüttete, und Madame de Mornay stieg die kurze Treppe schon seit Jahren nicht mehr hinab. Conrad und Kurt waren fett und faul, aber immer noch weitaus wohlgeformter als Wanderratten. Mehrmals täglich nahmen sie Ausgang und Eingang und sammelten auf, was Étienne liegen ließ. Vor allem darum fiel Étienne das eigentliche Chaos in der Speisekammer nicht auf. Kurt und Conrad waren eine eifrige Putzkolonne.

Ihr Anwesen war ein gewaltiges Labyrinth, das sich über alle Wände des Hauses erstreckte und mehrere Ausgänge ins Freie hatte. Conrad war einige Male nach draußen in die große Welt gegangen, in der Hoffnung, ein oder auch zwei Ratten zu finden, am liebsten Hausratten, am liebsten Weibchen, die bereit war, in ihrem Anwesen zu leben. Aber das Katzenvolk war noch genauso gierig und geschickt wie immer – und einfach überall. Conrad spürte es genau und hatte keine Lust auf dürre, hungrige Katzen, wo er doch einfach nur Freunde suchte. Kurt freute sich darum ziemlich, als er aus dem Fenster im ersten Stock (er saß in einem Loch in der Wand direkt unter der Fensterbank) eine Hündin sah, die vor dem Haus auf und ab spazierte. Schon seit der Dämmerung lief sie dort umher, hielt inne, hob den Kopf, schnüffelte, bellte kurz, lief weiter. Kurt wusste, welche Hunde Rattenfänger waren und welche alle Ratten unter ihrer Würde fanden. Und diese Hündin würde eine Ratte nicht einmal anschauen, solche Hunde guckten nur nach Vögeln. Obwohl Kurt so etwas nie gehört hatte, konnte er sich gut vorstellen, dass ihn solche Hunde beschützen würden. Conrad fand das lächerlich, Kurt aber, »dass er eben Fantasie habe«. Und Conrad räumte ein, wenn sogar ein Pferd im Haus sei, dann sei wohl alles möglich. Conrad war alt, Kurt jung. Und Kurt wusste, dass es da draußen Rattenweibchen gab, und je erwachsener er wurde, desto öfter dachte er daran. Er hatte nicht vor, die Suche nach ihnen aufzugeben, ehe er es nicht wenigstens irgendwie versucht hatte.

Anstatt wie sonst in der Dämmerung ein wenig zu dösen, schaute Kurt also aus seinem Loch, bis die Hündin davonschlich. Dann lief er durch die Wand in eines der unbewohnten Zimmer und kaute meditativ auf einem Leinenlaken herum. Er wusste, dass Conrad unten in der Speisekammer war und gespannt darauf wartete, was Étienne wohl diesmal dalassen würde. Dass das Pferd jetzt von dem abbekam, was rechtmäßig eigentlich ihnen gehörte, störte sie nicht weiter. Es hatte schon immer mehr als genug Vorräte gegeben.

Madame de Mornay hatte erwartet, dass ihr Ausflug sie ziemlich mitnehmen würde, und in der Tat: Als sie von ihrem Nickerchen erwachte, fühlte sie sich noch immer erschöpft. Sie läutete mit ihrem Glöckchen nach Étienne. Und er kam auf der Stelle, denn es war wichtig, dass seine Uroma in ihrem Zimmer blieb, zumindest bis er wusste, wo das Pferd hinkonnte. Madame de Mornay verbrachte einen Großteil ihres Tages im *grand salon* und der *cuisine*. Die Bibliothek käme vielleicht in Frage, aber der Boden dort war hart und sehr glatt, und die Fenster gingen auf das Champ de Mars. Außerdem wusste Étienne nicht, ob Paras mit den Treppenstufen zurechtkommen würde oder wollte. Doch Mariä Empfängnis hatte Madame de Mornay wirklich geschafft. Sie setzte sich im Bett auf, trank ein Glas Milch mit Kamille-Honig-Tee und schlief dann endgültig über ihrem Buch ein, es war der letzte Band von *À la recherche du temps perdu,* woran sie schon seit dreiundachtzig Jahren las und trotzdem irgendwie nie fertig wurde. Doch gab sie nicht auf, weil ihre Mutter Monsieur Proust auf einem Fest einmal persönlich begegnet war.

Étienne bereitete für sich und Paras eine leckere Auswahl aus geriebenem Kohl, Dörräpfeln (sie waren süß-säuerlich, Paras schmatze), Rote-Bete-Schnitzeln und Süßkartoffeln zu. Er bot Paras auch ein paar Käsestücke an, seinen Lieblingskäse, aber sie kräuselte die Oberlippe und lehnte sie, wie auch die dunkle Schokolade, ab. Kurt, der direkt im Eingang zum Rattenpalast stand, roch die dunkle Schokolade. Seine Tasthaare zuckten. Wie gern hätte er davon probiert, aber so etwas ließ Étienne nie fallen oder auf dem Tisch liegen. Nach der Mahlzeit trank Paras wieder lange Wasser aus dem Spülbecken, dann lief sie nach draußen. Étienne schlüpfte in seine Jacke und lief mit hinaus. Als die beiden weg waren, sammelte Kurt die Reste ihrer Mahlzeit auf, und außerdem noch eine vertrocknete Anchovis, die Conrad und er wohl früher übersehen hatten. Es war nur ein winziges Stückchen, aber köstlich.

# NEUN

An diesem Abend lief Frida zurück über die Pont d'Iéna, als wüsste sie genau, was sie tat, und gewissermaßen wusste sie das auch. Seit die Bäume sämtliche Blätter verloren hatten, war sie nicht mehr auf dem Place du Trocadéro gewesen. Doch sie erinnerte sich gern an den angenehmen, lebendigen Platz, an ihr kleines Versteck auf dem Friedhof, an die Gaben, an die gut gekleideten Passantinnen, ihre Handtaschen mit den knurrenden Hündchen drin (lange dachte sie, Handtaschen seien dafür gemacht) und an die Raucher, die vor den Häusern herumlungerten. (Jacques hatte auch geraucht, wenn er es sich leisten konnte; manchmal hatte er sich sogar eine Champagnerflasche geleistet und ihr etwas Champagner in den Napf gefüllt).

Jacques gefielen die Lichter, der Trubel, die Geselligkeit, er hatte sich irgendwie sogar zugehörig gefühlt, weil er auf der Avenue de Messine aufgewachsen war; an seinem alten Haus war er immer gern vorbeigegangen. Und sie hatte gern aufrecht und stolz, auf der obersten Stufe, vor den beiden Gebäuden des Palais de Chaillot gesessen (die Menschen sprachen von einem Gebäudemuseum in einem großen Gebäude). Das Geld für den Eintritt lohne sich nicht, hatte Jacques gemeint, obwohl er andere Museen durchaus besucht hatte; sie bewachte dann davor seine Gitarre. Wenn Jacques schlief, hatte sie manchmal den Friedhof oberhalb von dem Platz erkundet. Jacques mochte ihn, weil er ruhig und abgeschieden lag und man dort lange schlafen konnte.

Als Frida jetzt über die Brücke lief, wusste sie sehr genau, dass hinter ihr der riesige erleuchtete Tour lag, aber sie drehte sich nicht um. Sie hatte das Gefühl, sie müsse seiner kühlen Atmosphäre entkommen. Als sie Paras einmal gefragt hatte, was sie von dem Riesending hielt, hatte Paras zurückgefragt, aufrichtig neugierig: »Spielt das Riesending eine Rolle für mich?« Darauf hatte sie keine Antwort gewusst. Raoul und andere Vögel schienen es als eine Mischung aus Baum und Gebäude zu betrachten; wie Raoul ihr erklärt hatte, hatten im Lauf der Zeit mehrere Schwärme sich dort anzusiedeln versucht, allerdings versäumt, sich zu fragen, »warum das vor ihnen noch keiner gewagt hat. Jeder Vogel hält sich eben für den großen Abenteurer«. Natürlich, so Raoul, würden die Menschen das auf diesem Turm keiner Vogelart gestatten, nicht einmal *Corvus corax* in seinen nobelsten Ausführungen.

Als Frida die schneefreie, aber vereiste Brücke überquert hatte, tat sie etwas, was sie mit Paras im Schlepptau nie hätte tun können. Schnurstracks lief sie, als würde sie jemand rufen und ihr das Recht dazu geben, die Anhöhe hinauf, am Teich vorbei und zwischen den beiden Gebäuden hindurch.

Die Cafés am Platz waren tatsächlich hell erleuchtet, trotz des kalten, rutschigen Abends warteten sie auf Gäste. Im

Lauf des Tages war der meiste Schnee weggetaut oder zur Seite gefegt worden. Die Straßen glänzten, ein paar Autos und Taxen bahnten sich vorsichtig ihren Weg. Frida ging hinüber und setzte sich neben den Eingang der Pâtisserie Carette. Dort platzierte sie sich so, dass sie halb in Richtung Platz und halb durchs Schaufenster schauen konnte. Sie atmete einmal tief durch und wartete.

Als der Wind ihr genau ins Gesicht blies, spürte sie plötzlich, dass sie fror. Den ganzen Tag war sie unterwegs gewesen, war über die Avenue de Suffren, kreuz und quer über das Champ de Mars und vor dem Haus, in dem ihre neue Pferdefreundin verschwunden war, hin und her gelaufen. Der Junge und die späteren Ereignisse des Tages hatten sie abgelenkt. Und Frida, groß, kräftig und muskulös, spürte die Kälte weniger als andere Hunde. Ihr kurzes, dichtes Fell war dafür gemacht, um Fasanen, Rebhühnern und anderen Vögeln auf Wiesen und Feldern oder Enten in Flüssen und Teichen nachzustellen. Bislang hatte sie noch kein Gewässer einschüchtern können, nicht einmal die Seine. Die war angenehm warm, sogar im Winter. Das nahm Frida zumindest an. Doch als sie jetzt im Halbdunkel saß und ihr das strahlende Licht der Pâtisserie genau in die Augen fiel, die Kellner entspannt rauchten, quatschten und sich fragten, ob heute wohl noch jemand kommen würde, zitterte Frida plötzlich. Vor Angst, Schreck oder Kälte? Sie hätte es nicht sagen können. Der Himmel über ihr war so dunkel, dass sie nichts sah außer den Lichtern, die vom Riesenturm am anderen Flussufer herüberwinkten.

»Was in aller Welt redest du da?«, fragte eine Stimme.

Die Stimme gehörte Raoul. Frida starrte in die Dunkelheit, er saß auf dem Geländer des Métro-Eingangs. Manchmal hatte Frida Zuflucht in der Métro gesucht, aber es war dort gefährlich und laut, dafür musste das Wetter wirklich richtig schlecht sein. Frida nieste, dann sagte sie: »Hallo, ich habe mich schon gewundert, wo du warst.«

»In meinem Nest natürlich. Ein *Corvus* meines Standes hat noch mehr zu tun, als sich nur um ein Pferd zu kümmern. Aber was in aller Welt redest du da?«

»Was meinst du?«, sagte Frida.

»Sicherlich merkst du doch, dass du die ganze Zeit vor dich hinmurmelst?«

»Nein«, sagte Frida. »Das habe ich nicht gemerkt.«

»Oh je«, sagte Raoul. »Ich beobachte dich schon den ganzen Sommer. Noch nie hab ich jemanden so viel quatschen hören. Gemurmel hier, Gemurmel da. Ich dachte, so prägen sich *Canis familiaris* Dinge ein, mit ständigen Selbstgesprächen.«

Frida spürte, wie ihr Zittern stärker wurde. Obwohl ihr das noch nie jemand gesagt hatte, wusste sie sofort, dass es stimmte. Normalerweise bellte sie kaum – Jacques hatte ihr beigebracht, dass ihr ausgesprochen lautes Bellen für Hunde (und Menschen), die in Ruhe gelassen werden wollten, gefährlich war. Und auch ihr Winseln gefiel Jacques nicht, aber es gab so viele Gefühle und Gedanken, die irgendwie ausgedrückt werden wollten. Dennoch sagte sie, »Ich weiß gar nicht, wovon du redest«. Raoul grummelte und schwatzte als Antwort mit einer hundeähnlichen Stimme, und Frida erkannte sofort die ihrer manchmal einzigen Freundin, ihre eigene. Sie seufzte. »Das ahmst du sehr gut nach«, sagte sie dann.

»Die meisten *Aves* beherrschen das gut«, sagte Raoul. »Du kennst bestimmt *Psittaciformes*. Eigentlich invasive Arten, aber den Menschen gefallen sie, wohl wegen der Farbe. Menschen sind in vieler Hinsicht sehr oberflächlich. Eigentlich spricht *Corvus* genauso viele Dialekte wie *Psittaciformes,* aber uns bewundert man längst nicht so …«

»Was ist ein *Psittaciform?*«, fragte Frida.

»In der gemeinen Sprache ein Papagei. Aber es gibt natürlich viele Arten. Kein Wunder, denn viele irdische Wesen werden als *Aves* wiedergeboren. Das ist für sie sehr lehrreich. Oder für uns, könnte man auch sagen. Ich habe das Gefühl, dass ich in meinem früheren Leben ein Regierungsbeamter war, aber wahrscheinlich nicht so effizient wie ich hätte sein sollen. Und schau dir Sid und Nancy an. Selbst für Stockenten sind sie furchtbar ängstlich. Vermutlich waren sie in einem früheren Leben sehr impulsiv und sorglos…«

Frida legte sich hin, bettete den Kopf auf die gekreuzten Pfoten und schloss die Augen. Ein Moment herrschte Stille, dann sagte Raoul: »Ich neige zum monologisieren, ich weiß. Das liegt am Alter. Ich habe in meinem Leben so vieles gelernt, das jetzt einfach heraus will.« Dann sagte er: »Ich habe heute durch die Fenster in der Rue Marinoni gespäht. Zuerst machte unsere Freundin offenbar ein nettes Nickerchen, wohlig ausgestreckt lag sie auf dem Boden, und dann fraß sie aus einem sehr großen Eimer. Ich glaube, der Junge mag sie.«

»Das kann kein gutes Ende nehmen«, sagte Frida.

»Schwer zu sagen«, sagte Raoul. »Der Junge scheint gut allein zurechtzukommen, für einen Jungen jedenfalls. Meiner Meinung nach könnte das weniger für *Equus,* sondern für den Jungen gefährlich werden. Im Lauf der Zeit konnte ich beobachten, dass erwachsene Menschen sehr empfindlich reagieren, wenn ein unreifer Mensch keinen Beschützer hat.«

Bei dem Wort »Beschützer« zuckten Fridas Ohren. Für Hunde war es stets eine offene Frage, wer Beschützer und wer Beschützter war. Gingen auf den Pariser Straßen ein Mensch und ein noch so kleiner Hund zusammen spazieren, wusste man nie, wer von beiden wer war. Frida hatte schon Hunde erlebt, die ihr nicht mal bis zum Knie reichten, aber bei der kleinsten Gefahr, ohne rechts und links zu gucken, losbellten: »Hau ab, hau ab! Ich bring dich um, wenn du meinem Menschen was tust!« Und wenn drei Hunde beisammen waren, passte der kleinste auf und warnte die größeren bei Gefahr. Hatte sie Jacques beschützt? Wenn, dann vielleicht nicht gut genug.

»Entschuldigung«, sagte Raoul, »aber jetzt machst du es wieder. Du redest mit dir selbst. Möchtest du mir vielleicht etwas mitteilen?«

Frida zwang sich einen langen Moment, still zu sein, dann sagte sie: »Ich halte es für sehr gefährlich, sich anderen mitzuteilen.«

»Daran habe ich noch gar nicht gedacht«, sagte Raoul. »Für Vögel kann es sehr gefährlich sein, sich nicht mitzuteilen. Mancher Habicht oder Kauz könnte die Stille missverstehen.« Dann sagte er: »Aber klar. Ich halte jetzt meine Klappe. Gute Übung.« Er flog auf, und neben Frida öffnete sich die Tür.

Der Mann, der die Tür öffnete, war nicht alt und sah mürrisch aus. Frida wusste, dass er sie verjagen oder sogar treten wollte. Das hatte sie schon erlebt. Doch sie war zu deprimiert, um aufzustehen. Soll er mich doch treten, dachte sie. Sie drehte den Kopf und blickte ihn direkt an. Der Mann blickte zurück, und seine Miene hellte sich auf. Einen Moment später hockte er vor ihr und tätschelte ihr den Kopf.

»Ich habe noch nie einen so schönen Hund mit so einem traurigen Gesicht gesehen«, sagte er und streichelte sie sanft und freundlich, als kenne er sich damit aus.

Von drinnen hörte man den Mann hinter dem Tresen: »Orlande! Mach die Tür zu. Was für ein Wind! Warum wir heute Abend überhaupt aufhaben!«

Orlande erhob sich, trat ein paar Schritte zurück, verbeugte sich und lud Frida eindeutig ein, mit in die Pâtisserie zu kommen. Frida war unentschlossen, aber drinnen war es hell und warm, und es roch gut. Offenbar gab es nur die beiden Männer, aber es war und blieb ein Innenraum. Im selben Moment kam Raoul angeflogen und pickte sie ganz kurz genau über dem Schwanz.

Frida sprang auf, Orlande lachte, und sie ging durch die Tür. Drinnen setzte sie sich sofort möglichst würdevoll und hielt Orlande die Pfote hin. Er nahm und schüttelte sie. Der Mann hinter dem Tresen warf mit irgendetwas. Orlande hob die Hand und fing es auf, dann zeigte er es Frida. Es roch gut, es war ein kleines, warmes Brötchen. Frida nahm es höflich, ließ es auf den Boden fallen und fraß es so würdig wie möglich. Dann senkte sie den Kopf. Orlande tätschelte sie wieder.

»Eine schöne Hündin«, sagte der Mann hinter dem Tresen. »Ich hab sie hier schon öfter gesehen. Ich glaube, sie gehört einer Familie, die unten auf der Avenue d'Eylau wohnt, doch eigentlich dachte ich, sie wären den Winter über in Cannes. Aber sie würden den Hund doch nicht einfach dalassen.«

»Warum sollten sie das tun?«, sagte der erste Mann. »Weißt du, André, sie hat ein wahnsinnig ausdrucksstarkes Gesicht.«

André stellte eine Schüssel auf den Tresen. Frida sah Dampf daraus aufsteigen. Es duftete sehr gut. Der Mann legte ein Croissant daneben. Davon hatte Jacques ihr schon öfter abgegeben. Dann blies der Mann über die Schüssel. Und Frida führte, obwohl nur sehr wenig Platz war, ein paar ihrer Tricks vor: Sie legte die Pfote über die Augen, streckte sich aus, rollte sich ein, rollte herum, reichte Orlande die andere Pfote. Als könne er ihre Gedanken lesen, brach er ein Stück von einem Brot ab und legte es ihr auf die Nase. Sie wartete einen Moment, dann schnippte sie das Brotstück mit der Nase hoch und fing es auf. Die beiden Männer lachten, der erste Mann klatschte. Dann brachte er ihr die Schüssel, Hühnerbouillon, und das Croissant. Frida fraß bedächtig und so ordentlich wie möglich. Das Croissant war köstlich.

Der Blick von drinnen war jedenfalls völlig anders als von draußen. Die Scheiben waren dunkel, und Frida spiegelte sich darin. Sie konnte nicht die Gegend überblicken oder sehen, wer kam. Die Männer redeten, Töpfe und Pfannen klapperten, Tische und Stühle scharrten, darum konnte sie auch kaum etwas hören. Und was den Geruch, ihren wichtigsten, schärfsten Sinn anging, hatte sie das Gefühl, gleich zu ertrinken. Draußen gab es auch viele Gerüche, nach Feuchtigkeit, Blättern, Bäumen, Vögeln oder anderen Tieren, den scharfen Geruch vorbeifahrender Pkw und Lkw, den Geruch der verschiedenen Menschen (junge Männer rochen eher kräftig, Frauen höchstens nach Blumen), aber immer wehten nur ein oder zwei Gerüche gleichzeitig vorbei und aus einer bestimmten Richtung: Eine aufmerksame Hündin wie sie konnte das leicht interpretieren. Doch hier drinnen bekam sie fast Angst, wieder nach draußen zu gehen. Es war wirklich sehr dunkel.

Orlande stellte einen Teller mit Wasser auf den Boden, und Frida trank. Sie fühlte sich ziemlich satt und zufrieden.

Dann ging die Tür auf, und vier Menschen kamen herein, zwei elegante junge Männer und zwei Frauen auf hochhackigen Schuhen. Alle lachten. André richtete sich auf und schuf Ordnung, Orlande lächelte und wies den vier Menschen einen Tisch zu. Sie gingen um Frida herum, als bemerkten sie sie gar nicht. Als die Tür das nächste Mal aufging und ein Menschenpaar hereinkam, schlüpfte sie durch die Tür, die hinter ihr zufiel.

»Gut, dass du keinen langen Schwanz hast«, rief Raoul, der noch immer auf dem Geländer der Métro-Treppe saß.

»Das habe ich schon oft gedacht«, sagte Frida und lief von der Pâtisserie Carette in Richtung Museumseingang, wo es dunkel und zweifellos kalt, aber windstill war. Am liebsten hätte Raoul gesagt: »Wie die *Aves* verlauten, wird sich die unangenehme Häufung gefrorener Niederschläge spätestens morgen Abend verzogen haben. Vorbeifliegenden *Bombycilla garrulus*-Schwärmen, auch Seidenschwänze genannt, konnte ich entnehmen, dass das warme Wetter schon auf dem Weg zu uns ist.« Aber da er an seinen kürzlichen Moment der Selbsterkenntnis dachte, beschränkte er sich auf: »Es wird bald wärmer.«

In der Ecke des abgelegenen Museumseingangs, dachte Frida, würde sie sich in aller Ruhe zusammenrollen können und den größten Teil der Nacht hoffentlich vor Wachleuten und Gendarmen sicher sein. Als sie sich auf dem harten Boden niederließ, landete Raoul neben ihr, lief auf und ab und setzte die Unterhaltung fort: »Übrigens, was ich dir noch sagen wollte, Nancy hat sechs Eier gelegt.« Gern hätte er noch gesagt: »Es können noch mehr werden, die Enten sind ein vermehrungsfreudiges Pack, aber offenbar denkt sie, das war's. Und wie es aussieht, ist sie gern allein. Habe ich dir überhaupt erzählt, dass ich auch eine Partnerin und reichlich Nachwuchs habe?« Er dachte an Ismelda und ihre »sehr große, bedeutende Familie dort unten bei Vincennes«. Kannte Frida Vincennes? Fast wäre er mit der Frage herausgeplatzt. Seiner Ansicht nach waren nur in Tours die *Corvi* noch selbstgefälliger als in Vincennes. Doch langsam begriff er, dass jedes Gefühl der eigenen Bedeutung im Grunde Selbstgefälligkeit war. Solche Gedanken gingen ihm durch den Kopf, trotzdem hielt er den Schnabel. Er schwieg, und so schlief Frida ein, rundum satt und überraschend zufrieden.

KURZE ZEIT SPÄTER lag Paras im Dunkeln des *grand salon* und genoss die Stille ebenso wie ihren vollen Bauch (Étienne hatte den Nachmittag über eine Tüte Schälerbsen eingeweicht und ihr mit gehobeltem Kohl zum Abendessen gereicht). Im Haus war es so ruhig, dass Paras ihre Ohren dahin und dorthin drehen konnte und alles Mögliche hörte: wie die Autos über die Avenue de la Bourdonnais rutschten, wie Madame de Mornay hinter ihrer Tür unregelmäßig schnarchte, wie Étienne in seinem Zimmer die Buchseiten umblätterte. Paras' Ohren waren lang, schlank und beweglich. Schon immer hatte sie ein gutes Gehör gehabt, das war Teil ihrer Quirligkeit. Jetzt konnte sie ihren eigenen Bauch rumoren hören, was, wie sie wusste, ein gutes Zeichen war. Étienne hatte die Möbel im *grand salon* so umgestellt, dass eine blinde, taube, kränkliche Frau ein Pferd zumindest eine Zeit lang nicht bemerkt würde. Paras störten die Möbel nicht, sie fühlte sich wie in einer Box mit sehr hoher Decke und sehr niedrigen Wänden.

In Gedanken ging sie ihr letztes Rennen, über die Hindernisse von Auteuil, noch einmal durch. Ihr zweiter Sieg. Doch an dem Rennen hatten eher wenige Pferde teilgenommen. Beim ersten Sieg dagegen, ebenfalls in Auteuil, hatte sie sich wie auf wilder Flucht gefühlt, der rasende Galopp über den Parcours machte sie ganz nervös, sie musste sich einfach an die Spitze setzen und davongaloppieren. Und das Springen war dabei noch das geringste Problem. Von dem Hufgetrampel, Prusten und Dröhnen der Pferde hinter ihr, deren Atmen nach Sturm klang, wurde sie so energisch angetrieben, dass sie nach dem letzten Sprung und hinter der Ziellinie am liebsten einfach weitergaloppiert wäre, mitsamt dem Jockey, der auf ihr saß und lenkte. In dem Moment hatte sie noch nicht wirklich begriffen, was »Sieg« bedeutete. Erst als sie zu Delphine, Rania und Madeleine zurücktrabte, der Jockey ihr drei überschwängliche Klapse auf die Schulter gab und sie die anderen Pferde sah, die bedrückt und erschöpft dreinblickten (besonders die graue Stute, die bis zu ihrer Hüfte aufgeschlossen hatte und dann zurückgefallen war), und sie sich super und energiegeladen fühlte, begriff sie, was Siegen bedeutete und wie gut es tat. Es war damals ein warmer Tag, mit grünem, duftendem Gras. Ihr zweiter Sieg in Auteuil war nur ein bescheidenes Herbstrennen, am späten Nachmittag, ohne viele Zuschauer, aber sie galoppierte freudig, sprang mit Leichtigkeit und ließ ihre Verfolgerin, eine braune Stute, zwei Längen hinter sich.

Wieder hatte sie sich an die Spitze gesetzt, aber mehr aus Neugier denn aus Furcht: Diesmal war es nicht furchterregend, diesmal war es seltsam und schön, wie ein Hindernis zum nächsten führte, ein einziger großer Schwung, und schon kam das nächste. Sie wusste, dass Delphine sie, wenn sie einmal älter wäre, auf Springwettbewerbe schicken wollte, wo die Hindernisse größer und robuster waren (das hatte sie Rania erklärt). Sie hatte sich schon darauf gefreut, warum also war sie weggelaufen (beziehungsweise weggetrabt)? Das konnte nur an ihrer Neugier liegen. Oder, wie sie nun dachte, an ihrer nackten Unwissenheit. Paras schnaubte und legte sich auf die Seite. Da hörte sie etwas kratzen, in der Wand, und plötzlich saß etwas Dunkelgraues, fast Schwarzes, Dickes, aber eher Kleines direkt vor ihrer Nase: eine Ratte mit zuckenden Schnurrhaaren. Der Geruch ließ Paras prusten, die Ratte wich zur Seite, lief aber nicht weg, sondern sagte: »Herzlich willkommen.«

Paras konnte die Ratte mit dem linken Auge gut sehen, darum blieb sie einfach liegen. »Herzlich willkommen?«

»Ja, das hier ist unser Revier. Von meinem Vater Conrad und mir, ich heiße übrigens Kurt. Unser Schloss liegt in den Wänden, aber wie man sieht, gibt es mehrere Innenhöfe, und das hier ist der größte.«

»Reden alle« – »kleinen« hätte sie fast gesagt, sagte dann aber – »zierlichen Tiere immer nur über ihre Besitztümer und ihre Bedeutsamkeit?«

Kurts Schnurrhaare zuckten. »Erstens liegt die Größe im Auge des Betrachters, und zweitens kenne ich keine anderen Ratten als meinen Vater und mich. Alle, die hier einmal wohnten, auch die Wanderratten, wurden von Katzen getötet oder vertrieben. Und darum gibt es hier auch nicht allzu viele Vögel.«

»Und was ist mit deiner Mutter?«, fragte Paras.

»Keine Ahnung«, sagte Kurt. »Darüber reden wir nicht.«

Paras, die ihrer Meinung nach viel zu früh von ihrer Mutter Mapleton getrennt worden war (wenn auch nicht früher als andere Fohlen; darüber hatten sich die sechs, die zusammen weggebracht worden waren, endlos unterhalten), seufzte voller Mitgefühl.

»Mein Vater sagt, dass du ein Pferd bist«, sagte Kurt. »Eigentlich haben wir Pferde für mythische Wesen gehalten, darum waren wir ein wenig erstaunt, dich hier zu sehen, aber Fakt bleibt Fakt. Ratten sind bodenständig und realistisch. Das Leben ist kurz, die Gänge sind lang.«

Paras verstand nicht, was er damit meinte, aber auch Pferde hatten ihre Sprüche, die nicht leicht zu verstehen waren, etwa »Bleib oder geh«. Sie kräuselte die Nüstern. Kurt fühlte sich offenbar wohl, denn er rollte sich zusammen, zuckte mit den Schnurrhaaren und seufzte. »Ich mag dich«, sagte er.

»Du kennst mich doch gar nicht«, sagte Paras.

»Du hast so eine ruhige Ausstrahlung«, sagte Kurt.

»Was meinst du damit?«

»Also, mit meinen Augen sehe ich, dass du riesig, rötlichbraun, pelzig und langbeinig bist, mit meinen Ohren höre ich, dass dein Herz mit einem gewissen Dröhnen schlägt. Mit meiner Nase rieche ich, dass du als letzte Mahlzeit Schälerbsen hattest, mit meinen Pfoten spüre ich, dass der Boden dort, wo du liegst, ein wenig einsinkt. Und mit meinen Schnurrhaaren spüre ich, dass deine innere Haltung stimmt.«

»Was ist das?«

»Wenn du das nicht weißt, kann ich es dir auch nicht erklären«, sagte Kurt.

Vielleicht wusste sie es doch, vielleicht ging es darum, wie man ein Rennen lief, über die Hindernisse sprang, spürte, dass sich der Boden in die eine und andere Richtung bewegte, das aber nicht lästig, sondern aufregend fand. »Du solltest dich mit Raoul unterhalten, einem Freund von mir. Ein Rabe«, sagte Paras.

Kurt erschauderte. Stille breitete sich aus, und Paras hörte das Rascheln aus Étiennes Zimmer. Dann öffnete sich die Tür. Kurt war wie der Blitz verschwunden, und weil Paras im Dunkeln gut sehen konnte, erkannte sie, dass er in einem Loch verschwand, das halb versteckt hinter einem Schrankbein lag. Sie drehte sich auf die Brust. Étiennes Schritte klapperten um die Sofas, dann tauchte er auf und streichelte sie an der Stirn und am Hals. Da wusste sie, dass es Zeit war, nach draußen zu gehen.

Paras stand auf, folgte dem Jungen über den Flur in die *cuisine*. Ihre Hufe klangen auf dem Parkett sehr laut. Étienne ließ sie am Spülbecken trinken, dann öffnete er die Hintertür. Sie ging hinaus.

Der Schnee war weg, es hatte aufgeklart, der Mond leuchtete. Paras schüttelte die Kälte ab, ging umher und genoss es, sich zu bewegen. Ein Galopp wäre jetzt schön, dachte sie. Schon lange war sie nicht mehr richtig galoppiert. Die Erinnerung an ihre Rennen hatte sie in Galoppstimmung versetzt. Manche Rennpferde betrachteten das Galoppieren und die Rennen als Job, für den sie Futter und ein Dach über dem Kopf bekamen. Einige sehr gute Rennpferde, die Paras kannte, schienen dagegen, zumindest in Stallnähe, nur zu nörgeln. Ständig trittbereit, die Ohren gespitzt, brauchten sie, wenn es zum Übungsplatz ging, einen Peitschenhieb, traten aus, wenn sie einen bekamen, aber wenn sie mussten, rannten sie schneller, um alle anderen zu übertrumpfen oder ihren eigenen Rekord zu brechen. Anderen Pferden wiederum machte das Rennen zu viel Spaß. Alle im Stall kannten Pferde, die zu einem Rennen fuhren und nie wiederkamen, weil sie zusammengebrochen waren. Doch für andere, und zu denen zählte sich Paras, war Galoppieren so selbstverständlich wie Schritt gehen. Die Gangart war nie ihr Problem gewesen, nur ihre Neugier und Aufmerksamkeit. Aber Delphine und Rania hatten sie gut behandelt und machen lassen. Trotzdem war sie weggelaufen.

Paras hob den Kopf und schnupperte oben am Zaun entlang, darüberschauen konnte sie nicht, aber sie fand keine Geruchsspur von Frida oder Raoul. Ruhelos lief sie weiter. Étienne hatte die Tür hinter ihr geschlossen. Am Fenster sah Paras sein Gesicht, dann nicht mehr, aber das Licht blieb an. Sie ging am ganzen Zaun entlang, sah das Tor, aber es war sehr robust. Auch als sie dagegen trat und sich dagegen stemmte, bewegte es sich nicht. Paras lief weiter umher. Da der Hof windgeschützt war, fror sie nicht, obwohl ihr Fell sich bauschte. Sie äpfelte ein paar Mal und wässerte ein altes Spargelfeld.

# ZEHN

Für Pierre, den Chefgärtner, und sein Team bedeutete der Schnee jede Menge Mehrarbeit. Schaufeln und fegen; wegkarren mussten sie aber nichts. Wenn sie die Wege freischaufelten, würde die Sonne den Rest erledigen. Das war Paris! Die Pariser Sonne war fast immer kooperativ. Außerdem erleichterte es die Arbeit ungemein, dass nur wenige so früh morgens unterwegs waren und den Schnee lieber als Entschuldigung nahmen, zu Hause zu entspannen. Pierre hatte nichts gegen Schnee. Im Gegenteil, er vermisste ihn. Sein Großvater hatte in Arvieux gewohnt, wo er ihn als Kind oft besucht und beim Wintersport viel Spaß gehabt hatte.

Während er mit seinem Team die Arbeit erledigte, hielt er Ausschau nach Paras' Spuren. Wie er gesehen hatte, verliefen sie in östlicher Richtung und verschwanden dann auf einer ausgedehnten Eisfläche. Er könnte von einem Transporter oder Schneepflug ein bisschen leckeres Heu in Teichnähe herunterfallen lassen, dort, wo sich Paras und (wie er dachte) der Hund versteckten. Dem Seuchenamt hatte er sie immer noch nicht gemeldet. Pierre studierte Zeitungen und Internet aufmerksam, hatte aber keine von Delphines Anzeigen gesehen. Langsam dachte er, dass es doch ein Fehler sei, beide Augen zuzudrücken, nur weil das wunderschöne Pferd so gut zum Champ de Mars zu passen schien, auf dem man einst Armee und Kavallerie drillte und Kutsch- und Reitpferde trabten.

War das Pferd vielleicht doch von einem Schlachthof-Lkw geflohen? Pierre machte sich nichts aus Pferdefleisch, aber er wusste, dass alte Leute das manchmal gern aßen. In Paris gab es ein paar Pferdemetzgereien, die in Montmartre hatte über der Ladentür Neonpferde. Aber das Pferd hier war eine echte Schönheit, mit geschmeidigen Bewegungen, stolzer Haltung, satter Färbung, dicker Mähne und vollem Schopf, einem langen, dichten Schweif. Wenn solche Pferde heutzutage zum Schlachter kamen, war die Welt noch schlechter, als er dachte.

Es war ein arbeitsreicher, anstrengender Tag, und Pierre dachte wenig an das Pferd. Aber er vermisste es. Er suchte nach Anzeichen für irgendein Unglück, nach einem Pferdekadaver auf dem Weg, ein Bein bei Eis und Schnee gebrochen, Hunger, was auch immer. Als er spätabends seine Arbeit beendete, war er müde und niedergeschlagen.

Eine Weile war er verheiratet gewesen, aber seine Frau hatte die vier Katzen dann vielleicht doch nicht ertragen. Jetzt lebte sie in Montpellier, wo ihr zehn Jahre jüngerer Freund an der Universität unterrichtete. Sie hatte Pierre ein Foto ihrer Wohnung geschickt: keine Tiere, keine Pflanzen, keine Kissen und als Bett nur ein Futon. Er wünschte ihr alles Gute.

Auf seinem Weg zur Métro-Station École Militaire ging Pierre genau in dem Moment durch die Rue Marinoni, als Paras am oberen Zaunende schnupperte und mit der Schulter gegen das Tor drückte. Paras hatte Pierre immer nur aus der Ferne gesehen und ahnte nicht, dass die Äpfel, die sie dann und wann am Teich fand, von ihm waren. Als sie ihn jetzt roch (Schweiß, Fett, Benzin), dachte sie nicht weiter darüber nach. Und Pierre war so in Gedanken versunken, dass er die Ausbeulung an dem Tor, an dem er schon so oft vorbeigegangen war, nicht bemerkte und auch nicht Paras' Atemzüge beim Erkunden ihrer neuen Welt. Pierre beschloss, sich doch erst morgen zu entscheiden, ob er das Seuchenamt informieren und was er dann genau sagen würde. (Würden sie ein Pferd wohl zum Schlachter geben?) Und Paras beschloss, zur Tür zu gehen und dagegenzutreten. Als Étienne sie hörte, ließ er sie sofort herein, und sie liefen zurück in den *grand salon,* wo sich Paras wie ein Hund in die Ecke legte. Als Étienne später schlafen ging, betete er zum Heiligen Georg, dem Drachentöter (Étienne hatte nichts gegen Drachen, das waren interessante Fantasietiere, und in Paris lebten offenbar keine) und zu Eligius, den heiligen Schutzpatronen der Pferde, wie er gelesen hatte. Obwohl er sich nicht sicher war, ob sie auch Pferde beschützten, die in großen Pariser Salons schliefen.

Raoul sass auf einer Strebe des großen Tour, der, sofern er es beurteilen konnte, für Menschen nutzlos, für *Aves* aber wunderbar bequem war. Einige junge *Corvi* beobachteten ihn. Mit ein paar Ritualen unterstrich er seinen Besitzanspruch – ich weiß alles über dieses Viertel, fragt mich ruhig um Rat, ich verscheuche euch nicht, solange ihr angemessen respektvoll seid, das ist alles, was ich von euch verlange oder vielmehr erbitte. Jedes Zeichen einer »Anspruchshaltung« käme wohl nicht so gut. Die Raben beobachteten ihn, dann blickten sie weg. Raoul spazierte einmal um den Stützpfeiler, der ihm am nächsten lag, ließ sich hinunter in den Schatten fallen und flog seelenruhig davon. Ihm ging es nur um seine Freiheit, wie den meisten weltgewandten Geschöpfen in seinem reifen Alter, nur die Jugend wollte Macht, aber das war schon immer so und würde so bleiben. Er flog über die Avenue de Suffren, den Fluss, drehte eine Runde über den Place du Trocadéro, umkreiste zweimal den kühlen, reglosen Reiter auf seinem Pferd, flog ziemlich nah an einige Schaufenster heran, nur um zu gucken, aber konnte Frida weder in noch vor einem Laden entdecken. Raoul nahm wieder sein Revier über Benjamin Franklins Kopf in Besitz und kauerte sich still und schicksalsergeben in sein Nest. Sein morgendlicher Ausflug hatte ihn mehr gekostet als gedacht. Er hatte sich in der Scheibe der Pâtisserie Carette gesehen, halb zerzaust, halb erschöpft. Das Gefieder wollte gepflegt werden, aber es war keiner da, der ihm half.

Als die Sonne schon höher am Himmel stand und Madame de Mornay sicher war, dass sie durch das große Fenster in den *salon* schien, erhob sie sich mühsam, trippelte zu ihrer Waschgelegenheit und dann zu ihrer Tür. Sie war so stark erblindet, dass sie die Sonne nicht mehr sah, sondern nur noch als angenehme Helligkeit wahrnahm, aber auf Kopf und Armen konnte sie ihre Wärme spüren. Sie wohnte schon so lange in diesen Räumen, dass sie genau wusste, wie die Wärme durch die Räume wanderte und wo sie sie wann genießen konnte.

Madame de Mornay lief langsam und manchmal geräuschvoll, doch Étienne, der oben nach einem Buch über das Reiten suchte, hörte sie trotzdem nicht. Sie öffnete ihre Zimmertür, ging ein Stück über den Flur, machte eine Pause, Gehen, Pause, Gehen, Pause, Gehen, Pause, Gehen, bis zu der Lehne eines Ohrensessels, dann vom Sessel zum Tisch, weiter zur Fensterbank und schließlich zu ihrem Lieblingsplatz. Dort ließ sie sich stöhnend und seufzend nieder. Sie saß drei Meter von Paras entfernt, die direkt neben dem Kamin stand und an den auf dem Kaminrost aufgeschichteten sehr alten Scheiten schnupperte.

Paras hatte schon gefrühstückt und war schon draußen gewesen. Pferde sind Frühaufsteher. Weiter drüben auf dem Schreibtisch hockte Kurt und beobachtete Paras und Madame. Unwillkürlich quiekte er zwei Mal, hatte aber keine Angst vor Madame. Einer seiner Lieblingsgänge endete in ihrem Zimmer, wo er regelmäßig die Krümel beseitigte, die übrig blieben, wenn Madame im Bett Tee und Kekse genoss.

»Ach herrjemine«, sagte Madame, »was bin ich hungrig!« Sie gähnte, mit der Hand vorm Mund.

Paras ging sehr langsam, mit vorgestreckten Nüstern, zu ihr hin. Und so leise wie möglich. Schließlich stand sie neben Madame und beschnupperte sie überall. Ihr Maul war vielleicht zehn Zentimeter von Madames Gesicht, Schulter, Schoß, Knien, Füßen entfernt. Madame war sehr klein: Wenn sie aufrecht in ihrem Ohrensessel saß, berührten ihre Füße kaum den Boden. Gerade machte Madame es sich im

Sessel bequem, hob die Arme, glättete ihr Haar, richtete den Knoten. Mit einer Hand streifte sie fast Paras' Wange, aber nur fast. Hätte sie sie gestreift, wäre sie wohl überrascht, aber nicht erschrocken gewesen. Madame war an Überraschungen gewöhnt. Wie schön wäre jetzt ein weichgekochtes Ei, dachte sie, mit einer Scheibe Brot und Himbeermarmelade. »Étienne, wo bist du?«, rief sie. Vielleicht roch Madame Paras ein wenig, aber vielleicht auch nicht. Sie hatte jahrelang viel geraucht, Gauloises. Oder sie roch etwas, aber glaubte es nicht.

Paras fand Madames Duft ziemlich interessant, ein gut erhaltener Duft, könnte man sagen. Ein Hauch von Blumen, von Staub und, aber wirklich nur ein Hauch von Mensch. Madame nahm ihr Strickzeug vom Beistelltisch. Paras schnupperte vorsichtig daran.

Étienne blickte vom Treppenabsatz herunter und sah seine kleine Uroma, die im Sessel ihr Strickzeug betastete, und das riesige Pferd mit gespitzten Ohren, das fast seine Uroma berührte. Er hustete. Paras drehte sich um, aber nur mit dem Kopf, die Ohren immer noch gespitzt. Der Schweif bewegte sich leicht hin und her. Étienne rannte die Treppe hinunter und berührte Madame de Mornay an der Schulter.

»Ach, mein Kleiner!«, sagte die alte Frau lächelnd. »Hast du gut geschlafen?«

Étienne legte seiner Uroma den Arm um die Schulter, seine Uroma küsste ihn leicht auf die Wange. Paras drehte sich anmutig um ihr eigenes Hinterbein. Ihre Hufen klapperten auf dem harten Boden, aber Madame spürte nur ein leichtes Rumpeln, das sie an die Métro erinnerte, und dachte sich nichts. Auf die Métro war sie stolz: sehr vorausschauend für ihre Zeit, typisch Paris.

Étienne ging zur Tür und öffnete sie weit. Paras lief hinaus in den Sonnenschein. Étienne schloss die Tür. Vielleicht würde er das Pferd – sein Pferd – nie wiedersehen, dachte er traurig. Das Tor stand nämlich offen. Trotzdem ging er zu Madame, nahm ihre Hand, um ihr zu zeigen, dass er da war, und begleitete sie in die *cuisine*. Dabei achtete er darauf, dass sie um den kleinen Haufen am Fenster herumging, wirklich nur ein sehr kleiner Haufen, für Himbeerbüsche geradezu ideal.

Als die beiden gegangen waren, huschte Kurt so schnell er konnte (sehr schnell also) über den Boden im *grand salon*, kletterte auf den Sessel und von da auf die Fensterbank. Wäre er doch mit dem Pferd nach draußen geflutscht, dachte er, es stand noch immer da draußen, aber verzweifelt musste er einsehen, dass er die Chance verpasst hatte. Er war ein Männchen, er brauchte doch ein Weibchen!

Paras genoss die Sonne und den lauen Wind. Sie lief zu dem halb offenen Tor und lugte hinaus. Die Straße war nass und dunkel. Der Schnee geschmolzen, er floss als Rinnsal in die Gullis. Die Menschen liefen wie immer über den Bürgersteig, schauten zu Boden, in Gedanken versunken, überzeugt davon, die Welt um sie herum genau zu kennen. Nur einige Hunde bemerkten Paras, winzige, kleine Hunde mit winzigen kleinen Mänteln, an langen, dünnen Leinen, aber es bellte keiner, und die Menschen gingen weiter. Ein Jack Russell Terrier, ungefähr so groß wie Assassin, starrte sie herausfordernd an, hielt an Madames Gebüsch und hob das Bein. Angesichts dieser Reviermarke prustete Paras spöttisch, doch der Hund ignorierte sie, scharrte ein wenig in der nassen Erde und ließ sich bereitwillig von seinem Frauchen weiterziehen, das beim Gehen die Zeitung las.

In der einen Nacht drinnen, fand Paras, hatte sie sich sehr gut erholt. Vielleicht hatte sie den fehlenden Schlaf der letzten Monate nachgeholt. Der *grand salon* war viel besser als eine Box, es gab mehr zu sehen und zu erkunden, es war ruhiger, weil man nicht ständig andere Pferde wahrnahm. Um nicht weiter darüber nachzudenken, ob sie durch das Tor gehen sollte, inspizierte Paras den Hof noch sorgfältiger als am Vortag. Heute fiel Sonnenlicht herein, und der Schnee hatte sich in Matsch verwandelt. Das widerspenstige Gebüsch, das die Zäune überwucherte, glänzte dunkelgrün. Und das Haus, entdeckte Paras, besaß noch einen anderen, viel größeren Eingang, mit vielen Stufen, wie zu einem herrschaftlichen Gestüt, sehr prachtvoll. Gegenüber davon lag auch ein Tor, mit geschwungenen Schmiedearbeiten, ebenfalls sehr prachtvoll. Hier könnte sie, entdeckte Paras, ihr eigenes Zimmer haben, wie Madame und Étienne. Dieser wunderbar geschützte, aber trotzdem luftige und von draußen nicht einsehbare Platz im Freien war nicht so luxuriös wie der *grand salon,* aber für sie vielleicht passender. Und vielleicht würde sich sogar Frida hineintrauen. Paras schritt umher, schaute sich genauer um und schnupperte und lauschte den Menschen und Tieren, die hinter dem Gebüsch über den Bürgersteig gingen.

Als Frida die Eingangshalle des Architekturmuseums verließ, schlich sie zum Friedhof. Jetzt, wo sie wusste, wo Raouls Nest war, sah sie es in dem Baum über der Statue mit dem sitzenden Mann und konnte sogar die Kopfrundung des Raben erkennen. Doch sie machte sich nicht bemerkbar und schlurfte vorbei. Auf dem Friedhof war es ruhig, zwischen den Gräbern gab es viele Verstecke, die Jacques genutzt hatte. Eine Weile lief sie dort herum, dachte an Jacques, dann lief sie zurück zur Straße, weg vom Platz, und schlich, mit gesenktem Kopf und Schwanz, immer weiter. Vielleicht fühlte sie sich einsamer denn je, noch einsamer als nach Jacques Verschwinden. Sie konnte eigentlich nur eins tun, dachte sie, über diese Avenue weiter bis zum Bois de Boulogne gehen. Dort war sie schon ein paar Mal gewesen. Um zu überleben, könnte sie dort Vögel jagen. Sie könnte sich ein Loch graben, vielleicht würde sie dahinsiechen, warum auch nicht? Jacques war tot, Paras gefangen, Raoul nur ein Vogel (auch wenn er immer von *Corvus Corax* sprach), und die Frau, die ihr die Wurst gegeben hatte, war auch weg. Murmel, Murmel, Raoul hatte recht, sie wusste, dass sie vor sich hinmurmelte, sie hörte es. Ja, sie führte Selbstgespräche, so war das. Dann stand sie an einer Kreuzung, niedergeschlagen, verzweifelt, aber sie sah trotzdem den Gendarmen, der sie anschaute, sich umschaute, sie hörte, wie er in seine Pfeife blies, und wusste, dass der Pfiff ihr galt: Sie kannte die Menschen genau. Kurz blieb sie stehen, dann siegte der Instinkt. Sie flitzte nach links, rannte die Straße hinunter, in Richtung Fluss (das konnte sie riechen). Und als sie beim Weiterrennen an das Loch im Bois dachte, fiel ihr das eigentliche Loch wieder ein, das mit der Handtasche. Wie hatte sie bloß das Geld vergessen können?

Der Gendarm jagte ihr eine Weile hinterher, dann war er weg. Er würde, das wusste sie genau, mit dem Auto wiederkommen, darum flüchtete sie in eine Gasse und wartete, bis das kreischende Auto vorbeigerast war. Irgendwann verließ sie die Gasse wieder, bog nach links und trabte, mit erhobenem Kopf, dorthin, wo sie hergekommen war. Es gab dort eine lange Treppe, auf der Jacques und sie manchmal die Nacht verbracht hatten. Eine abgeschiedene Stelle nahe dem Fluss. Dann fand sie die Treppe, lief hinab, spitzte eine Weile reglos die Ohren, und als alles ruhig schien, huschte sie auf die Straße, die am Fluss entlangführte. Schon bald war sie am Teich.

»Ach du liebe Zeit!«, rief Nancy. »Da bist du ja wieder.«

»Genau. Wie geht es dir?«, fragte Frida.

»Was glaubst du? Immer ist etwas anderes! Das Wasser ist so hochgestiegen«, sie zeigte es mit dem Schnabel, »und wieder zurückgegangen. Aber da kann ich mir ja den Schnabel fusselig reden, Sid hört einfach nicht auf mich. Das kannst du mir glauben!«

»Mach ich«, sagte Frida.

Nancy räusperte sich und steckte den Kopf unters Gefieder. Frida ging zu der Stelle, wo sie die Handtasche versteckt hatte und buddelte. Offenbar hatten Herbst, Regen und Schnee der Tasche nicht gutgetan, aber da sie aus hervorragendem Leder war, besaß sie eine schöne Patina und roch köstlich angefault. Frida zog sie heraus, wälzte sich umgehend darauf hin und her, dann stand sie auf und öffnete die Tasche mit den Pfoten. Seit Paras die Tasche an jenem Abend aus Auteuil mitgenommen hatte, waren die Scheine erheblich weniger geworden. Die restlichen waren feucht, ein wenig verschmiert, aber immerhin unbeschädigt, die Ziffern und Bilder noch gut erkennbar. In den Wochen, in denen Frida bei Jérôme Gemüse gekauft hatte, hatte sie beim Zahlen genau aufgepasst. Jérôme bevorzugte die braunen und blauen Scheine, darum hatte sie vor allem die genommen. Bei den weißen runzelte er die Stirn. Jetzt waren fast nur noch weiße Scheine in der Tasche. Auch wenn sie die nicht sonderlich interessant fand, andere hatte sie nicht. Davon gab es dafür jede Menge.

Frida packte mit den Zähnen den Henkel der Handtasche. Normalerweise ging sie über die Avenue de la Bourdonnais zu dem Laden, aber sie hatte den Gendarmen nicht vergessen, und darum blieb sie auf dem Champ de Mars und lief einfach auf dem Weg unter den Bäumen, neben den Häusern entlang. Sie hätte nicht sagen können, was sie eigentlich vorhatte, aber sie wusste, wenn Jérôme das Geld in der Handtasche sah, würde er freundlich sein. Anders als Paras oder Raoul hatte Frida Vertrauen in die Menschen. Jacques war immer großzügig und liebevoll zu ihre gewesen. Vielleicht würde Jérôme sie irgendwie retten. Sie rannte so schnell sie konnte. Selbst wenn sich ein Mensch nach ihr umdrehte und guckte, er würde sie niemals einholen können.

Die beiden, an denen sie vorbeilief, traten sogar zur Seite. Frida stoppte an der Avenue, wo die Autos das Champ de Mars kreuzen, aber obwohl die Sonne mittlerweile hoch stand und der Schnee verschwunden war, fuhren nur wenige vorbei.

Paras hörte, die Ohren gespitzt, dass Frida kam, oder vielmehr hörte sie einen Hund und erkannte an dem charakteristischen schnellen, geschmeidigen Gang Frida. Paras hätte wohl nicht gesagt, dass sie Frida liebte oder auch nur Zuneigung für Frida empfand. Vielleicht hätte sie gesagt, dass sie für Rania Zuneigung empfand, weil Rania sie so sanft mit dieser weichen Bürste putzte und vier Mal täglich fütterte, aber trotzdem war sie weggelaufen, ohne sich auch nur einmal umzuschauen, und hatte sogar Ranias Tasche mitgenommen, oder nicht? Auch wenn die Handtasche persönliche Dinge von ihr, Paras, enthielt, roch sie doch eindeutig nach Rania. Paras' Neugier hatte über ihre Zuneigung für Rania gesiegt, blitzschnell. Aber als Paras Frida jetzt bemerkte, ließ sie trotzdem ein durchdringendes Wiehern ertönen.

Étienne, der seiner Uroma half, das Bett zu machen, rannte zum Fenster. Da stand ja das Pferd, im vorderen Garten! Es war überhaupt nicht weggelaufen. Étienne beeilte sich, fertig zu werden, und rannte die Treppe hoch, um sein Reitbuch zu holen.

Kurt, der gerade den vorderen Tunnel der *premier étage* verlassen hatte, bemerkte, wie sein Fell von dem kräftigen, hohen Wiehern vibrierte und seine Augen seitwärts rollten. So etwas hatte er noch nie gehört. Er wurde ohnmächtig und kullerte auf den Rücken, alle Viere in der Luft.

Pierre stand mit hüfthohen Gummistiefeln im Becken in der Mitte des Champ und reinigte Oberfläche und Wasserausgang von Schmodder und Ablagerungen, als der kühle Wind das Wiehern zu ihm herübertrug, und obwohl er nicht genau wusste, wo es herkam (er legte die Hand über die Augen und schaute sich um), war er froh, es zu hören.

Raoul, der auf dem Tour saß, hörte das Wiehern ebenfalls, aber er hörte auch vieles andere, das ihm sagte, dass das Leben auf dem Champ de Mars seinen gewohnten Gang nahm. Die Bodenbewohner machten sich einfach zu viele Gedanken.

Auch Anaïs hörte es, wenn auch nur schwach, als sie ihre nächtliche Arbeit beendet hatte und die Avenue de Suffren hinunterging. Der kühle Wind glitt um die Häuser und trug den Schall in ihre Richtung. Als sie das Wiehern hörte, hoffte sie, Paras würde heute oder in einer der nächsten Nächte bei ihr auftauchen. Sie hatte auf eigene Kosten Leinsamen gekauft, den sie unter den Hafer mischen wollte. Und in ihrem Keller lagerten noch köstliche Äpfel, *Reinette de Cuzy*. Sie lächelte in sich hinein und ging schneller.

Der Gendarm, der an der Kreuzung Rue de Grenelle und Rue Augereau stand, hatte eigentlich gedacht, dass seine Hirngespinste von einem Pferd, das in ein Eckhaus ging, endgültig der Vergangenheit angehörten. Als Paras' Wiehern nun über das Champ de Mars flatterte und sein Ohr erreichte, erschauderte er und ging auf der Stelle ins Le Royal, um ein schönes Glas Burgunder zu trinken. Erst kürzlich hatte die Gewerkschaft durchgesetzt, dass Gendarmen im Dienst trinken durften, und als er sein Recht ausübte, fühlte er sich fast wie ein Klassenkämpfer.

Frida zögerte einen kurzen Moment, spitzte die Ohren, aber dann lief sie weiter. Sie mochte Paras, aber ein Pferd konnte sie nicht beschützen. Als sie die Stelle hinter sich ließ, wo sie Paras gehört hatte, und schon fast an der Ecke war, hörte sie wieder ein Wiehern, noch höher und durchdringender. Fridas Ohren kitzelten. Und noch ein Wiehern. Frida blieb stehen, kehrte um und kroch trotz der schweren Handtasche unter das kratzige Gebüsch.

Da stand Paras, mit erhobenem Schweif, gewölbtem Hals, die Ohren gespitzt. Durch die Eisenstäbe hindurch sagte Frida scharf: »Sei still!«

»Oh, du hast meine Handtasche gefunden!«, sagte Paras, ging zum Zaun und schob das Maul hindurch.

In ihrem Innersten widerstrebte Frida der Gedanke, dass das Paras' oder nur Paras' Handtasche sein sollte. Schließlich hatte sie die vielen Tüten zu Jérômes Geschäft getragen und wieder zurück, nur sie hatte doch begriffen, dass man

Geld eintauschen und den Pariser Handel unterstützen konnte, und sie hatte die Handtasche versteckt und bewacht. Ohne ihre Hilfe hätte Paras sie irgendwo fallen lassen und sich nicht weiter dafür interessiert. Es war ungerecht, dachte Frida, dass Paras die Handtasche für sich beanspruchte. Obwohl, Jacques hatte einmal ein sehr winziges Portemonnaie gefunden, das einem Mann gehörte und gut sichtbar auf dem Bürgersteig lag. Sie waren den ganzen Weg bis ins Marais-Viertel gegangen, nur um ihm das Ding zurückzugeben. Der Mann hatte sich überschwänglich bedankt und Jacques mehrere Scheine daraus gegeben. So viele, dass sie die Nacht in einem schönen Zimmer verbringen konnten, wo es eine Dusche gab und Jacques ein Tablett voller Essen bestellte. Frida verstand sehr gut, was Eigentum bedeutete, aber in diesem Fall fand sie es ungerecht. Sie sagte: »Ja, genau. Die Tasche ist wirklich schön gealtert. Aber du bist doch nicht blöd, oder? Die Polizei kann jede Minute hier sein. Heute Morgen in Passy hätten sie mich fast erwischt.«

»Wo sollen wir sonst einen so schönen, abgeschiedenen Platz hernehmen? Der Junge ist echt in Ordnung, noch kleiner als ein Jockey, und er macht wunderbare Schüsseln mit eingeweichten Schälerbsen. Guck mal, dort ist eine Nische, wo du bequem liegen kannst, von drei Seiten gut geschützt. Wäre das nicht ein guter Kompromiss zwischen drinnen und draußen? Der Junge lässt mich abends bestimmt nach draußen, und über dieses Gebüsch da kannst du doch drüberklettern.«

»Oder mich unten durchbuddeln«, sagte Frida.

Frida knickte ihre sehr kräftigen Vorderpfoten um. Schon lange hatte sie nicht mehr mit solcher Freude und Kraft gebuddelt.

Als Étienne die Bibliothek im oberen Stock betrat, um das Reitbuch zu holen, sah er sofort, dass Kurt bewusstlos auf dem Schrank lag. Dank Monaten guter Ernährung war Kurt ziemlich groß, Étienne blickte ihn erstaunt an. Natürlich wusste er, dass in dem Haus Ratten lebten, er hörte sie ja spätabends und frühmorgens. Aber Ratten gesehen hatte er nur in seinen Büchern. Und die waren dünn, mit düsterem Blick, aggressiven Schnurrhaaren, schmalen Augen, spitzen Nasen und bösen Absichten. Doch diese hier hatte ein glänzendes, dunkles Fell, ihre Schnurrhaare zuckten, aber das schien mehr wie ein Hilferuf als eine Drohung. Die Ratte wirkte eher wie ein Haustier. Étienne ging zu ihr und berührte den flauschigen Bauch. Er fühlte sich seidenweich an. Nichts stank. Étienne streichelte den Bauch. Kurt schlug die Augen auf.

Anders als Étienne Kurt, kannte Kurt Étienne sehr gut. Obwohl sein Vater Conrad dagegen gewesen war, hatte er sich einmal bei Mondlicht sehr lange ans Ende von Étiennes Bett gehockt und ihn im Schlaf beobachtet. Étienne wälzte sich zur einen und zur anderen Seite, machte Menschengeräusche, setzte sich plötzlich auf und legte sich wieder hin, aber ohne die Augen zu öffnen. Kurt sah, wie Étienne aß, badete, Madame de Mornay half, las, aus dem Fenster blickte, abwusch, aus dem Haus ging und zurückkam. Und er sah ihn nie etwas Bedrohliches tun, und darum spürte er keine Angst, als er jetzt die Augen aufschlug und Étienne ihn berührte. Eine Weile ließ er sich streicheln, dann hockte er sich hin und gähnte, was Étienne zum Lachen brachte. Das durchdringende Geräusch war verschwunden. Kurts Welt war wieder von den üblichen Sinneseindrücken erfüllt. Étienne hielt kurz inne, dann streichelte er ihn am Rücken, entlang der Wirbelsäule. Kurt erlaubte das so lange, wie er es angemessen fand, bedankte sich dann mit einem Kopfnicken, huschte über den Schrank, über eine der eingehüllten Stuhllehnen und in seinen Gang. Étienne schaute ihm noch einen Moment hinterher, dann fand er das Buch.

Das Buddeln klappte ziemlich gut, der Boden war lehmig und feucht, und das Wurzelwerk nicht zu stark verknäult. Schon nach wenigen Minuten war das Loch so tief, dass Frida die Handtasche hineinschieben konnte. Paras packte sie mit den Zähnen und zog sie unter dem Zaun hervor. Die stinkt aber, dachte sie, und rümpfte die Nüstern. Hunde waren echt seltsam, Verrottetes mochten sie lieber als Süßes. Frida buddelte und buddelte, in einem rasanten Rhythmus. Schließlich war das Loch so groß, dass sie unter dem Zaun hindurchkriechen konnte, ohne seine Metallspitzen zu berühren. Natürlich würde sie das Loch pflegen müssen, Löcher wollten instandgehalten werden, aber die Freiheit zur Flucht war das wert. Frida stand auf und schüttelte sich. Dreck flog in alle Richtungen. Dann inspizierte sie den Vorgarten, schnupperte entlang der Hauswand, der Treppenstufen und der unteren Zaunkante. Beschnupperte die Luft. Es roch alt und nach Katzen, nach Vögeln, Vogelnestern, toten Blättern und verfaultem Gras. Es roch verlassen, aber nicht so verdreckt wie die Gasse, wo sie nach Jacques' Tod gelebt hatte.

Wahrscheinlich durch die Anstrengung und den Spaß am Buddeln fühlte sie sich nicht mehr ganz so niedergeschlagen wie zuvor. Sie erkundete die Nische, legte sich hinein und befand, dass sie zumindest im Moment okay war. Derweil lief Paras weiter umher, fand endlich einen Sonnenflecken und legte sich dort hin. Paras döste ein, Frida döste ein.

Auch Madame de Mornay döste ein wenig. Madames Fenster ging auf den Vorgarten, aber da sie nichts sehen konnte, konnte sie nur mit den Fingern über die Scheibe fahren und sich alles vorstellen: die elegante Auffahrt, das weit geöffnete, in der Frühlingssonne glänzende Tor aus Messing, den geschwungenen Weg an der Treppe, von prächtigen Blumentöpfen gesäumt, die Clément, der Gärtner, sorgfältig pflegte. Gerade fuhr ein Auto hinein, schwarz-silbern, mit offenem Verdeck. Darin saß ihre Mutter, im goldenen Samtkleid, vorn über und über perlenbestickt, die Feder an ihrem Glockenhut schwankte. Sie holte Éveline ab, um, nur für ein paar Tage, nach Deauville zu fahren, das Meer und die Gesellschaft der Freunde zu genießen. Éveline hatte ihren eigenen Koffer gepackt, abfahrtbereit stand er neben der Tür. In Trouville würden sie frische Krabben essen. Sie lächelte im Schlaf.

# ELF

In der Woche vor Weihnachten ging Jacques mit Frida normalerweise nicht in die Gegend rund um den Place du Trocadéro oder überhaupt ans linke Seineufer, obwohl er sich da entspannt und gut fühlte, sondern am Tag in die Nähe der Galeries Lafayette und nachts auf den Boulevard des Capucines. Er zog seine ältesten Kleidungsstücke an, spielte Weihnachtslieder und wies Frida an, selbst wenn es nicht sehr kalt war, zu zittern und sich zu schütteln. Frida begriff, was Weihnachten war, dann leuchteten überall Lichter und Anzeigen, überall waren Leute unterwegs. Sie bedauerten, was für ein armer Hund sie sei, und kling, kling, kling fielen die Ablass-Münzen in die Schale. Manchmal lud jemand sie sogar ins Café ein und bezahlte ihnen eine Mahlzeit, meistens eine Suppe oder auch eine leckere Lammkeule.

In der Weihnachtszeit gab es für Jacques viel zu tun, und obwohl er sich über den Stress und die Gendarmen beschwerte, war er am Ende zufrieden. Frida mochte Weihnachten. Weil sie mehr Geld hatten, bekam sie Truthahn-

oder Gänsestreifen oder sogar ein paar Happen Foie gras oder leckeren Käse. Manchmal kaufte Jacques auch einen *bûche de Noël,* aber Frida durfte nie probieren. Schokolade sei nichts für Hunde, sagte er.

Auch dieses Jahr wartete Frida an dem Haus in der Rue Marinoni sehnsüchtig auf Weihnachten und das, was damit einherging, aber selbst am Heiligen Abend passierte überhaupt nichts. Als sie Paras gegenüber Weihnachten erwähnte, hatte sie gar keine Ahnung, wovon sie sprach. Doch Paras verließ nun jede Nacht den Garten, und da war ihr auch aufgefallen, dass es mehr Lichter und Menschen gab (sie sei sehr vorsichtig, versicherte sie Frida, in den ein bis zwei Stunden völliger Dunkelheit seien die Straßen genauso leer wie sonst im Jahr).

War Weihnachten vielleicht so etwas wie das Arc, das Galopprennen, über das die Trainer und Pferde ständig sprachen? Oder so etwas wie das Grand Steeple-Chase de Paris? Die Pferde, Jockeys, Trainer und Besitzer begeisterten sich für solche Rennen und konnten Wochen und Monate darüber reden. »Nein, nein«, sagte Frida, aber näher konnte sie das nicht erklären.

Raoul war dabei keine Hilfe. Er erzählte etwas von Vogelarten, die sich auf die Pelle rückten und die Stimme erhoben, und genau das schienen die Menschen, im buntesten Federkleid, in der dunkelsten Jahreszeit auch zu machen. Er war der Meinung, bei Weihnachten handele sich um ein Massen-Balzritual. Jedenfalls und das solle sich Frida merken, seien die Menschen dann besonders verschwenderisch und dafür sei er dankbar.

Weil Frida die Menschen aufmerksam beobachtete und selbst zur Niedergeschlagenheit neigte, sah sie durch das

Fenster im *grand salon*, dass Weihnachten Étienne nicht glücklich machte, niedergeschlagen saß er neben Paras, einen Arm um sie geschlungen. Niedergeschlagenheit kannte Frida gut. Manchmal legte Étienne auch eine Wange an Paras' Fell, und wenn er nicht traurig war, wer dann?

Als Vogelhund begriff Frida auch, was Geschenke waren. Da gab es außer Fressbarem auch Stöcke, Bälle, Pinienzapfen, verlorene Schuhe, ungenießbare tote Singvögel, all das hatte sie Jacques manchmal gebracht. Im Gegenzug brachte er ihr ihr momentanes Plüschtier, weil er wusste, dass sie es so gern aufriss und die Füllung herauszerrte, oder ihren momentanen Stein, weil er wusste, wie gern sie Steine im Mund spazieren trug. Sie begriff, dass Geschenke ihren Empfänger seltsam glücklich machten und das nichts mit dem Fressen zu tun hatte. Als Frida jetzt Étienne sah, hatte sie das Gefühl, ein Geschenk würde ihm guttun. Eine Ratte vielleicht. Wenn sie unten an der Tür schnüffelte, roch sie manchmal Ratten, aber sie würde auch nicht ins Haus gehen, um eine Ratte zu töten. Darum ging sie jetzt zu der Handtasche (die mittlerweile in einem Kellerschacht lag), nahm einen weißen Schein heraus, knüllte ihn ein wenig zusammen und steckte ihn in eine Backe. Dann kroch sie durch das Loch unter dem Zaun, passte auf, dass nicht gerade jemand vorbeikam, schüttelte sich und ging mit ihrem üblichen Spürsinn zu Jérômes Laden. Sie wusste, dass Jérôme nun dachte, sie gehöre zu Madame de Mornay und Étienne.

Heute wollte sie keine Äpfel, Zwiebeln, Karotten und auch kein Brot. Das war Futter. Sie wollte ein Geschenk. Wie sie als Hündin ein Geschenk finden sollte, war ihr noch ein Rätsel, aber es gab viele Schaufenster und irgendein Ladenbesitzer würde ihr Geld vielleicht annehmen.

Doch die Sache war schwieriger als gedacht. Die meisten Geschäfte in Jérômes Nähe waren Cafés, Bäckereien oder Konditoreien. Und dahinter war sie nicht mehr in ihrem Revier, am besten ging sie also einfach weiter und guckte sich um. Wenn sie zu lange müßig herumstand, wurde noch ein Gendarm auf sie aufmerksam. An manchen Straßenabschnitten gab es keinen einzigen Laden, nur Häuser, wo Menschen rein- und rausgingen. Als sie leichtfüßig weiterlief, versuchte sie sich zu erinnern, was Jacques gemocht hatte: seine Gitarre natürlich, aber das war unpraktisch. Bücher, aber davon hatte Étienne laut Raoul und Paras schon genug. Vielleicht Kleidung? Jacques hatte einen sehr weichen Schal besessen, der nach Schaf roch und den er an kalten Tagen gern umgelegt hatte. Manchmal legte er ihn sogar Frida um. Oder eine Tasche, zum Transportieren, oder eine Decke zum Sitzen? Frida war auch aufgefallen, dass die Menschen oft elektronische Geräte bei sich trugen (kleine, funkelnde, harte Dinger). Étienne hatte keins, aber Frida spürte, sehr realistisch, dass das außerhalb ihrer Möglichkeiten lag.

Mehrere Hunde kamen an ihr vorbei, nicht nur kleine. Ein Draufgänger, der sogar sie noch überragte, warf ein Auge auf sie, aber sein Fell war ziemlich geschmacklos gefleckt, und als sie ihn anguckte, senkte er den Kopf und schlich im Schatten seines Menschen davon. Ein halbgroßer, sehr freundlicher mit lockigem Fell begrüßte sie mit freudigem Schwanzwedeln, aber als der Besitzer stehen blieb und sich suchend umguckte, lief Frida weiter, ohne auf die Begrüßung zu reagieren. Es waren die freundlichen Besitzer der freundlichen Hunde, die am ehesten die Polizei riefen. Oder vielleicht sollte sie einen Laden suchen, wo die Hundegeschirre und Leinen verkauft wurden, wie sie die anderen Hunde trugen? So etwas könnte sie sehr einfach transportieren und Étienne bringen. Doch nein. Mit einer Leine führte eins zum anderen, dann müsste sie ins Haus, und Étienne würde die Tür hinter ihr schließen.

Es kam Frida vor, als sei sie schon sehr lange gelaufen. Die Straßen waren ein einziges Gewirr, mit zahllosen Kreuzungen. Schließlich gab sie es auf und kehrte zu Jérômes Laden zurück. Sie setzte sich neben den Eingang, spuckte ihren Schein aus und legte die Pfote darauf. Als die Tür aufging, verließ eine Frau mit zwei großen Tüten den Laden. Jérôme kam heraus. Er baute sich vor Frida auf, die Hände unter der Schürze, und sagte: »Frohe Weihnachten, meine Liebe. Wie geht's?«

Frida murmelte etwas, und Jérôme lachte. Dann hob sie leicht die Pfote, sodass der Schein darunter zum Vorschein kam. Jérôme bückte sich, hob ihn auf und strich ihn auf dem Knie glatt. »Ach du je! Du machst wohl Weihnachtseinkäufe!«, sagte er. Frida gab ihm die Pfote, und Jérôme schüttelte sie. Den Schein behielt er in der Hand und bat Frida in den Laden einzutreten. Sie war die einzige Kundin.

Der Laden war mit wenigen Blumen und Schleifen geschmackvoll geschmückt. Frida fiel auf, dass neben den üblichen Kürbissen, Kartoffeln, Bohnen und Orangen andere Kisten standen, die sie noch nicht gesehen hatte, aus Metall und mit bunten Bildern. Sie berührte eine mit der Nase, Jérôme stellte sie auf die Theke. Natürlich war auch darin Essbares, aber das Besondere war das Bild. Die Menschen mochten Bilder. Jérôme zeigte auf etwas, das wie Brot roch, aber kreisrund war und mit Köstlichkeiten und Dekor bedeckt. Frida jaulte. Jérôme legte es auf die Theke. Dann gab es noch eine Kiste, durch die Frida hindurchsehen konnte und in der interessante, verschieden geformte Kekse lagen. Da Jacques eine Schwäche für Süßes hatte, hatte Frida auch schon mal einen Keks probiert, aber sie schmeckten nicht, fand sie. Sie schnupperte an der Kiste. Jérôme stellte sie auf die Theke. Und noch ein Teil, dachte Frida. Jérôme berührte einen Beutel mit Nüssen (Nüsse kannte sie von Jacques). An dem Beutel hing eine winzige menschenähnliche Figur mit riesigen Zähnen und schwarzem Hut. Frida legte die Pfote über die Augen und senkte den Kopf. Nein danke. Jérôme lachte. Dann legte er die Geschenke in eine schwere Tasche, ebenfalls mit Bildern, und zählte das Wechselgeld ab. Er steckte es zu den anderen Sachen in die Tasche. Es war nicht viel.

Die Tasche mit den Geschenken war um einiges schwerer als die Handtasche, aber Jérôme hängte sie ihr vorsichtig ins Maul, sie streckte die Schultern und machte sich auf den Rückweg. Frida musste daran denken, wie Jacques und sie einmal in den Jardins du Trocadéro gearbeitet hatten. Ein streunender Terrier hatte Jacques so lange genervt, bis er ein Stöckchen warf. Er warf ein paar Mal, dann versteckte er das Stöckchen. Der Terrier rannte los und kam Minuten später mit einem Rechen zurück, den er genau in der Griffmitte im Maul hielt und zu Jacques balancierte. Dort ließ er ihn fallen und bellte: »Wirf! Wirf!« Jacques hatte noch abends darüber gelacht. Und Frida war, zugegebenermaßen, schwer beeindruckt gewesen. Während sie ihre schwere Tasche die Straße entlang trug, dachte sie an den Terrier. In allerletzter Minute sah sie aber noch eine andere Möglichkeit. Als eine Ladentür aufging, erblickte sie einen Korb voller Bälle. Dann fiel die Tür wieder zu. Sie setzte sich davor, wartete, nahm all ihre Würde zusammen, und als sich die Tür wieder öffnete, blickte sie dem Menschen, der herauskam, direkt ins Gesicht. Lächelnd hielt er ihr die Tür auf. Sie lief in den Laden, zu dem Korb mit den Bällen und setzte ihre Tasche davor ab.

Normalerweise mied sie Menschen wie den, der jetzt zu ihr herübergeschlendert kam, mürrischer Blick, säuerlicher Geruch, strähnige Haare. Wenn niemand hinschaute, traten die gern mal nach Hunden. Und noch ehe er bei ihr war, rief er auch schon: »Raus hier, du Köter! Hunde sind hier verboten!« Doch Frida bewahrte Haltung, blickte den Mann ruhig an und legte ihre Pfote sachte in den Korb, neben einen Ball. Dann schnüffelte sie an ihrer Tasche. Der Mensch blieb breitbeinig stehen, wedelte mit einem Arm, stemmte die Hände in die Hüften. Frida merkte sofort, dass er Angst vor ihr hatte. Okay, manche Menschen hatten einfach Angst vor Hunden. Also tat sie, was zu tun war: sich hinlegen, einmal um sich selbst drehen, noch mal in die andere Richtung. Der Mensch atmete einmal tief durch, Frida drehte sich auf den Bauch und kroch zu ihm hin. Und wartete. Endlich streckte der Mensch eine zitternde Hand nach ihr aus und tätschelte sie leicht am Kopf. Sie wartete. Er tätschelte sie wieder, schon mit etwas mehr Vertrauen, und lächelte. Frida stand langsam auf, machte kehrt, ging zu dem Korb zurück und legte die Pfote wieder neben denselben Ball.

Der Mensch kam und nahm den Ball aus dem Korb, ging ein paar Schritte zurück und warf ihn ihr zu. Sie sprang hoch und schnappte ihn, trug ihn zu den großen Füßen des Menschen und legte ihn ab. Der Mensch hob ihn auf, warf ihn sacht den Gang hinunter, weiter hinten in den Laden. Sie rannte hinterher und trug ihn zurück, wartete, bis der Mensch die Hand öffnete, und legte ihn darauf (Jacques hatte eine genaue Vorstellung vom Werfen gehabt.) Der Mensch blickte sie an, warf den Ball mehrmals von einer Hand in die andere und ging weg. Frida seufzte, nahm die Henkel ihrer schweren Tasche, hob sie hoch, stolperte leicht, fing sich wieder.

Doch der Mensch kam wieder, mit irgendetwas in der Hand. Mit einem Plopp zog er etwas von einer Seite ab, und ein anderer Ball rollte heraus. Der Mensch ließ den Ball hüpfen, er hüpfte sehr hoch. Frida ließ die Tasche fallen, sprang in die Luft und fing ihn auf. Der Ball war leicht und ein bisschen pelzig, genau die Sorte Ball, die sie suchte. Der Mensch lachte. Frida ging zu ihrer Tasche, scharrte mit beiden Pfoten daran, doch obwohl sie das Geld riechen konnte, bekam sie es nicht heraus. Sie ließ den Ball in die Tasche plumpsen und zerrte die Tasche zu dem Menschen. Dann tat sie etwas, wovor Jacques sie immer gewarnt hatte. Sie bellte. Nur einmal. Und legte dabei die Pfote auf die Tasche. Der Mensch wich zurück, aber anscheinend verstand er. Er kam, griff in die Tasche und fühlte. Einen Moment später zog er einen Geldschein heraus. Jetzt lachte er wirklich und sagte: »Was ist das denn? Das hab' ich ja noch nie gesehen.« Er verbeugte sich leicht. »Würden Sie bitte einen Moment hier warten, meine Dame?«, sagte er dann und schlenderte davon. Als er zurückkam, steckte er das Ding, aus dem der Ball gekommen war, in ihre Tasche und half ihr, die Henkel ins Maul zu nehmen. Er hockte sich vor sie, tätschelte ihr den Kopf und sagte: »Frohe Weihnachten, meine Schöne!« Dann begleitete er sie zur Tür, hielt sie ihr auf und schloss sie hinter ihr wieder.

Der Himmel hatte sich zugezogen, und es dämmerte schon. Weit war es nicht mehr zu dem Haus, aber die Tasche war noch schwerer geworden. Frida trug sie ein Stück, dann zog sie sie, langsam und vorsichtig. Obwohl nirgendwo Menschen zu sehen waren, war alles hell erleuchtet und leise Musik zu hören. Die ganze Stadt strahlte. Nur das Haus von Étienne und Madame de Mornay war dunkel und still, außer einem bisschen Licht hinter einem Fenster. Das Tor stand offen. Frida trug die Tasche über die Stufe zu Étiennes Tür und lehnte sie davor. Sie war erschöpft. Wortlos ging sie an Paras vorbei, legte sich in ihre Nische und schlief auf der Stelle ein. Es wurde dunkel.

UNGEFÄHR EINE STUNDE später beobachtete Kurt, wie sich Madame de Mornay für ihren Gang zur Weihnachtsmesse fertigmachte, nicht für die Mitternachtsmesse, das war vorbei, aber für die Nachmittagsmesse am nächsten Tag. Es war dunkel im Zimmer, aber wie Paras konnte Kurt nachts gut sehen. Und seine Schnurrhaare teilten ihm mitdass es fast nichts mitzuteilen gab: Madame sendete nahezu kein Signal. Sein Ratteninstinkt sagte ihm eigentlich, dass Madame de Mornay kaum oder gar nicht lebte, aber dafür war sie ziemlich rege. Besonders in puncto Sauberkeit war sie offenbar sehr erfahren und geschickt, darauf legten ja auch Ratten großen Wert. Madame breitete ihre Kleidung aus, bürstete sie ab, dann befühlte sie den Stoff, auf der Suche nach Rissen, Löchern und verräterischen Stellen, die sich als Fleck entpuppen könnten.

In den letzten Tagen hatte Madame viel nachgedacht und musste widerwillig zugeben, dass das vielleicht ihr letzter Kirchgang war, zumindest aus eigener Kraft. Sie hatte Étienne nie gesagt, dass ihr Geburtstag am 6. Januar, am

Dreikönigstag, war. Als Kind hatte sie jedes Mal einen Hefekranz mit Zuckerstreuseln bekommen, den Dreikönigskuchen. Irgendwo darin steckte eine winzige Figur, die zu ihren Geburtstagsgeschenken gehörte. Erst mit neun oder zehn hatte sie begriffen, dass die anderen Familien so den Besuch der Heiligen Drei Könige an der Krippe feierten. Und jetzt wurde sie siebenundneunzig! Aber was war daran so erstaunlich? Sie hatte mit sechzig aufgehört, ihren Geburtstag zu feiern, doch die Uhr hatte sich weitergedreht.

Kurt kannte Madames Garderobe ziemlich gut und wusste, dass sie mit den Kleidungsstücken, die sie gerade prüfte, das Haus verlassen würde. Mehr denn je drängte es ihn nach draußen, und während er ihr zuschaute, überlegte er fieberhaft, wie er mit hinausschlüpfen könnte. Er hatte schon in ihre Tasche geschaut, die mitten auf dem Schreibtisch stand, aber dort war es sehr eng. Er war unter den Hut gekrochen, den sie immer trug, den Platz darunter würde allerdings schon ihr Kopf ausfüllen. Er könnte sich auf den Hut setzen und das Beste hoffen, aber dafür war er zu schwer, außerdem würde Madame die veränderte Hutform bemerken. Er könnte von den Regalen neben der Tür auf ihre Schulter springen, aber bestimmt würde sie ihn wegschubsen, mit Gewalt womöglich, und wie das ausgehen würde ... Conrad meinte ja, dass sie hier wenigstens sicher und immer satt wären, ein perfektes Leben gäbe es eben nicht, und das Weibchen, nach dem er sich sehne, könne ja jederzeit auftauchen, man dürfe die Hoffnung nicht aufgeben. Aber es tauchte nicht auf, und darum wollte er nicht länger nur warten, sondern sich ins Abenteuer stürzen.

Kurt hatte eigentlich gehofft, der Junge würde ihn nach draußen bringen, doch nach dem Streichelvorfall gingen immer mehr Tage ins Land, und langsam zweifelte er daran, dass man dem Jungen vertrauen konnte. Der Junge sendete ein starkes Signal aus. Und auch Conrad misstraute dem kleinen, aber schnellen Jungen. Hatte er Kurt überhaupt schon die Sache mit Hector, einem ihrer Vorfahren, erzählt? Generationen vor ihnen streute ein Mensch genau in diesem Haus Krümel für Hector aus, machte leise, angenehme Töne und schien ungewöhnlich freundlich. Nachdem der Mensch ihn monatelang umworben hatte, huschte Hector eines Tages in eine Ecke der *cuisine*, wo ein paar Stücke knusprig gebratener Schweinebauch lagen, und was passierte?

Der Mensch knallte einen schweren Topfdeckel geradewegs auf ihn, setzte ihn fest, brach ihm den Schwanz, tötete ihn. So sind die Menschen, sagte Conrad, und Kurt hatte nichts entgegnen können. Nach Conrads Ansicht gingen die Revierkämpfe zwischen Ratten und Menschen zweifellos bis in alle Ewigkeit weiter. Schon allein die Vorstellung, dass die Ratten von ihnen Steuern in essbarer Form verlangten, wäre den Menschen zuwider, dabei sei es ihr gutes Rattenrecht, schließlich nutzten sie den sonst verschwendeten Wandraum geradezu perfekt. Irgendwann in grauer Vorzeit, so Conrad, hatten Ratten und Menschen vermutlich gemeinsam die Katzen bekämpft, aber weil die Katzen erheblich skrupelloser waren als jede Ratte, besetzten sie das menschliche Revier und diese Möglichkeit sei damit weggefallen. Kurt solle doch, so Conrad, das Positive sehen und das bequeme Leben genießen. Sogar die Wanderratten würden sie darum beneiden.

Madame schlurfte jetzt langsam zu ihrem Bett und schlug die Tagesdecke zurück. Sie summte vor sich hin. Es war dunkel, aber für Madame war das kein Unterschied. Sie saß auf der Bettkante, entledigte sich ihrer Hausschuhe und machte es sich bequem. Es war Weihnachten, vielleicht ihr letztes. Sie schloss die Augen, blickte nach innen und beschloss, sich an jedes ihrer sechsundneunzig Weihnachtsfeste zu erinnern, aber jeweils nur an eine Einzelheit. So würde sie dieses Jahr Weihnachten feiern. In ihrer frühesten und, so dachte Madame, sehr lebhaften Erinnerung, trug ihre Mutter sie auf dem Arm in den *grand salon,* und der ganze Raum leuchtete im Kerzenschein. Sie drückte das Gesicht in den Seidenkragen ihrer Mutter, dann schaute sie wieder. Da war sie wohl fast zwei. Ihre zweite Erinnerung war eine Puppe, in einem roten Samtkleid, und unten schauten schwarze Schühchen hervor. Hatte das Kleid die Schneiderin ihrer Oma genäht? In der Erinnerung gehörten die Puppe und die Oma irgendwie zusammen.

Das dritte Weihnachtsfest musste 1915 gewesen sein, aber daran erinnerte sie sich nicht. Es muss traurig gewesen sein, in dem Jahr war ihr Vater in einer Schlacht gefallen. Weihnachten 1916 war sie vier, und in ihrer Erinnerung stand sie auf einem Schemel vorm Tisch in der *cuisine* und legte kandierte Orangenschalen auf die Baisertörtchen, die Angélique, die *chef de cuisine,* zubereitete. Mit dieser glücklichen Erinnerung schlief Madame de Mornay ein.

Paras verbrachte nicht jede Nacht im Haus, besuchte aber genauso wenig jede Nacht Anaïs. Ihre Tage und Nächte verliefen in einem angenehmen Rhythmus, aber es war ein Rhythmus, kein Plan. Heiligabend schlief sie jedenfalls selig im Vorgarten und wunderte sich nur kurz, wo Frida herkam und warum sie endlos schlief. Natürlich bemerkte sie die Tasche neben der Tür, aber es war nicht ihre Handtasche, kein charakteristischer Geruch. Raoul hätte sie vielleicht näher untersucht, aber er war anderswo in der Stadt beschäftigt.

Und so schüttelte Paras den Kopf, streckte ihr Vorderbein, um sich hochzustemmen, sah, dass es schon hell war, die Sonne aber noch nicht aufgegangen, also die ideale Zeit zum Fressen. Sie würde auf die Stufe treten und gegen die Tür hauen, vielleicht. Sie stand auf. Streckte sich nach vorn, nach hinten. Es ging ein Wind. Sie warf den Kopf hoch. Da öffnete plötzlich sich die Tür, Étienne trat heraus und stolperte über die Tasche. »Oh! Was ist das?«, fragte er, hob die Tasche hoch, betrachtete sie, schaute hinein, ging zum Tor, das noch immer offenstand, blickte die Straße hinunter.

Paras sah, dass er keine Ahnung hatte, dass die Tasche von Frida kam. Aber er war glücklich. Offensichtlich. Étienne drehte sich um und rief: »Oma! Oma! Der Weihnachtsmann war da!« Strahlend lief er zurück ins Haus, die Tür ließ er offen. Paras spähte zu Frida, die ebenfalls aufgewacht war, zeigte mit dem Kopf zur Tür und sagte: »Komm, wir gehen rein! Komm schon! Da drinnen ist es warm! Das wird dir gefallen!«

Doch Frida zitterte und rollte sich noch enger ein. Gefängnis!

Da wird Frida nie reingehen, dachte Paras, prustete, trat auf die Stufe und lief in den *grand salon*.

Étienne führte Paras direkt in die *cuisine*, wo bereits eine Schüssel mit Äpfeln, Karotten und einer Birne bereitstand. Er streichelte Paras' Hals, lehnte den Kopf gegen ihre Schulter. Er schien so glücklich wie nie. Immer wieder sagte er. »Frohe Weihnachten! Frohe Weihnachten, meine Liebe! Was für ein wunderbares Weihnachten!«

# Zweiter Teil

## ZWÖLF

Silvester war schön. Étienne machte *crêpes* für Madame, streute Rohrzucker drauf (und auch für Paras und Kurt und sogar Conrad, der im Gang neben dem Herd hockte). Madames Geburtstag kam und ging. Doch obwohl sie den ganzen Tag daran denken musste, sagte sie nichts. Sie wusste, dass Étienne wusste, dass sie alt war, aber wollte das nicht näher beziffern. Diese Gedanken beschäftigten sie, Eitelkeit, doch als sie abends im Bett lag, überfielen sie ganz andere Gedanken: Ja, sie würde nicht ewig leben, und was sollte bloß mit Étienne werden? Selbst wenn sie hundert würde, wäre er erst zwölf; er selbst hielt sich für selbstständig, aber keiner sonst, und das zu Recht. Sicher, sie besaß Vermögen, das sich mit der Zeit angesammelt hatte, aber hatte er überhaupt einen rechtlichen Anspruch darauf? (Wie konnte sie das herausfinden?) Wegen des Vermögens würden ihm die Behörden einen Vormund zuweisen oder ihn (Gott behüte, da brauchte sie nur an ihre eigene Jugend zu denken) in eine Einrichtung stecken. Was hatte sie denn gedacht? Vor ihrem inneren Auge sah sie das Zimmer, ihr Zimmer in diesem massiven Gebäude. Ja, sie hatte gedacht, dass ihr Haus sie schließlich ihr Leben lang geschützt hatte, und was war das Ergebnis? Sie war gescheitert, selbst wenn sie vom Fenster aus die große, weite Welt sah. Grübelnd warf und wälzte sie sich die ganze Nacht herum, und als ihr Étienne am Morgen ihre Tasse Tee und ein Croissant brachte, klopfte sie leicht das Bett, legte ihre Hand auf seinen Arm und bedeutete ihm, sich zu setzen. Sie konnte ihn nicht sehen, spürte aber seine Stimmung, lebhaft, erwartungsvoll, glücklich. Und das wollte sie nicht zerstören, sie besann sich, später konnte sie noch immer mit ihm reden. »Ach, mein Lieber, du bist so freundlich zu mir«, sagte sie nur. Étienne sprang auf und lief hinaus.

Als er seiner Uroma ihren Tee und das Croissant brachte, wunderte sich Étienne einen Moment, wieso sie so besorgt aussah, doch dann rannte er in den *grand salon*, geradewegs zu Paras, die auf dem Teppich lag. Trotz ihrer Größe war sie vorsichtig im *grand salon* – und anmutig. Sie lief herum, döste, ging in die *cuisine*, stupste, wenn sie durstig war, den Hebel am Wasserhahn an (und noch einmal, bis kein Wasser mehr lief). Ja, wer ein Pferd besaß, hatte viel Arbeit. Selbst wenn es nur draußen äpfelte (Étienne lernte schnell, dass er umgehend tätig werden musste, wenn Paras gegen die Tür schlug), brauchte es viel mehr Nahrung als er oder seine Uroma. Momentan fraß es sich durch die Speisekammer, Wurzelgemüse, Trockengemüse, Obst und Frischgemüse. Aber wenn die Vorräte im Keller aufgebraucht waren, würde das teuer werden. Aber das lag noch irgendwo in der Zukunft, und Étienne wusste, dass die Zukunft viele schlimme Dinge bereithielt, die Schule oder den Tod seiner Uroma. Kurzum, die Zukunft war ein gähnender Abgrund aus Verlusten und Unbekanntem, in den er nicht zu blicken wagte.

Die Gegenwart, das Pferd zu versorgen, zu streicheln, war so schön, dass er an alles andere lieber nicht dachte. Wenn Paras ruhte, lehnte er sich häufig an sie und las. Wie gern putzte er sie mit einem Tuch oder bürstete sie mit der alten Haarbürste, die er in einem oberen Zimmer gefunden hatte. Kürzlich hatte er rittlings auf ihr gesessen, als sie halb aufgerichtet auf dem Teppich lag, die Hinterhufe genau bis zum Bauch hochgezogen. Das machte ihr nichts aus, sie gähnte und schaute ihn an. Er konnte sich gut vorstellen, wie man ritt, Hals und Pferdohren vor sich, die Hände in der Mähne vergraben, aber es war ihm zu unheimlich. Jetzt berührten seine Zehen den Teppich, alles war ruhig, das war nicht unheimlich. Nach einer Weile stieg er ab (das Wort hatte er in der Reitanleitung gelesen), und Paras streckte sich lang aus. Er kroch über ihre Rippen und setzte sich ganz ruhig auf ihre Kruppe. Und als er das tat, wusste er schon, dass er eigentlich richtig reiten wollte.

Wenn Étienne schlief, in der Bibliothek war oder sich um die alte Dame kümmerte, setzte sich auch Kurt auf Paras. Also eigentlich flitzte er auf ihr herum, kroch unter der Mähne hindurch, lief über ihre Schulter oder kletterte vom Huf zum Ellbogen. Paras gefiel das, es kratzte so schön, sie musste sich dann nicht wälzen, wenn es juckte. Als Kurt sie fragte, ob sie schon mal eine Ratte zum Freund gehabt hatte, sagte Paras: »Das hätte Assassin nicht erlaubt.«

»Wer ist Assassin?«

»Ein Jack Russel Terrier.«

Kurt verstand: »Jack Russell Terror.« Und als Paras erzählte, mit welcher Freude der Hund Ratten jagte, packte und ihnen das Genick brach, spürte es sich tatsächlich wie Terror an. »Aber er hat sie nicht gefressen«, sagte Paras, als machte es das besser. Warum hat er sie dann getötet?

»Als Sport? Er hatte Spaß daran.«

Für Kurt hörte sich das nach Katze an, allerdings hatte man bei Katzen nicht das Gefühl, dass sie aus Spaß töteten, eher aus Pflicht, das gehörte zu ihrem Wesen, als Katze, zu töten.

»Manche Pferde hatten Angst vor den Ratten«, sagte Paras, »weniger, wenn sie welche sahen, eher vor den Geräuschen. Pferde mögen keine unheimlichen Geräusche. Aber für uns anderen Pferde waren Ratten okay. Die gingen uns ja im Grunde nichts an.«

Paras und Kurt unterhielten sich in der *cuisine*. Étienne hatte eine Schüssel auf einen Küchenstuhl gestellt, Paras fraß gehobelte Rote Bete daraus, und Kurt saß auf der Stuhllehne. Als Paras fertig war, huschte Kurt runter in die Schüssel und entsorgte die Reste. »Weißt du, wo du mich ein bisschen kratzen könntest?«, sagte Paras.

Kurt schaute sie mit vollem Mund an.

»Unter der Mähne, gleich hinter den Ohren.« Sie streckte Kurt den Kopf hin und schloss die Augen. Kurt trippelte vorsichtig auf ihre Wange und lief aufwärts. Als er ihre Ohren erreichte, lief er noch ein Stückchen weiter, drehte sich dann um und schob seine Hinterpfoten unter die dicke Mähne. Paras hob den Kopf. Das war etwas verwirrend, aber Kurt konnte sich halten. »Ah, fühlt sich das gut an. Die Fellpflege fehlt mir so. Damals fand ich es ja zu viel, vor allem das ständige Duschen, das Wasser im Gesicht, aber das Bürsten mochte ich immer.«

Dann schaute Paras nach rechts und nach links.

Kurt fühlte sich, als würde er herumgewirbelt, aber konnte sich halten.

»Du bist gar nicht so schwer«, sagte Paras. »So schwer wie ein Zaumzeug etwa. Aber bleib besser in der Mitte. Dann kann ich dich besser ausbalancieren.«

Paras lief in den *grand salon* und schaute aus dem Fenster. Kurt hatte das Gefühl, ihm werde gleich schlecht, mit den ganzen Roten Beten und so. Runter. Wieder rauf. Dann ein Geräusch von der Treppe. Paras drehte den Kopf.

Étiennes Schritte auf der Treppe. Paras wusste, dass Kurt Angst vor Étienne hatte, und da sie die Dinge normalerweise nahm, wie sie kamen, versuchte sie nicht, ihm die Angst auszureden. Aber jetzt war sie besonders nett zu ihm. Sie ging mit ihm weiter bis zu seinem Eingang in der Wand und senkte den Kopf. Kurt ließ los, fiel und rutschte ein Stück über den Schopf. Dann lief er in den Gang, wo es kühl und dunkel war, wirklich sehr entspannend. Auf dem Weg zu seinem Schlafraum nahm er sich vor, sich nie wieder auf Paras' Kopf zu setzen. Doch er wusste, er würde es wieder tun, denn das war vielleicht der beste Weg, um raus in die Welt zu kommen und ein Weibchen zu finden, seine heiß ersehnte Partnerin.

Auch Raoul hatte ein Winterprojekt. Er wollte das beste Nest aller Zeiten bauen, das geräumigste, gemütlichste und ästhetisch gewagteste (In sein Avantgarde-Nest hatte er silberne Lamettafäden eingewoben, die im Mondlicht glitzerten, ein Abbild der wie zufällig hingestreuten Sterne). Er war jetzt sechzehn Jahre alt. In Menschenjahren. Aber ein Vogeljahr hatte nichts mit Sonne und Erde zu tun, sondern mit Vegetation und Migration. Er lebte nun schon seit fünfzig Vogeljahren, zehn davon in Paris.

Wenn ein männlicher *Corvus* das vierzehnte Vogeljahr erreichte, musste er die anderen auf drei Gebieten herausfordern: Flug, Gesang und Kampf. Außerhalb von Paris verlief der Wettstreit nach einem ritualisierten, traditionellen Muster. In den Gesängen beispielsweise ging es meist um Insekten oder Samenkörner. Beim Fliegen mal um die Länge, mal um Geschwindigkeit. Auch die Kämpfe waren ritualisiert: Wenn ein älterer Typ den Kampf verlor, wechselte er mit seiner Familie einfach auf einen weniger prestigeträchtigen Baum, etwa von einem Walnussbaum auf eine Buche. In Paris aber waren die Beziehungen undurchsichtiger und weniger freundschaftlich, er musste sich anstrengen, um die Jugend abzuwehren. Bald schon würde er sein Nest über der Benjamin-Franklin-Statue aufgeben müssen, die Verbannung akzeptieren. Ja, er war einsam. Und da machte es die Sache nicht gerade besser, dass Paras und Frida in dem leeren, gruseligen Haus, wo dieses arme Kind, dieses alte menschenähnliche Wesen und diese Ratte wohnten, offenbar hochzufrieden waren und seinen Rat nicht brauchten.

Er hätte einfach immer so weitermachen können, Menschen und *Aves* beobachten und seine Theorien entwickeln, aber keiner wollte sie mehr hören. In dieser Nacht nagte die Unzufriedenheit an ihm, er putzte sich, bis die Federansätze schmerzten, und fand dennoch keine Ruhe. Der Place du

Trocadéro lag totenstill da. Alle Cafés waren geschlossen, die beiden Gebäude des Architekturmuseums lagen da wie stumme Eisblöcke. Sogar die Lichter am großen Tour hinter dem Fluss wirkten verloren. Raoul hüpfte einen Ast höher, breitete die Flügel aus und flog los, erst aufwärts über den Metallmann auf dem Metallpferd, dann segelte er die Esplanade hinab.

Der Mond war eine blasse, schmale Sichel. Er glitt über den Fluss, drehte links ab. Auf dem Champ de Mars war niemand zu sehen, nur Mademoiselle Paras; mit erhobenem Schweif, wippendem Schopf und geblähten Nüstern trabte sie energisch über das feuchte Wintergras. Sie machte ziemlichen Krach, doch die Fenster waren alle dunkel. Er flog einmal um sie herum, dann landete er auf ihrem Hinterteil. Sie prustete und sagte: »Du kannst doch fliegen. Was musst du auf mir reiten?«

»Ich kann nicht gleichzeitig fliegen und mit dir reden.«

»Andere Vögel können das.«

»Da hast du etwas missverstanden. Die Vögel proklamieren, das ist keine Konversation. Wenn wir kommunizieren wollen, halten wir. Und ich habe auf deinem Hinterteil gehalten. Du könntest stehen bleiben.«

»Ich habe Hunger und will nicht zu spät kommen.« Aber sie lief langsamer.

»Wo läufst du hin?«

Paras erzählte von Anaïs, der Bäckerin: »Sie kommt an Getreide. Alle möglichen Getreidesorten. Man kann nicht zu jeder Mahlzeit Grünkohl fressen und dann glauben, dass man stark und kräftig bleibt.«

»Wie ich euch Säugetieren schon immer gesagt habe, Insekten sind eine wunderbar würzige Energiequelle.«

»Wie viele Fliegen pro Tag müsste ich da wohl fressen? Ich wiege vierhundertfünfzig Kilo.«

Das könnte ein Problem sein, gestand Raoul zumindest sich selbst ein. »Ein Vogel frisst pro Tag sieben Mal so viel wie sein eigenes Körpergewicht.«

»Wieviel wiegst du?«

»Über ein Kilo. Vielleicht ein Kilo plus ein Viertel.«

»Absehen davon, dass ich wohl nicht jeden Tag dreitausend Kilo fressen könnte, glaube ich auch nicht, dass du jeden Tag sieben oder acht Kilo Würmer, Fliegen und Fritten frisst.«

Raoul sagte nichts. Er flog auf, und Paras fiel in einen leichten Trab. Ihre Hufe machten auf dem Bürgersteig Geräusche, aber da sie vor einem Monat ihre Hufeisen verloren hatte, klapperten sie nicht mehr. Sie bog links ab. Raoul folgte ihr zu dem Geschäft, und hinter dem hell erleuchteten Fenster arbeitete tatsächlich ein jüngeres Menschenweibchen an einem großen Tisch. Als Raoul sie sah, blickte sie in ihre Richtung, lächelte, kam an die Tür und öffnete sie. »Guten Abend, mein liebes Mädchen!«, rief sie. Paras, die in Schritt zurückgefallen war, blieb stehen, legte vorsichtig den Kopf auf die Schulter der Frau und schnupperte zur Begrüßung sacht an ihrem Haar. Die Frau tätschelte Paras die Wange und schob ihr den Schopf aus den Augen.

Raoul setzte sich auf die leere Gemüseauslage vorm Nachbargeschäft. Immer ging es bei Säugetieren um den ewigen Kreislauf aus Liebe, Hass, Traurigkeit, Fröhlichkeit, Angst und Wut. Wie alle *Aves* wussten, hielten sich die Säugetiere für die »höheren« Tiere. Und alle *Aves* quittierten diese Vorstellung mit einem Lachen.

Mittlerweile fühlte sich Anaïs mit Paras wohler. Sie hätte

eigentlich gedacht, dass man das Pferd längst eingefangen hätte, aber soweit sie erkennen konnte, hatte es noch keiner entdeckt. Auch wenn es ihr ein Rätsel war, wo das Pferd lebte. Als sie, schon vor Weihnachten, das seltsame Wiehern gehört hatte, war sie das Champ de Mars abgegangen, konnte aber nirgendwo Anzeichen für ein Pferd finden. Schließlich hatte sie entschieden, dass Paras wohl eine Art Inkarnation sein musste. Anaïs war sehr religiös erzogen worden, und obwohl sie die strenge Lehre ablehnte, gegen Erscheinungen hatte sie nichts. Und sämtliche Geschichten ihrer Kindheit sagten ihr, dass man, wenn man von einem Gott oder Geist um etwas gebeten wurde, der Bitte voller Zuversicht und leichten Herzens nachkam. Und das tat sie. Das Pferd erschien drei- oder viermal die Woche. Was sie ihm gab, erhöhte die Kosten von Bäckerei und Café um etwa ein Prozent, und dafür erhöhte sie die Preise einiger Luxusprodukte wie Schokoladencroissants oder Zitronentarte, die ihre Kunden sowieso besser nicht aßen. Und auch wenn Paras einfach wegtrabte, nachdem sie das Getreide aufgefressen hatte, und, zumindest bisher, noch nicht wie Pegasus in den Himmel geflogen war, gab Anaïs die Hoffnung nicht auf, dass eines Tages, vielleicht zur Frühlings-Tagundnachtgleiche, etwas Erstaunliches passieren würde.

Anaïs liebte ihre Arbeit, aber da sie nachts arbeitete, war ihr Leben ziemlich einsam. Mit ihrer Familie hatte sie sich über religiöse Fragen zerstritten, und ihre Freundschaften beruhten alle auf Geschäftlichem, nicht auf echter Verbundenheit. Mittlerweile war sie in den Dreißigern, noch unverheiratet und hatte seit vier Jahren keinen Freund mehr. Darum genoss sie es sehr, das Pferd zu streicheln, das warme Fell unter der Mähne zu spüren, zu spüren, wie freundlich es war und wie sehr es sich über das Futter freute, das sie ihm zusammenstellte (heute Weizenkörner mit Leinsamen und geriebenen Karotten). Anaïs lehnte sich gegen den Hals des Pferds und schloss die Augen.

Dann kam ein Rabe angeflogen und landete auf Paras' Rücken. Anaïs erschrak, aber das Pferd zuckte nur kurz und fraß weiter. Der Rabe wanderte seitlich genau entlang der Wirbelsäule, Anaïs stets im Blick, den Kopf drehte er dabei abwechselnd in die eine und die andere Richtung. Er war ihr ein bisschen unheimlich, so vollkommen schwarz in der Dunkelheit. Aber alle übernatürlichen Wesen hatten einen Begleiter, und wenigstens war es keine Fledermaus. Anaïs hielt die Schüssel gut fest, wenn der Rabe ihr die Augen auspicken wollte, dachte sie, könnte sie sie ihm über den Kopf stülpen.

Aber der Rabe krächzte nur, »kräh, kräh, krähkrähkräh«, nicht laut, aber es kam ihr vor, als würde er etwas sagen. Das Pferd warf den Kopf hoch, und der Rabe flog, wie Anaïs jetzt sah, zurück zu Monsieur Curzons Kartoffelkiste. Sie stellte die Schüssel auf den Bürgersteig. Der Rabe segelte hinab und pickte einige winzige Bissen auf. Anaïs lachte. Derweil erkundete Paras die Schürzentaschen seiner Gönnerin. Anaïs legte sich einige Zuckerstücke, die braunen, die ihre Kunden am liebsten hatten, auf die flache Hand, Paras nahm sie, ließ sie ein wenig im Maul zergehen und zermalmte den Rest.

Der Rabe schaute zu Anaïs hoch. Sie hockte sich hin und bot ihm auch einen Zuckerwürfel an. Er schnappte ihn mit dem Schnabel, ließ ihn fallen, pickte, schnappte ihn und flog davon. Für eine Frau, die wegen der Allergien ihrer Mutter nie Haustiere gehabt hatte, war es eine große Freude, in einer Welt mit Pferden, Vögeln und anderen Tieren zu leben, selbst wenn sie keine Inkarnationen himmlischer Wesen waren.

EINIGE TAGE SPÄTER, die Luft war klar und fast warm, lag Frida mit ihrer Tasche (einer schönen Stofftasche, die nach allem duftete, was je darin transportiert worden war: Gemüse, Knochen …) an ihrem Platz und wartete. Vogelhunde können das gut, und natürlich kamen Madame de Mornay und Étienne aus dem Haus, und das Tor ging auf. Frida folgte ihnen. Étienne merkte es, genauso wie er gemerkt hatte, dass sie mit Paras im Garten war, zögerte aber, die scheue Frida zu begrüßen, und wartete lieber, bis sie ihn begrüßte.

Madame hatte in der einen Hand ihren Stock, die andere lag auf Étiennes Schulter. Étienne zog den zweirädrigen Einkaufstrolley und schaute nach vorn. Frida nahm ihren Platz zwei Schritte hinter ihnen ein.

Der Stoff des Einkaufstrolleys flatterte, Frida blickte gebannt dorthin. An der Ampel überquerten alle drei langsam die Straße. Auch wenn die Autos nicht hupten, spürte Frida ihre Ungeduld. Madame trippelte stetig und ungerührt weiter. Als sie an dem Sportgeschäft vorbeigingen, spähte Frida durch die Glastür, aber der Mann, der ihr den Ball verkauft hatte, war nirgends zu sehen. Wieder flatterte der Stoff. Frida holte auf und bemerkte erst jetzt den unangenehmen Geruch, der den Gemüseduft ihrer Tasche vollkommen überlagerte. Ein schmuddeliger, säuerlicher Geruch. Nach Ratte. Fridas Nase zuckte.

Aber es gab noch anderes, worauf sie achten musste. Hinter, fast neben ihr lief ungeduldig ein Mann. Frida verlagerte das Gewicht nach hinten und seitlich. Der Mann stolperte über den Bordstein, »*Mon Dieu*!«, sagte er, und so passierte Madame nichts. Der Mann verlangsamte seinen Schritt, das ist schon besser, dachte Frida.

Ganz ungewohnt blieben Étienne und Madame vor dem Pralinengeschäft stehen. Étienne sagte etwas, dann Madame, schließlich gingen sie hinein und ließen den Trolley am Eingang stehen. Wieder flatterte der Stoff. Diesmal lief Frida hin, ließ ihre Stofftasche fallen, legte ihre Pfote darauf und stupste mit der Nase die Trolley-Klappe hoch. Ja, da saß sie im Trolley. Eine kleine, dunkle, glänzende Ratte. Erst scharrte sie im Trolley herum, doch dann beruhigte sie sich und blickte mit großen, ängstlichen Augen zu ihr hoch. Frida fletschte die Zähne.

»Oh, leider kennen wir uns noch gar nicht«, sagte Kurt, »doch ich habe dich schon aus dem Fenster gesehen. Du bist mit Paras befreundet.«

Und die Ratte fügte hinzu: »Mit meiner Freundin.«

Frida merkte, dass sie wohl überreagiert hatte, räusperte sich und sagte: »Ja, ich habe schon von dir gehört. Wenn ich es richtig verstanden habe, bist du kein Beutetier.« Trotzdem zuckten ihre Tasthaare.

»Wo sind wir?«, fragte Kurt.

»Rue de Grenelle, vor einem Pralinengeschäft.«

»Was ist ein Pralinengeschäft?«

In dem Moment kamen Étienne und Madame mit einer Schachtel in der Hand wieder heraus und Frida sagte: »Verkriech dich in die Ecke und find es selbst raus. Aber lass deine Pfoten bei dir.« Sie trat ein Stück zurück. Étienne stützte Madame und legte die kleine Schachtel, ohne näher hinzugucken, in den Trolley, schlug die Klappe zu, dann gingen sie weiter. »Warum sich nicht mal was gönnen?«, sagte Madame. »Ich habe eine Packung kandierte Orangenschalen in dunkler Schokolade gekauft. Und noch ein paar andere schöne Sachen. Pass gut drauf auf, mein Liebling.«

Étienne tätschelte seiner Uroma den Handrücken.

Sie gingen weiter.

Frida atmete tief durch. Schließlich erreichten sie den Obst- und Gemüseladen, wo aus irgendeinem Grund nicht Jérôme, sondern eine junge Frau bediente, und als Étienne und Madame das Gemüse prüften (immer eine langwierige Angelegenheit), stupste sie die Klappe auf. Die Schachtel war unversehrt. »Wieso bist du mitgekommen?«, fragte sie.

»Das hatte ich gar nicht vor. Ich hab geschlafen, und plötzlich waren wir durch die Tür. Obwohl ich eigentlich immer nach draußen wollte, aber jetzt bin ich mir nicht mehr so sicher. Siehst du irgendwo Ratten? Oder Rättinnen?«

»Keine einzige«, sagte Frida.

»Oh je.« Kurt seufzte.

»Es ist zu viel los für Ratten. Die Menschen und Autos sind überall. Momentan rieche ich nirgendwo eine Ratte, aber hier ist mir schon mal ein Hauch in die Nase geweht.«

»Mein Vater sagt, die Katzen hätten alle erledigt. Wir sind wohl die letzten lebenden Ratten.«

»Er übertreibt, würde ich sagen«, sagte Frida.

Kurt rollte sich zu einer Kugel zusammen, die Pfoten übers Gesicht gelegt. Frida ließ die Klappe wieder zufallen und setzte sich in ihrer aufmerksamen, statuesken Haltung neben den Trolley. Sie war ein Jagdtier, trotzdem wollte sie nicht, dass die Ratte von Lebensmitteln zerquetscht würde. Sie stand vor einem Dilemma: Wenn Étienne die Gemüsetüten einfach in den Trolley fallen ließ, würde die Ratte (wie die Schokolade) vielleicht Schaden nehmen, hob er aber die Schachtel mit den Pralinen heraus, würde er die Ratte sehen, und das hieße wohl Chaos. Dass es in Paris so viele fette Katzen gab, hatte seinen Grund. Der Vater der Ratte irrte zwar, was die Zahlen, aber nicht was die Vermehrung betraf. Étienne und Madame verschwanden endgültig im Laden. Frida drückte gegen den Trolley, und als er auf die Stoffseite kippte, tat sie so, als würde sie daran schnuppern. »Kriech unter der Klappe durch«, sagte sie, »ich leg mich dicht an die Hauswand, und du kannst dich zwischen mir und dem Haus verstecken.« Sie streckte sich aus, und Kurt schlüpfte hervor. Frida fand das ziemlich auffällig, aber die Pariserinnen und Pariser gingen mit erhobenem Kopf, und falls sie Kurt sahen, reagierten sie nicht.

Kurt drängte sich hinter Frida. »Der Junge hat mich einmal gestreichelt«, flüsterte er, dann schwieg er. Frida bellte einmal freundlich, und gleich darauf schien Étienne. Er richtete den Trolley wieder auf, sagte: *»Bon chien!«* und zog den Trolley in den Laden. Frida hatte keine Ahnung, was sie jetzt machen sollte. Sie blieb einfach ruhig liegen, die Ohren nach vorn gestellt. Die Menschen sahen sie, lächelten, schauten aber offenbar nicht genauer hin, niemand schrie auf oder schnappte nach Luft. An ihrem Bein spürte sie die Ratte, warm und weich. Der Geruch war nicht penetrant, ähnlich wie der aller Säugetiere, etwa von Madame de Mornay. Ab und zu quiekte die Ratte leise, aber so zart und hoch, dass die Menschen es nicht hörten.

Étienne und Madame kamen aus dem Gemüseladen, dann gingen sie in die Fleischerei. Frida verhielt sich weiter ruhig und versuchte, noch stolzer und hochnäsiger auszusehen als je zuvor, selbst als damals, als sie mutterseelenallein auf dem

Place du Trocadéro war. Und darum jagte sie die Frau in der Fleischerei nicht weg.

Jetzt kamen Étienne und Madame sehr langsam aus dem Laden, den Trolley hinter sich. Die Menschen machten ihnen Platz. Étienne zog den Trolley, der ziemlich voll war. Unter der halb offenen Klappe lag, umgeben von feuchtem Karottengrün, die Pralinenschachtel. Frida erhob sich, und obwohl sie nichts sagte, machte Kurt, was sie ihm geraten hätte: Er hielt sich genau unter hier, immer im Mittagsschatten. Ohne das geringste Geräusch. Madame war glücklicherweise müde, Étienne und sie zuckelten bedächtig an den Geschäften entlang, abseits der Passanten. Frida war ein wenig nervös, doch selbst wenn die Leute die Ratte sehen sollten, was würden sie tun? Die Ratte befand sich eindeutig in Fridas Revier. Sogar ein Mensch müsste daraus schließen, dass sie zu ihr gehörte.

Aber von den vielen Menschen auf der Straße bemerkte nur einer die Ratte, die mit dem Deutsch-Kurzhaar Schritt hielt: der Gendarm. Es wirkte wie eine optische Täuschung, vor allem wenn der Hund mit dem Jungen und der alten Frau an der Ampel stehen blieb, und die Ratte ebenfalls hielt, dann den Bordstein herunterrutschte und im Schatten von dem Hund über die Kreuzung lief, im perfekten Gleichschritt. Wusste der Hund, dass die Ratte dort war? Der Gendarm hätte es nicht sagen können. Als die vier hinter einer Hausecke verschwanden, stand er da, kratzte sich am Kopf und fragte sich, was er da gerade gesehen hatte. Er schaute auf die Uhr, Mittagszeit, ging in die nächste Bar und bestellte sich einen Brandy. Dann überlegte er, ob er sich nicht lieber nach Montmartre versetzen lassen sollte, wo alle Nase lang seltsame Dinge passierten und das irgendwie normal war.

An diesem Abend konnte Kurt überhaupt nicht schlafen. Er war viel zu aufgekratzt von seinem ersten Ausflug in die große weite Welt. Aber Conrad davon zu erzählen, dachte er, hatte keinen Sinn, er würde ihm nicht glauben, nicht, dass ihr Reich, das ihnen so riesig schien, in Wahrheit klein und dunkel war, und die vielen Menschen da draußen seine Sinne so überfordert hatten, dass sie komplett versagten. Vielleicht, dass eine Ratte ihre Augen in dem grellen Sonnenlicht nur sekundenlang öffnen konnte und der Lärm der Menschen und ihrer Aktivitäten einfach überwältigend war, aber niemals, dass ein Hund ihm das Leben gerettet hatte, es ziemlich wenig Katzen gab und er es kaum erwarten konnte, wieder rauszukommen und nach seinem Weibchen Ausschau zu halten.

# DREIZEHN

Dieses Jahr würde der Frühling wohl früh kommen, dachte Pierre, seit dem Dezember-Schnee hatte das Champ de Mars ziemlich viel Regen abbekommen, aber jetzt trocknete der Boden schnell. Seine Aufgabe war es, mitten in Paris eine Wiese anzulegen, mit wunderbaren, farbenprächtigen Blumenbeeten, aber keiner in Paris wollte in Pfützen treten. Egal, ob die Schuhe der Männer und Frauen von *Hermès* oder *Monoprix* waren, mit schlammigem Wasser sollten sie nicht in Berührung kommen. Als er einmal in Großbritannien gewesen war, hatte er an den Leuten Gummistiefel gesehen, aber nie an echten Pariserinnen und Parisern. Darum musste er die Wege, die Rasenstücke (die zu dieser Jahreszeit feucht und zart waren und sich nach Sonnenschein sehnten) und die Zäune, die nicht nur vom Winter rostig, sondern seltsamerweise auch umgekippt waren, gut pflegen. Es war eine hektische Zeit, aber Pierre störte es nicht. Zu Hause warteten nur seine vier Katzen auf ihn, und weil sie zu viert waren, blickten sie ihn noch hochnäsiger an als die Menschen in Paris. Schon weil sie in der Überzahl waren, hielten sie ihn für nebensächlich. Das durchdringende Wiehern vor Weihnachten hatte ihm verraten, dass das Pferd noch in der Nähe war, aber trotzdem hatte er es oder seine Produkte nirgendwo mehr gesehen. Wenn er an das Pferd dachte, spürte er ein wohliges Gruseln, aber weil er so beschäftigt war, dachte er nur selten daran.

Auf dem Bauernhof, auf dem Pierre aufgewachsen war, nahe Saint-Céré, hundert Kilometer südlich und Welten von dem Platz entfernt, wo er jetzt stand, waren ihm die Apfelwiesen, Pflaumenbäume, Sonnenblumenfelder, Kühe und Schafe herzlich egal gewesen. Er hatte einfach nur nach Paris gewollt. Als er endlich dort war, probierte er es mit verschiedenen Jobs und lernte gleich bei dem ersten, in einem Reisebüro, seine Frau kennen. Sie reisten ein bisschen herum, Griechenland, Italien, Marokko, Schottland, England. Doch die Enge des Büros machte ihn nervös, und er versuchte es mit Taxifahren. Aber die Straßen von Paris verwirrten und frustrierten ihn, einmal stand er bei Montreuil eine Stunde in einem solchen Stau, dass sogar die Polizei mit Blaulicht nicht mehr durchgekommen war. Schließlich fand er diesen Job, und seine Nervosität verschwand beziehungsweise löste sich bei den Arbeiten auf, die er weiter südlich hinter sich gelassen hatte. Und hier war er also, fleißig, ordentlich und genauso einsam wie sein Vater. Mit fast fünfzig. Sein Vater war mit fünfzig gestorben, an einer Lungenembolie.

Während Pierre im Gartenschuppen die Harken sortierte und die obere Angel der Schuppentür inspizierte (die Schrauben lösten sich, die Tür musste erneuert werden), lief plötzlich ein streunender Hund vorbei. Eine schlanke, elegante, recht selbstbewusste Deutsch-Kurzhaar-Hündin. Sehr beeindruckend, und darum erkannte er sie wieder. Sie gehörte zu diesem Straßenmusiker. Pierre hatte die beiden an verschiedenen Stellen im Arrondissement gesehen, vor allem auf der anderen Seite der Pont d'Iéna, bei dem Karussell und dem Architekturmuseum. Der Typ war eindeutig Musiker, das konnte jeder sehen, seine Gitarre hatte bestimmt so viel gekostet wie ein Auto, bestimmt hatte er einen Haufen Geld verdient, hätte seinen Platz im Leben finden können, wenn er gewollt hätte, doch in seinem Blick lag dieses Rebellische, er gehörte zu diesen Leuten so um die Sechzig, die Rebellen waren und blieben. Pierre hatte ihm immer ein oder zwei Euro gegeben. Was hatte er da noch gespielt? »Malagueña«? Irgendetwas Klassisches. Pierre trat aus dem Schuppen und sah der Hündin hinterher. Der Musiker war nirgends zu sehen. Die Hündin trug eine Einkaufstasche im Maul. Pierre lachte und freute sich über die Abwechslung. Aber wo ich beschlossen habe, dachte er, dass mich ein streunendes Pferd nichts angeht, geht mich ein Hund mit Einkaufstasche wohl erst recht nichts an.

Als Madame de Mornay gegessen hatte, so langsam wie immer, wie immer schon – auch Haferbrei konnte interessant schmecken, wenn man nur langsam genug aß –, ging sie, die Sonnenwärme spürend, in den *grand salon*. Beim zweiten Fenster blieb sie stehen und berührte die Scheibe, die sich fast heiß anfühlte. Sie drehte an der Kurbel, mit der sich das untere Fenster öffnen ließ, und spürte die frische Luft. Ihr achtundneunzigster Frühling! War jeder Frühling so voll und satt gewesen? Sie bedauerte keinen einzigen. Sie atmete tief ein, dann ging sie zu ihrem Sessel, saß eine Weile still da und spürte den Lufthauch, der sie umwehte. Schließlich streckte sie die Hand aus, fand ihr Strickzeug und fing an. Eigentlich war es ein sinnloses Unterfangen, lauter Vierecke aus lebenslang gesammelten Wollresten zu stricken, meist Merinowolle, die sie am liebsten hatte, und zu einer Tagesdecke zusammenzusetzen. Sie hatte in ihrem Leben manchen Pullover und Socken gestrickt, und ihr Wollrestekorb war ein buntes Gewirr aus Farben, die nicht zusammenpassten. Doch ihre Maschen kannte sie auswendig, sie konnte sie spüren. Um zu wissen, ob sie rechts oder links stricken oder die Masche liegen lassen musste, musste sie nichts sehen. Selbst eine einfache Spitze schaffte sie, wenn sie richtig zählte. Stricken war so friedlich und beruhigend wie einen Rosenkranz zu beten oder Klavier zu spielen.

Vielleicht lag es auch am Frühling, dass ihre Sorge um Étienne, die sie um ihren Geburtstag gespürt hatte, dem Gefühl der Hoffnung oder sogar Zuversicht gewichen war. Natürlich gab es Gefahren, aber plötzlich war der Junge viel größer geworden; wenn sie die Hand auf seine Schulter legte, musste sie ganz schön hoch greifen, und das beruhigte sie irgendwie. Ja, ihn bei sich zu behalten, war egoistisch gewesen. Andererseits war auch sie nie zur Schule gegangen, eine ziemlich gebildete Gouvernante hatte ihr Lesen, Schreiben und die mathematischen Gleichungen beigebracht, sie mit Stendhal, Balzac, Flaubert, Rousseau, Poincaré, Colette und George Sand bekannt gemacht. Klavierspielen hatte sie bei einem Musiklehrer gelernt. In der Bibliothek, mit Büchern, die bei vielen Stirnrunzeln hervorriefen, durfte sie lesen, was sie wollte. Sie las alles und sprach mit ihrer Gouvernante und Mutter ausführlich darüber. Étienne hätte mit fünf in die Schule gehen können, aber Madame fand die nächste Schule langweilig und abstoßend, unpassend für ihren Liebling.

Doch einmal fühlte sie sich besser, dann wieder schlechter; es stimmte, sie war egoistisch und wollte Étienne für sich allein haben und niemandem Zutritt zu ihrem Leben in der Rue Marinoni gewähren. In Paris, hatte sie gemerkt, schaute niemand näher hin, wenn man seine Angelegenheiten mit Würde und Anstand erledigte. Ja, sie hatte reichlich Geld auf der Bank, ihre Rechnungen wurden bezahlt, aber sie erinnerte sich nicht mehr an den Namen der Bank. Die ursprüngliche war mehrfach von einer anderen übernommen worden, und die Rechnungen wurden jetzt wohl einfach von einem Computer beglichen. Vor vier oder fünf Jahren war sie das letzte Mal dort gewesen, und ein Mann, sehr gut gekleidet, hatte ihr versichert, dass die Bank nur ihr Bestes wolle. Konnte sie ihm glauben? Wie würde sie entscheiden? Und wenn jemand doch genauer hinschaute, dann würden Étienne und sie getrennt, man würde sich an getrennten Orten »um sie kümmern«.

Ihr hohes Alter, ihre schwindende Sehkraft, ihre Taubheit sprachen gegen sie. Für »eine Behörde« wäre es ein Leichtes, festzustellen, dass sie nicht mehr allein leben konnte, oder? Ein simples, gutes Geschäft für ein Krankenhaus, eine Pflegeeinrichtung, einen »Betreuer«. Sie erinnerte sich noch an die Waisenhäuser und Einrichtungen ihrer Jugend, Kinderkäfige, in denen es zu viele Schläge und zu wenig Essen gab und die Erwachsenen die Gelder veruntreuten. Jetzt konnte sie sich nicht mehr genau erinnern, ob sie das wirklich in Waisenhäusern erlebt oder nur gelesen hatte, aber auch mit siebenundneunzig Jahren waren die Bilder in ihrem Kopf noch genauso klar wie mit sechs, als sie die Avenue de la Bourdonnais herunterging und von ihrer Kinderfrau wissen wollte, warum die Kinder allein auf der Straße, warum sie so schmutzig und dürr waren, warum sie zu ihr kamen und sie am Ellenbogen zupften. Ihre Kinderfrau, die sehr freundlich war, hatte Münzen verteilt und sagte kopfschüttelnd: »Der Krieg! Der Krieg! Unser Vater im Himmel habe Erbarmen!« Madame konnte sich damit beruhigen, dass es Étienne zumindest besser ging als diesen Kindern. Sie tastete seine Kleidung tagtäglich von oben bis unten ab, um zu prüfen, ob er ordentlich gekleidet war, und das war er. Vorstehende Knochen oder ausgemergelte Oberarme konnte sie ebenfalls nicht feststellen. Und er war auch nicht so wild wie der Junge aus dem Film, den sie gesehen hatte. Wann noch? Ein Freund hatte sie mitgenommen und dem Regisseur vorgestellt, ein fescher Mann, bei dessen Name sie immer an Trüffel denken musste. Étienne war sauber, satt, verantwortungsbewusst, ein begieriger Leser. Kopfschüttelnd kehrte sie in die Gegenwart zurück und dachte an die Zukunft: »Aber was nun?«

GLEICH WÜRDE DAS Pferd aufstehen. Étienne schlang die Beine um seine Flanken und verhakte die Finger in der Mähne. Der Rücken unter ihm kippte rückwärts, schob sich nach vorn, dann saß er unter der Zimmerdecke (nicht zu nah, der *grand salon* war fünf Meter hoch). Paras stand ziemlich ruhig. Von hier schaute er aus einem anderen Blickwinkel durch das Fenster, er sah den Zaun von oben, die Knospen an dem Zaungebüsch, das Haus auf der anderen Straßenseite und ein bisschen hellbläulichen Himmel. Die Sonne war gerade aufgegangen, seine Uroma würde bald aufwachen. Er hatte zwar schon ein oder zweimal auf der Sofalehne gestanden, schaute manchmal aus dem Bibliotheksfenster im oberen Stock und rannte tagtäglich die Treppe hoch und runter (oder rutschte das Treppengeländer herunter, bis das ziemlich langweilig wurde), aber das hier war etwas völlig anderes. Er konnte Paras' Wärme spüren. Vielleicht sogar ihren Herzschlag und das Blut, das durch ihre Adern rann. Er spürte ihre Haut erzittern und wie sich der Schweif leicht nach rechts, dann leicht nach links bewegte. Sie stand reglos, aber lebte. Das war beängstigend – und beglückend.

Sie machte einen Schritt nach vorn. Er spürte, wie sie die rechte Hüfte leicht verlagerte, dann bewegte sich die rechte Schulter, dann die linke Hüfte, die linke Schulter. Ihr Kopf hob und senkte sich. Sie machte eine Pause, dann noch einen Schritt und noch einen. Die Mähne war dick, er konnte sie gut greifen, sie war fest und warm, und das Fell darunter seidenweich. Ihre Ohren drehten sich zum Fenster. Dann blieb sie stehen, so aufmerksam, als lauschte sie auf etwas. Die Ohren, rötlichbraun, waren schwarz umrandet. Das war ihm noch gar nicht aufgefallen. Er beugte sich vor, legte die Arme um ihren Hals, sog ihren Geruch ein. Wenn man auf ihrem Rücken saß, gab es so viele wunderbare Dinge, die in den Reitbüchern nicht vorkamen.

Damit Paras genug Platz zum Schlafen und Herumlaufen hatte, hatte Étienne die Möbel, auch wenn Uromas Lieblingssessel und –tisch noch unverändert an gewohnter Stelle standen, in der Zimmermitte zusammengerückt. Von ihrem Rücken aus sah es ein wenig aus wie eine Rennbahn, und das war es auch: Lässig lief Paras jetzt im Kreis, und als Étienne, oben auf, am Kamin, dem Fenster, dem anderen Fenster, der kurzen Wand, der langen Wand, dem Flur, der kurzen Wand, dem Fenster, Fenster, Kamin vorbeikam, dämpfte der Teppich ihre Schritte, aber nicht seine Gefühle. Die erste Runde war ein Nervenkitzel, der einen schwindelig machen konnte, aber er blieb oben, und dann gewöhnte er sich an Bewegung und Rhythmus, und alles wurde angenehmer. Er saß ruhig, ließ den Rücken im Gleichklang mit Paras Schritten schwingen. In der dritten Runde spürte er schon einen sanften Rausch. Auch davon hatten die Reitbücher in der Bibliothek nichts gesagt. Die Zeit verging, Schritt für Schritt, dann öffnete sich Uromas Zimmertür, und da stand sie, wie üblich in ordentlichem Schwarz gekleidet, die Hand auf dem Stock. »Étienne! Wo bist du, mein Junge«, rief sie.

Paras blieb stehen. Ihre Ohren zuckten. Glücklicherweise stand sie genau neben dem Sofa. Étienne hielt sich an der Mähne fest und ließ sich hinuntergleiten, bis er die Sofalehne unter dem Fuß spürte. Er stieg ab, so gut es ging. »Hier, Oma!«, sagte er, auch wenn sie ihn nicht hören konnte. Paras verhielt sich mucksmäuschenstill. Étienne hüpfte zu der alten Dame und führte sie in die *cuisine*. Als sie an der Vordertür vorbeikamen, öffnete er sie weit. Draußen duftete es. Étienne staunte, dass schon Frühling war. Mit dem Pferd im Haus verging die Zeit schneller, vielleicht weil so viel zu tun war, so viel zu lesen, so viel über Pferde im Kopf zu behalten.

Als er seiner Uroma das Frühstück gemacht hatte und wieder zurückkam, war das Pferd nach draußen gelaufen. In seiner Begeisterung für das Reiten hatte er ganz vergessen, ihm zu fressen zu geben, und jetzt war er unsicher, was er tun sollte. Sicher würde seine Oma etwas merken, wenn Paras wieder hereinkam und er ihr die übliche Schale mit Hafergrütze und Gemüse gab. Momentan schnupperte sie an dem Zaungebüsch. Der Hund lag in ihrer Nähe in der Sonne, und der Rabe saß auf dem Kopf des Löwen, der noch immer dekorativ auf der linken Säule saß. Zumindest gab es dort ein bisschen Gras. Das schien im Moment okay zu sein. Étienne schaute in den Garten und stellte sich vor, wie er auf Paras Rücken sitzen, hierhin und dorthin schreiten würde. Er konnte es kaum erwarten.

Paras war nicht furchtbar hungrig. Anaïs hatte ihr letzte Nacht eine besonders nahrhafte Mischung aus Weizenkörnern, Kleie, Leinsamen und geriebenen Rote Bete gegeben, und auf dem Champ de Mars sprießte das Gras wieder, ein sattes, schmackhaftes Grün. Im Vorgarten wuchs das Gras nur spärlich, aber es gab reichlich von dem, was die Menschen »Unkraut« nannten, und das war zart und köstlich. Paras fraß hier und dort, ein bisschen Klee, ein wenig Ampfer. In Maisons-Laffitte hatten sich die Pferde immer über die paar Kräuter im frühen Heu gefreut, weil es kräftiger und abwechslungsreicher schmeckte. Vielleicht war sie momentan ein wenig dünn, dachte sie, aber dank Étienne und Anaïs war ihre Ernährung abwechslungsreicher und interessanter als je zuvor.

Als Raoul an Nancys Nest auftauchte, hatte der Teich fast Nancy erreicht. Pflichtbewusst und vor sich hinmurmelnd saß sie auf ihren Eiern. Tja, er hatte Sid geraten, das Nest an höherer Stelle zu bauen, dachte Raoul, sagte aber nichts. An höherer Stelle sei das Nest zu ungeschützt, hatte Sid entgegnet: Ob Raoul etwa die Habichte und Käuze vergessen habe, die dort oben kreisten und mit scharfem Auge nach Nestern mit Enteneiern suchten? Enteneier seien die bei Weitem köstlichsten Eier. Gänseeier und, wie nannten die Menschen das noch, was sie zu Hunderten verspeisten, »Hühner«-eier?, seien nichts dagegen. Sid war wesentlich nervöser als die meisten *Aves*, selbst als alle Enten, denen Raoul je begegnet war. Eigentlich konnte er sich gar nicht vorstellen, wie Sid mit seinen Entenfreunden hoch oben am Himmel flog, andererseits hatte er schon Entenschwärme am Himmel gesehen. Sie schnatterten ununterbrochen, als wollten sie den Menschen zurufen: »Erschießt mich. Ich halte mich selbst nicht mehr aus!«

»Was kommt, das kommt«, sagte Nancy. »Das sage ich mir jedes Jahr und glaube auch daran. Aber ab und an könnte ich schon eine Ruhepause gebrauchen. Wenigstens ist die Hündin weg.«

»Aber nicht allzu weit.«

»Oh nein«, sagte Nancy. »Bei Hunden weiß man nie.«

»Aber Frida ist der freundlichste Hund, den ich kenne.«

»Ja, aber in jedem Hund kann plötzlich etwas losbrechen, und schon hast du's, plötzlich dreht er deinen Kopf um, schleudert dich hin und her und frisst dich dann nicht einmal.«

»Ist dir das schon mal passiert?«, fragte Raoul.

»Nein, aber einer Cousine dritten Grades, draußen in Chatou. Das war jahrelang Familienthema. Der Hund lebte anscheinend freundlich und friedlich mit der Entenschar, beschnupperte die Küken, bewachte sie sogar, und dann, ob meine Cousine etwas Falsches gesagt hat oder der Wind aus der falschen Richtung kam, keine Ahnung, jedenfalls stand er plötzlich auf, sprang auf Pearl zu und hatte sie in Sekundenschnelle erledigt. Sie hinterließ sieben Küken. Einige Menschen haben Pearl zum Abendessen geschmort. Mit Orangen aus dem Gewächshaus. Nein, es ist egal, was ein Hund sagt. Eine Ente muss immer auf der Hut sein. Umso besser für die Hündin, dass sie weg ist.«

»Leben ist immer auch Glückssache«, sagte Raoul.

»Wem erzählst du das? Wir Enten haben doch kaum mal eine ruhige Minute!« Mit diesen Worten steckte sie den Kopf unter das Gefieder und murmelte weiter vor sich hin.

Seit Paras mit Frida zusammenlebte, wunderte sie sich manchmal über die Hundegewohnheiten (Raoul hatte ihr erläutert, dass es sich um typische Hundegewohnheiten handele): Frida konnte den ganzen Tag immer wieder schlafen; was man ihr erzählte, glaubte sie erst, wenn sie es mit der Nase überprüft hatte (und nicht mit den Ohren, Pferde vertrauen auf ihre Ohren).

Sie konnte ihren Schwanz nicht ruhig halten, unwillkürlich verriet sie damit all ihre Gedanken. An manchen Dingen hing sie ganz seltsam, versteckte sie an verschiedenen Plätzen und bewachte sie (als sie einmal den »Ball« verlor und ihn dann wiederfand, rollte sie ihn mit der Pfote herum, nahm ihn ins Maul, warf ihn in die Luft und zitterte vor Freude). Aber das Seltsamste war, dass sie nach wie vor nicht ins Haus gehen wollte, sich aber so verhielt, als sei der Junge ihr Mensch: Wenn er herauskam oder aus dem Fenster guckte, wedelte sie mit dem Schwanz. Und er bemerkte das anscheinend: Er lächelte dann, und wenn sie Einkaufen gingen, streichelte er sie manchmal sogar.

Auf einem Ast, der über den Zaun hing, saß Raoul und sagte zu Paras: »Meine Liebe, ich habe noch nie ein wirklich unabhängiges *Canis familiaris* Exemplar gesehen. Wenn sie keinen Menschen haben, rennen sie in Rudeln umher. Und als ich unsere Freundin Frida zum ersten Mal sah, nachdem man ihren Menschen abtransportiert hatte, ist sie immer dort in der Nähe geblieben. Ach so. Und was du vielleicht nicht weißt, nicht alle *canidae* sind *canis familiaris*.« Er hob die Flügel. Frida schlief immer noch. »Wenn du mich fragst, dann sind die besten Caniden die *Vulpes*. Sie haben einen schlechten Ruf unter den Hunden, aber sie können selbstständig denken.«

»Füchse habe ich schon mal gesehen«, sagte Paras. »Auf dem Champ de Mars.«

»Na klar«, sagte Raoul. »Wahrscheinlich wunderten sie sich mehr über dich als du über sie.«

»Eigentlich müsste ich mal eine größere Runde laufen. Ein schöner Galopp täte jetzt gut.«

Raoul plusterte sich auf, lief seitwärts, pflückte ein Insekt von der Blattunterseite. »Mmm. Nicht schlecht«, sagte er.

Frida streckte sich, seufzte und bellte sehr leise im Schlaf.

In der Tat dachte Raoul darüber nach, Benjamin Franklin vollständig aufzugeben. Dieses Jungvolk da! Laut und aufdringlich, kamen alle aus Dijon, typisch! Ast für Ast hüpfte er aufwärts. Manche Astgabeln und -krümmungen waren von früheren Vogelgenerationen genutzt worden, aber momentan war nichts zu sehen, nur im Nebenbaum ein klebriges Nest von einem Paar *Columba palumbus*. Das waren ziemlich geschwätzige, unordentliche *Aves*, aber sie blieben unter sich. Raoul hüpfte noch weiter nach oben. Die Äste wurden dünner und biegsamer, die Luft frischer. Kein schlechter Baum, eine Platane, etwas gewöhnlich. Aber das konnte man ja auch anders sehen, wenn man wollte. Mit dem Alter veränderten sich die Prioritäten, nicht wahr? Ab und zu krächzte er zu Paras hinüber (obwohl sie nicht zu ihm hochguckte) und breitete die Flügel aus.

Delphine hatte seit Weihnachten nicht mehr mit Madeleine gesprochen. Was gab es auch sagen? Sie war zu erschöpft, um noch weiter nach Paras zu suchen, und an einem Punkt, wo sie sich nur noch ein schlimmes Ende ausmalen konnte: Paras, gestohlen von einem hämisch lachenden Louis Paul. Vielleicht hatte er sie sogar ins Schlachthaus gebracht, weil sie seine eigenen Gewinnchancen schmälerte. Sie schlug sich gegen die Schläfe, um den Gedanken zu vertreiben. Madeleine hatte sie nicht wegen Fahrlässigkeit verklagt. Dafür war sie zu nett. Und Paras war nicht versichert. Stattdessen gab Madeleine die Pferderennen auf, zog ihre Rennfarben zurück, stellte ihre beiden anderen Pferde auf die Weide und spendete fünfzigtausend Euro an eine Pferdeschutzorganisation. Trotzdem war Delphines Stall voll, sie benutzte sogar drei Boxen von ihrem Nachbarn und wusste nicht, was sie tun sollte, wenn er die Boxen zurückhaben wollte. Draußen im Gelände sah sie manchmal ein Pferd, das Paras ähnlich sah, derselbe schöne Kopf, die beweglichen Ohren, aber nie war es wirklich Paras, der rautenförmige Stern über dem Wirbel zwischen den Augen fehlte, auch der erlebnishungrige, neugierige Blick.

Was die Rennen betraf, ging es Delphine ziemlich gut, in dieser Saison hatte sie schon die Galopprennen von Cagnes-sur-Mer und Hyères gewonnen, und in Lyon war sie viermal hintereinander zweite geworden. Sie liebte ihre Pferde und freute sich auf die neue Saison mit ihren Galopp- und Hindernisrennen, aber unwillkürlich hielt sie nach Rennen Ausschau, bei denen Paras Erfolg gehabt hätte, stellte sich vor, wie sie mit ihr zur Rennbahn fuhr, wie sie dem Jockey erklärte, dass er Paras einfach machen lassen musste, spürte wieder die Freude, die sie empfunden hatte, als Paras als Siegerin und dann noch mal als Siegerin zurückgekommen war.

Als ihr Handy klingelte und sie am anderen Ende Madeleines Stimme hörte, klopfte ihr Herz, als ob sie doch auf Neuigkeiten hoffte. Und tatsächlich gab es welche, aber nicht wegen Paras. Madeleine hatte ein neues Projekt, sie wollte ein kleines, aufgegebenes Kloster in ihrem Heimatdorf zu einem Museum umbauen. Delphine hielt das für eine gute Idee, das Dorf lag an einer Kreuzung, an der Gallier, Römer, Franken und noch andere Völker Rast gemacht, sich umgeschaut und niedergelassen hatten. Der Boden dort war ein Sumpf aus Artefakten. Doch Madeleine klang, als gebe sie sich Mühe, begeistert zu klingen, als habe sie sich selbst überreden müssen, Delphine anzurufen, weil sie freundlich sein wollte.

Endlos sprach sie über Tonscherben und Münzen, auf einer gallischen Münze sei ein Pferd zu sehen. Der Anblick habe sie ziemlich traurig gemacht. Als Delphine am Ende des Gesprächs, kurz vor dem Auflegen, sah, wie Rania mit dem amerikanischen Pferd Jesse James (schnell, aber noch nicht entspannt) zum Galopp ansetzte, sagte Madeleine: »Ich habe mir ein Pferd angeguckt.«

»Ein Rennpferd?«, fragte Delphine. »Wie heißt es?«

»Alphabezique.«

Delphine hatte das Pferd schon rennen sehen, sehr gut beim Galopprennen, groß, stabile Knochen, schöne Bewegungen. Ein gutes Pferd, sagte sie, fünfter beim Arc-Rennen, ein ordentliches Preisgeld. Aber dann: »Ich dachte, er ist im Ruhestand.«

Da brach Madeleine in Tränen aus und sagte, ja, aber sie wolle ihn als Zuchthengst kaufen. Sie liebe ihn einfach. Und als ihr Delphine davon abriet, dafür wäre das Pferd nicht gut genug, nur ein Idiot würde sich aufs Züchten verlegen, das solle man lieber denen überlassen, die Geld wie Heu hätten, brach sie auch in Tränen aus, so sehr, dass sie Rania und Jesse James nur noch tränenverschwommen sah. Delphine fand Madeleine nicht besonders überzeugend. Am Ende des Gesprächs war sie von ihrer verrückten Idee nicht mehr überzeugt als zu Anfang, aber sie versprach ihr, auf ihrer nächsten Fahrt in Richtung Süden anzuhalten und sich Alphabezique anzugucken. Zumindest das konnte sie ja für sie tun.

Als das Morgentraining vorbei war, die Pferde gemächlich ihr Heu fraßen, Rania Musik auf dem iPhone hörte, hätte Delphine eigentlich ins Büro gehen und Rechnungen erledigen sollen. Doch sie setzte sich ins Auto und fuhr nach Paris. Sie glaubte nicht, dass Paras in Paris war. Was sie aber glaubte, war, dass ihr weit weg von Maison-Laffitte irgendetwas einfiele, was sie tun könnte, um Paras doch noch zu finden oder damit abzuschließen, sie nicht zu finden.

Sie brauchte über eine Stunde, und jetzt war sie endlich auf der Périphérique. Unwillkürlich fuhr sie in Neuilly ab. Dort fuhr sie oft ab, aber gewöhnlich nahm sie die Avenue de Malakoff, in Richtung Süden. Jetzt fuhr sie in Richtung Arc und Champs-Élysees, was sie seit Jahren nicht mehr getan hatte. Sie fühlte sich wie in einem Strudel. Aus allen Richtungen tauchten Motorräder auf, Fahrer und Maschine in derselben Farbe, ein Glänzen umkurvte sie mit einer Lärmwolke. Die Autos im Kreisverkehr um den Arc schwärmten aus wie aggressive Bienen. Sie war froh, dass sie mit niemandem zusammenprallte und rätselhafterweise an der Champs-Élysées wieder ausgespuckt wurde. Delphine war Rennen geritten, bei denen fünfzehn oder zwanzig Pferde mit fünfzig, sechzig Stundenkilometern aufeinanderzudrängten und wieder auseinanderstiebten. Aber vielleicht deshalb misstraute sie den Autos. Autos hatten keinen Herdentrieb, nahmen nicht wahr, wo genau die anderen neben ihnen waren. Sie waren von ihren Fahrerinnen und Fahrern weit stärker abhängig als die Pferde von ihren Jockeys.

Schwer atmend passierte Delphine Cartier, Swarowsky, das *Hôtel George V*. Für Madeleine waren solche teuren Flecken normal, warum sollte sie mit ihrem Geld also nicht tun, was sie wollte? Über der Straße erhoben sich wundervoll gestutzte Rosskastanien, wie Felsen über einem Canyon, und alle Fußgänger schauten offenbar zu ihr, schauten zu, wie sie ertrank. Natürlich konnte man hier nirgendwo anhalten, also ließ sie die Hände am Lenkrad und den Fuß am Gas, aber sie wusste nicht mehr, warum sie überhaupt hier war, was das alles zu bedeuten hatten. Sie wusste nur, dass ihr Pferd verschwunden war, es war nur ein Pferd, nicht einmal ein großartiges Pferd, nicht so gut wie Alphabezique, aber ein schönes Pferd, ein interessantes Pferd. Doch Pferde kamen und gingen. Warum sollte sie diesmal nicht damit klarkommen? Es lag wohl einfach daran, dass Paras' Verschwinden ein Rätsel und sie vielleicht einen schrecklichen Tod gestorben war.

Da waren Grünflächen, dann der Place de la Concorde, dann wieder Grünflächen, ach ja, Les Tuileries. Irgendwann am späten Nachmittag, es dämmerte schon fast, die Schatten wurden immer länger, kam sie wieder zu sich. Sie fuhr auf der Avenue de Suffren. Schwer zu sagen, wo sie langgefahren war. Hatte sie den Parc Monceau oder doch Montparnasse passiert? Wie hatte sie so weit fahren können, ohne es zu merken? Hinter dem Fußballfeld entdeckte sie einen freien Parkplatz. Schnell nahm sie ihn, stellte den Motor ab und saß lange einfach nur da. Sie war seit halb fünf auf den Beinen, sie war erschöpft. Sie stieg aus, ging um das Auto, keine neuen Beulen, keine neuen Kratzer. Offenbar war sie problemlos durch Paris gesteuert. Sie musste Rania anrufen. Sie sollte mit dem Zug in die Stadt kommen und sie abholen. Ihr würde schon eine Erklärung einfallen.

Als sie ihr Handy herausholte, war der Akku leer. Wenn sie also wieder zur Vernunft kommen wollte, brauchte sie unbedingt einen Kaffee. Sie ging in das nächste Café.

Nach der zweiten Tasse fühlte sie sich wieder halbwegs wie ein Mensch. Eigentlich, das musste sie zugeben, fühlte es sich an wie damals, als sie ihr erstes Rennen als Amateurjockey geritten war. Jetzt bestritt sie keine Rennen mehr, aber damals, vor zehn Jahren, besaß sie einen wunderbaren Wallach, robust und rennfreudig, obwohl er mit seinen acht Jahren schon zig Rennen hinter sich hatte. Sie hatte sich unglaublich angestrengt, zu reiten, in Form zu kommen, das alte Pferd täglich zu trainieren, und ihn schließlich zu einem Rennen in Maisons-Laffitte angemeldet. Aber als sie an dem

Morgen vor dem Rennen aufwachte, hätte sie genauso gut auf dem Mars sein können: Sie bekam kaum Luft, beim Gehen schien es ihr, als wanke der Boden, und auch beim Rennen kam sie anscheinend nur in Zeitlupe voran – und gleichzeitig in Lichtgeschwindigkeit. Sie wurde fünfte, gewann tausend Euro und fühlte sich noch bis zum Nachmittag wie im Weltall, aber plötzlich war sie hellwach, wusste, dass sie beide überlebt hatten, was ihr irgendwie völlig absurd vorkam, sie würde weitere Rennen reiten, ein paar weitere Pferde haben, sie hatte eine Zukunft als Jockey. Aber wenn die Leute sie noch Jahre später nach ihrem ersten Rennen fragten, sagte sie: »Ich erinnere mich an gar nichts.« Sie biss von ihrem Brötchen ab. Ein komisches Brötchen, eine Sorte aus dem Süden, mit Butter, aber kein Croissant, mit Fenchelsamen bestreut. Der letzte Biss. Gern hätte sie noch eins gegessen, aber wenn sie weiter Pferde trainieren und im Pferdegeschäft bleiben wollte, musste sie auf ihr Gewicht achten.

Anaïs sah sie dort sitzen. Einmal in der Woche half sie nachmittags aus und sortierte die Unterlagen, die zum Steuerberater gingen. An einem Fenstertisch saß, sehr still, eine noch junge Frau, braun gebrannt und sonnengegerbt, mit enger Hose, schmutzigen Stiefeln, in Reitkleidung. Seit Jahren, wenn überhaupt, hatte es niemand gewagt, in einem solchen Aufzug im Café zu erscheinen. Die anderen Bedienungen und die Besitzer störten sich sichtlich daran, doch Anaïs war fasziniert. Ihre Fenchel-Kreation schmeckte der Frau offenbar, darum nahm sie ein Tablett und ging zu ihr. Ja, die Frau roch nach frischer Landluft, das konnte man wohl sagen, aber wer vor nur zwölf Stunden die Stirn an einen Pferdehals gedrückt hatte, fand das nicht unangenehm.

»Guten Tag, Madame. Darf ich Ihnen noch etwas anbieten? Noch ein Brötchen vielleicht?«

Die Frau schaute sie an, erschöpft. »Nein, aber vielen Dank. Es ist wirklich köstlich.«

»Oh, danke schön. Es ist meine ganz eigene Kreation. Ich liebe es, Neues auszuprobieren. Und unsere Kunden mögen die Sorte auch ganz besonders.« Von ihr könnte ich mehr über Pferde erfahren, dachte sie, ich könnte sie fragen, ob es wohl möglich ist, dass ein echtes Pferd nachts durch die Straßen von Paris läuft, gemeinsam mit einem Raben, wobei der Rabe manchmal zwischen den Pferdeohren sitzt, um eine Weintraube abzukriegen, dann aber bei Tagesanbruch wieder verschwindet, ein Pferd mit einem rätselhaften, beinah leuchtenden Blick, als schwebe, dachte sie manchmal, eine Art Glorienschein über ihm. »Entschuldigen Sie bitte, Madame …«, sagte sie.

UND DIE FRAU SAGTE: »Nein danke.« Es klang wie »Nein, vielen Dank, was wollen Sie von mir, ich brauche nichts«, und darum entschied Anaïs erneut, ihr nächtliches Abenteuer besser für sich zu behalten.

# VIERZEHN

Étienne war leicht beunruhigt, weil seine Uroma in letzter Zeit so viel schlief. Aber da sie ganz normal aß, wie sonst einkaufen ging und überhaupt zufrieden schien, nutzte er die Gelegenheit, dass sie nach dem Frühstück noch ein Nickerchen machte, um mit Paras eine Runde im Vorgarten zu reiten. Jetzt ging es schon ganz leicht. Vom Vorgarten führten zehn Treppenstufen zum Portikus hinauf. Er stieg auf die sechste, und Paras stellte sich neben ihn. So konnte er ganz einfach in ihre dicke, verknotete Mähne fassen und ein Bein über ihren Rücken schwingen. Paras wartete geduldig, bis er sicher saß, und lief, noch ehe er »Los« sagen konnte, langsam über das Gras. Von seinem hohen Sitz aus konnte er in die Fenster schauen, aber nicht über das Zaungebüsch hinweg, er hörte die Leute draußen gehen, reden oder rennen (wie er aus ihrer schnellen Schrittfolge schloss), vernahm ihr Summen oder manchmal auch Hundegebell, aber er konnte sie nicht sehen und, da war er sich sicher, sie ihn auch nicht. Manchmal ritten sie beide stundenlang, und er ließ seine Gedanken schweifen. Da er so abgeschieden lebte, konnten seine Gedanken nur durch die Welt der Bücher schweifen, die er gelesen hatte, aber das reichte ihm so weit. Er malte sich die Kälte und Schwärze 20.000 Meilen unter dem Meer aus, Kaiser Hadrian, die Pest oder auch Gargantua und Pantagruel. Allerdings würde wohl niemand wiedererkennen, was er sich ausmalte. Étienne verschlang alles, auch wenn er oft nur jedes zehnte Wort verstand. Er konnte sich sogar London ausmalen, weil er sehr gern *David Copperfield* las – in einer französischen Ausgabe, die jemand sehr sorgfältig studiert hatte, überall an den Seitenrändern war etwas hingekritzelt. Étienne hatte noch nach einem anderen Dickens gesucht, aber vergebens.

Während er seine Gedanken schweifen ließ, bewegte Paras unermüdlich die Beine, ihre Rippen bewegten sich von einer zur anderen Seite, ihre Ohren zuckten in alle Richtungen, ab und zu blieb sie stehen, um etwas näher zu betrachten, ein wenig zu fressen oder sich zu kratzen. Sie sog die Luft ein, blies sie wieder aus, schnaubte, schüttelte den Kopf, gähnte und schnupperte an der lieben Hündin, als ob sie erkunden wollte, wo sie gewesen war.

Frida kroch unter dem Gebüsch hinein und hinaus. Das Loch, das sie sich gebuddelt hatte, hatte sich mittlerweile in einen glatten, recht breiten Tunnel verwandelt. Étienne hatte das Gefühl, Frida und er waren Freunde, auch wenn er sie nicht ins Haus locken konnte. Mit gesenktem Kopf und wedelndem Stummelschwanz kam sie zu ihm, er streichelte ihre seidenweichen Ohren oder kraulte sie an der Brust. Sie brachte ihm ihren Ball, und sie beide wussten, solange sie ihm den Ball nicht gegeben und er ihn nicht genommen hatte, war es ihr Ball. Sie hatte ihm sogar gezeigt, wo die Handtasche war, und er hatte das Geld entdeckt und gezählt. Natürlich wusste er nicht, wie viel es ursprünglich gewesen war, jetzt waren es jedenfalls tausend Euro. In bester Absicht hatte er einen Hinweis auf die Eigentümerin gesucht, aber nur einen Anhänger mit der englischen Aufschrift »Lucky Brand« gefunden. Das konnte ein Name sein, aber das hielt er für eher unwahrscheinlich. Da die Tasche keinen Reißverschluss hatte, wie die seiner Uroma, sondern einen Magnetverschluss, war wohl schon alles Mögliche herausgefallen. Außerdem war sie völlig mit Erde verschmiert. Offenbar widerstand Geld der Feuchtigkeit ziemlich gut. Aber es war Fridas Geld. Er ließ es, wo es war.

Wie angenehm es war, auf einem Pferd zu sitzen. Zuerst schien ihm Paras' Rücken rutschig und wackelig, als wolle sie ständig unter ihm weglaufen. Angespannt saß er da und wäre dreimal fast runtergefallen, doch als er einmal die ganze Nacht auf die Ratte in der Wand gelauscht hatte (und es sich nicht nur nach einer Ratte anhörte) und sehr müde aufgestiegen war, auf nichts achtete und über nichts nachdachte (auch nicht über die Ratte), da entspannte er sich, sank wie ein Mehlsack aufs Pferd und begriff, dass er sich nicht anspannen, sondern Paras' Bewegungen nur folgen musste, etwa so wie ein Wackelpudding wackelte. Paras würde ihn nicht zurücklassen. Wenn er sich anspannte, wurde er größer, eher wie ein Stock. Doch wenn er sich entspannte, spürte er schon in seiner Wirbelsäule, wo sie hingegen würde, noch ehe sie den Kopf wendete.

Natürlich trabten sie nicht und versuchten erst recht keinen kleinen Galopp, dafür war der Vorgarten zu klein. Das war Étienne klar, darum dachte er an das Champ de Mars. Noch immer öffnete er das Tor, ehe er zu Bett ging. Er wusste, dass Paras nachts durch das Tor ging und später wiederkam, dachte aber nicht näher darüber nach. Außer wenn er sich manchmal ausmalte, wie er mit ihr nach draußen ritt. Heute Abend, nahm er sich vor, würde er ihr zumindest ein Stückchen hinterhergehen, nur um zu sehen, was sie dort draußen tat. Im selben Moment, als er das dachte, blieb Paras stehen, stellte die Ohren auf, prustete und schüttelte den Kopf, als wollte sie sagten: »Das geht dich nichts an, bleib zu Hause.« Doch dann ging sie weiter.

In allen Pferdebüchern (also in seinen beiden, in *Cours d'équitation*, das noch viel älter war als seine Uroma, und in *Le Cheval*, von einem Autor, dessen Name mit »X« begann«) ging es um Sättel und Zügel und Martingale und vieles andere, das Étienne nicht besaß, darum übersprang er diese Seiten. Eigentlich übersprang er die meisten Seiten, schaute sich vor allem die Bilder an und las manchmal in einem Abschnitt genauer, wie folgsam und zugleich locker Pferde sein sollten. Soweit er beurteilen konnte, war Paras folgsam und locker.

Nach einer Weile ging Paras zur Treppe, lehnte sich mit Schulter und Hüfte ein wenig hinüber und wartete. Étienne verstand und ließ sich auf die sechste Stufe gleiten. Paras lief weiter. Durch das Fenster sah Étienne, dass seine Uroma nicht mehr im Bett war, vielleicht nicht mal mehr in ihrem Zimmer. Aber durch die Bleifenster konnte er nicht viel erkennen. So ein schöner warmer Tag, dachte er. Zeit, die Fenster wieder mal offenstehen zu lassen.

Kurt war im Zimmer der alten Dame, ließ seinen Bauch von einem Sonnenstrahl bescheinen und wartete darauf, dass irgendwas passierte. Er wartete schon sehr lange darauf, aber nichts passierte. Oder vielmehr schien ihm das, was passierte, seit er einmal in die weite Welt hinausgegangen war, wie nichts, weil nicht passierte, was passieren sollte, nämlich dass er ein Weibchen traf. Zwei Mal hatte er schon neben der Tür gewartet, bis Paras hinausging, um ihr zu folgen, aber er kam nicht schnell genug, mit Schwanz, durch die zufallende Tür, auch weil der Junge ihn nicht sehen sollte. Als er Paras vorgeschlagen hatte, ihn mit nach draußen zu nehmen, hatte sie das rundum abgelehnt. Es sei ein langer Weg, sie wolle galoppieren, das sei zu gefährlich. Was würde Conrad dazu sagen?

»Du kennst doch Conrad gar nicht.«

»Ich habe Conrad gesehen.«

»Aber nie mit ihm gesprochen.«

»Und ich möchte ihm nicht als Erstes sagen müssen, dass ich dich mit nach draußen genommen habe und du von einem Käuzchen verschleppt wurdest.«

»Was ist ein Käuzchen?«

»Für dich so etwas wie eine fliegende Katze.«

»Aber du kannst Frida sagen, dass sie mich mitnehmen soll.«

»Frida zittert noch heute, wenn sie mir vom letzten Mal erzählt.«

»Ich könnte auf dir reiten. So wie der Junge.«

Darauf wusste Paras keine Antwort, und darum hoffte er, er könne sie doch noch überzeugen. »Lass mich doch nur noch einmal auf deinem Kopf sitzen.« Paras ließ Kurt auf ihrem Kopf sitzen. Dann streckte sie sich auf dem Teppich aus, und Kurt lief kreuz und quer über ihren Bauch. Das gefiel ihr sehr.

Dann durchquerte Madame de Mornay den *grand salon*. Kurt rollte sich ab, gähnte und folgte ihr. Sie rief zweimal nach Étienne, aber nur leise. Er musste oben in der Bibliothek sein, um mit dem Lernen voranzukommen. Überall schien jetzt die Sonne herein, sie konnte es spüren. Jedes Mal, wenn Madame stehen blieb, um die Wärme zu genießen, blieb Kurt auch stehen, um die Wärme zu genießen. Jedes Mal, wenn sie ein Fenster aufstieß, sog er die frische Luft ein. Er war nicht schrecklich hungrig, die Vorräte hier ließen das nicht zu. Er wusste, dass er besser dran wäre, wenn Conrad und sein Reich ein wenig kleiner und bevölkerter wäre, aber das wollte er ja ändern, ganz bestimmt. Während Madame sich in der *cuisine* vorwärtstastete, um eine Kanne Tee zuzubereiten, saß er still unter dem Tisch. Er putzte sich gerade die Schnurrhaare, als plötzlich die Hintertür aufging und der Junge dastand, erst die alte Dame und dann ihn anschaute. Und noch einmal ihn. Unwillkürlich zitterten seine Schnurrhaare. Der Junge hatte seinen Bauch gekrault, aber in der Bibliothek. Dort konnten beide erfolgreich so tun, als ob Kurts Fülle nicht daher rührte, dass er schon sein Leben lang Güter der Familie Mornay enteignete. Doch jetzt befanden sie sich direkt am Schauplatz des Verbrechens. Wie oft hatte Conrad gesagt, die *cuisine* sei der letzte Ort, wo Menschen einer Ratte begegnen wollten.

Der Junge ging zu der alten Dame und nahm ihre Hand. Lächelnd sagte sie: »Oh, mein Liebling.« Er küsste sie auf die Wange und stellte den Kessel auf die Flamme. Dann öffnete er drei Teedosen und hielt ihr eine nach der anderen unter die Nase. Seine Uroma wählte Nummer zwei. Als Ratte konnte Kurt bis sechs zählen. Katzen, meinte Conrad, könnten nur bis fünf zählen.

Madame rückte einen Stuhl ab, tastete sich am Tisch entlang und setzte sich. Kurt huschte zu ihr. Sie roch wirklich nach nichts, sie musste dem Nichtvorhandensein näher sein denn je. Conrad und er wunderten sich manchmal, dass sie noch immer durchhielt. Auch wenn er sie nicht berührte, saß er so nah bei ihr, dass der Junge nicht zuschlagen konnte, ohne sie zu schlagen. Er spähte zu dem Loch, hinter dem ihr Gang lag, aber der Junge stand genau davor, und eigentlich strahlte er auch gar keinen Ärger aus, nicht einmal Machtwillen. Also blieb er ruhig, hockte halb geduckt, auf den Hinterbeinen, eine Pfote am Boden, die andere in der Luft, fluchtbereit. Die alte Dame sagte etwas, der Junge auch, etwas wurde auf den Tisch gestellt, noch etwas. Er wartete. Aber es war ihm egal. Er genoss das Gefühl, tapfer zu sein. Dort, im Dunkel der Speisekammer sah er eine tote Kakerlake. Wie hatte er sie nur übersehen können? Sie war trocken, platt, geruchlos. Conrad und er machten einen schlechten Job.

Madame hob einen Fuß, Kurt spürte ihre Zehen, aber nur sehr leicht. Er wich etwas zur Seite. Wieder Geplauder von oben. Madame sprach stets sanft. Das fand er beruhigend. Dann bewegte sich ein anderer Stuhl, der Junge setzte sich zu ihr. Kurt war von Füßen umstellt. Der Junge hatte seine Stiefel an der Tür ausgezogen. Kurt konnte sie sehen und auch riechen; sie rochen am aufregendsten im ganzen Raum, nach Erde, Blumen und Pferdeäpfeln und zig anderem, das er eigentlich kennen sollte, aber nicht kannte, weil er ans Haus gekettet war. Auch die Socken, ein bisschen schmutzig, dufteten.

Er huschte zu dem Jungen und spähte in den Hosenaufschlag. Eine winzige Blütenknospe lag darin. Er schlug sie schnell mit der Pfote heraus und probierte. Bitter. Er spuckte sie aus. Über ihm weiter Geplauder. Er wurde mutiger. Vorn am Hausschuh der alten Frau klebte Staub, nichts, was man essen konnte, aber er schob es weg, dann kratzte er am Schuh, um zu prüfen, ob er roch. Tat er nicht. Wie mutig er doch war!

Stühle wurden abgerückt, Menschen standen auf, und Kurt sah an der Stellung der Füße, dass der Junge die alte Dame aus der *cuisine* geleitete. Er wartete einen Moment ab, dann huschte er zur Tür. Die alte Dame ging zu ihrem Sessel im *grand salon,* setzte sich, weiterredend, und nahm ihr Strickzeug auf. Das war das Einzige, was er sie, außer Essen und Schlafen, in dem Haus je tun sah.

Während die alte Dame weiterredete, kehrte der Junge in die *cuisine* zurück. Schritt für Schritt über den Flur. Kurt rührte sich nicht. Der Junge kam näher. Den Blick auf ihn geheftet, genau auf ihn. Kurt schaute nicht weg, aber er zitterte, fühlte sich immer stärker von dem Loch in der Wand angezogen, fragte sich, wo Conrad bloß war, und sehnte sich nach der schützenden Dunkelheit. Er quiekte und quiekte noch einmal. Der Junge hockte sich vor ihn und streckte ihm beide Hände hin, mit offenen Handflächen. Sogar eine Ratte wusste, was das bedeutete: »Gib mir bitte etwas.«

Abgesehen von dem Gemurmel, mit dem Madame die Maschen zählte, war es vollkommen still. Kurt schluckte.

Der Junge lächelte.

Ratten lächeln nicht, wenn sie freundliche Absichten hegen, aber reißen die Augen auf und formen mit dem Mund ein kleines »o«.

Noch immer waren da die ausgestreckten Hände. Kurt rutschte vorwärts. Vielleicht, dachte er, war genau dieser Jungen für seine Hoffnungen und Träume unerlässlich. Jetzt hatte er die Hände erreicht. Kurt berührte die eine mit der Nase, strich mit den Schnurrhaaren darüber, setzte dann eine Pfote darauf, ging weiter, saß schließlich auf beiden Händen, die eine Schale formten, sich aber nicht um ihn legten, ihn nicht ergriffen. Nach einer Weile rollte er sich zusammen, und der Junge stand auf.

Als der Junge vorher seinen Bauch und seinen Rücken gestreichelt hatte, hatte Kurt der Mut gefehlt, ihm in die Augen zu blicken. Er hatte an die Zimmerdecke geschaut. Das hereinfallende Licht schien zu dem durchdringenden Geräusch, einem Wiehern, wie er jetzt wusste, zu gehören, das kam und ging und kam und ging und verschwand. Der Junge war freundlich gewesen, Kurt ebenfalls, aber dann war er gegangen und das schien es gewesen zu sein. Jetzt streckte Kurt sich, setzte sich auf und schaute dem Jungen, was für eine Ratte schwierig war, direkt in die Augen. Seine Schnurrhaare zuckten. Er hielt sie ruhig, versuchte, würdevoll und freundlich zu gucken. Der Junge sagte: »Ich habe ganz vergessen, wie seidig dein Fell ist. Du bist wirklich hübsch.«

Kurt strich seine Schnurrhaare mit der Pfote glatt. Noch nie hatte ihn jemand hübsch genannt. Aber vielleicht verhieß das ja Gutes für seine Fortpflanzungsabsichten.

Kurt wusste nicht, was er von Étienne wollte. Sicher nichts zu fressen. Vielleicht reichte es schon, dass er einfach akzeptiert wurde. Wenn der eigene Vater einem immer wieder sagte, wie ungerecht es sei, dass Ratten auf der ganzen Welt Ausgestoßene seien, dass jede Ratte erzählen könne, wie sie aus einer Falle, vor einem Besen oder klatschenden

Schuh fliehen musste oder mit Geschrei, Gebell, Gezisch von einem stinkenden, krankmachenden Gasnebel empfangen wurde, dann kam es einem wie ein Wunder vor, akzeptiert zu werden. Jetzt musste er nicht mehr länger die Pferde angucken und sich fragen: »Warum mögen die Menschen Pferde, aber keine Ratten?« Als er Conrad von seiner Rettung durch den Hund erzählt hatte, hatte er nur ungläubig geprustet und gesagt: »Der war wohl nicht hungrig.« Aber das hier, wie er auf den Händen des Jungen saß, würde er Conrad gar nicht erzählen. Der Junge beugte sich vor, setzte ihn vorsichtig auf den Boden und strich ihm über den Rücken. Lässig, aber, wie er spürte, mit Anmut, ging Kurt zu seinem Loch in der Wand. Mittlerweile war es helllichter Tag, Zeit für ein Nickerchen. Aber er würde wiederkommen.

Jérôme hielt sich für schweigsam. Er mochte Gemüse, sein Viertel, er hielt die Augen offen, aber er wusste, dass es nicht zu seinen Aufgaben gehörte, über seine Kunden zu tratschen. Und als der Hund jetzt jedes Mal den Jungen und die alte Dame begleitete, da wusste er, dass er mit seiner anfänglichen Vermutung, dass er für sie die Einkäufe erledigte, recht hatte (wie mit seinen meisten Vermutungen). Jérôme hatte in dem Viertel schon einiges erlebt; dass ein Mann, eine hübsche Blonde im Arm, montags die Straße entlangschlenderte, und freitags vertraut lachend mit einer eleganten Brünetten vorbeikam, gehörte da noch zu dem Harmlosesten. Ein Ladenbesitzer im siebten Arrondissement tat gut daran, seine Meinung für sich zu behalten, und an diese Regel hielt er sich. Als Hélène von der Fleischerei nebenan eines Samstagmorgens rauchend auf der Straße stand und er sich mit ihr wie auf dem Dorf über den Jungen, den Hund und die alte Dame unterhielt, merkte er zwar, dass hinter ihm eine Frau im Laden war, dachte aber, sie würde an den Orangen herumdrücken oder Kartoffeln auswählen.

Am Montag kam die Frau wieder und brachte noch jemanden mit, einen Mann. Wie sich herausstellte, kamen sie von der Grundschule weiter oben auf der Straße. Als sie den Laden betraten, trieben sie Jérôme mehr oder minder hinter der Kasse, mit dem Rücken zur Wand, in die Enge. Jérôme, das muss man sagen, blickte auf keine glückliche Schullaufbahn zurück. Er war ein wilder Junge gewesen, der das Lernen hasste und nur im Gemüsegarten der Schule glänzte, aber für seinen Vater, der diesen Laden schon vor ihm besessen hatte, war das okay.

Die Frau und der Mann bemühten sich, freundlich zu sein, aber sie strahlten beide diese gewisse Strenge aus, die allen Lehrern eigen ist. Wer war dieser Junge? Jérôme habe von einem »Étienne« gesprochen, der acht oder neun Jahre alt sei. In der Schule gebe es nur einen »Étienne« in der ersten Klasse. Und Jérôme sehe den Jungen angeblich regelmäßig im Viertel. Wohnte er in der Nähe? Wie lange kam er schon in den Laden? Und was hatte es mit dieser Dame auf sich, die wohl bereits hundert sei?

Er wisse nichts über den Jungen, sagte Jérôme, weder wo er wohne, noch wo er zur Schule gehe. Und das stimmte ja eigentlich auch, er kannte nichts als seine Geschmacksvorlieben. Jérôme wimmelte die Behördenvertreter ab. Sollten sie den Jungen doch selber suchen, den Laden ausspionieren und dem Jungen hinterhergehen. Aber er fragte sich, wie er den Jungen warnen konnte, dass da etwas im Busch sei.

Und darum fand Étienne, als er das nächste Mal vom Einkaufen nach Hause kam, zwischen den getrockneten Feigen, die er als besonderes Schmankerl (für sich, für Kurt und Paras) gekauft hatte, einen zusammengefalteten Zettel, auf dem geschrieben stand, dass ein paar Leute aus der Schule in der Gegend herumliefen und ihm hinterherschnüffelten. Jérôme hatte eine ordentliche Handschrift, trotzdem musste Étienne die Nachricht drei Mal lesen, ehe er verstand, was das bedeutete. Es bedeutete, er brauchte einen Plan, sonst würde man ihn finden, seine Uroma finden. Das Pferd. Als er sich zwang, das Gemüse wegzuräumen, merkte er, wie seine Hände zitterten.

Auch wenn Étienne der Schule bislang nicht aufgefallen war, Étienne war die Schule aufgefallen, und er sah in ihr, wie seine Uroma, eine lärmende Falle. Der Krawall der Kinder (Étienne dachte »die Kinder« und weniger »die anderen Kinder«) war schon schlimm genug, aber das Gelärme der Erwachsenen noch schlimmer: die scharfen, laut erhobenen Stimmen, das Händeklatschen, die Befehle. Étienne hatte in seinem ganzen Leben noch niemand etwas befohlen. Selbst wenn seine Uroma ihm etwas auftrug, kleidete sie es in einfühlsame Worte, so als würde er ihr damit eine Freude machen. Und darum tat er es. Auch er hatte noch nie jemandem etwas befohlen. Wem auch? Dem Pferd? Der Hündin? Offenbar konnten sie seine Gedanken lesen – oder eben nicht. Wohl konnte er auf die sechste Stufe im Vorgarten steigen und sich dort hinstellen, er konnte erkennen, dass Paras erkannte, dass er reiten wollte, aber momentan nicht dazu bereit war. Doch würde sie es tun, wenn er es ihr befahl?

Bestimmt nicht. Eher würde sie weggehen. Und die Hündin genauso. Sie beobachtete jede seiner Bewegungen, war jederzeit bereit, ihn zu begleiten oder vorwegzugehen, seiner Uroma Hilfe anzubieten, etwas zu tragen, auf ihn zu warten. Aber diesen albernen Ball gab sie ihm nicht. Und das würde sie auch nicht, wenn er es ihr befahl. Weil es ihr Ball war.

In der Bibliothek gab es jede Menge Bücher über die Schule. Niemand in diesen vielen Büchern mochte die Schule. Alle erinnerten sich mit Schrecken daran. Nach Meinung wirklich jeder Autorin/jedes Autors war dort schon der kleineste Anflug eines eigenen Gedankens eine schwere Sünde. Doch Étiennes Leben bestand darin, sich seine eigenen Gedanken zu machen, sie zu erkunden, zu genießen oder mit Gedanken zu vergleichen, die er in Büchern fand oder auf der Straße hörte.

Und dann war da noch die Frage, wer sich um seine Uroma kümmern sollte, wenn er zur Schule ging? Außer mittwochs, wenn es dort ruhig war, schien das ja eine Ganztagsangelegenheit zu sein. Und selbst wenn sich jemand fand, würde dieser Jemand der alten Frau nicht ständig etwas befehlen wollen? Ihr Anweisungen geben oder ihren Tagesablauf organisieren? Das schien Étienne ein wenig erfolgversprechendes Unterfangen. Und an den Hund, das Pferd, jetzt auch die Ratte und wohl auch den Raben wollte er gar nicht erst denken. Er starrte auf den Zettel, knüllte ihn zusammen und warf ihn in den Müll. Vielleicht sollte er Jérôme auch lieber Zettel schreiben, mit dem, was er und seine Uroma brauchten. Dann könnte die Hündin die Einkäufe abholen. Gerade gestern hatte er ihr beigebracht, wie sie den Kopf unter dem Griff hindurchstecken und den Einkaufstrolley schieben konnte. Auch wenn sie ihn nur einen

Meter weit bewegt hatte, vielleicht würde sie es bis zu Jérômes Laden schaffen. Étienne räumte die letzten Einkäufe weg und spähte zu Madame hinüber, die gerade ein purpurrotes Viereck strickte. Gestern Abend war es ein grünes gewesen. Dann ging Étienne nach oben und schaute lange aus jedem Fenster. Er beobachtete genau, wer vor dem Haus stehen blieb oder hinaufschaute, vor allem den Gendarmen. Ihn hatte er schon oft gesehen, aber das war wohl einfach so. Gendarmen liefen die Straßen auf und ab und machten die Angelegenheiten anderer zu ihren. Nie hatte er das Gefühl gehabt, als wären er oder seine Uroma dem Gendarmen besonders aufgefallen. Auch jetzt schien es ihm nicht, als interessiere er sich besonders für sie. Noch nicht. Wenn sich die Schulbehörde an ihn wenden würde, würde er wohl schnell eins und eins zusammenzählen. Étienne beobachtete den Gendarmen noch eine Weile, dann ging er wieder nach unten. Die alte Dame war eingedöst, mit dem Strickzeug im Schoß. Étienne strich über das Viereck. Sie strickte ein Spitzenmuster. Es erinnerte ihn an gemalte Schneeflocken.

Als die Erde wieder trocken war und das Gras sprießte, hatte Paras das Gefühl, sie könne nun endlich Nancy und die Entenküken zu besuchen. Es war eine mondlose Nacht und das Champ de Mars besonders dunkel, also eine gute Gelegenheit, herumzuspazieren. Zu so später Stunde war nirgendwo mehr ein Fenster erleuchtet. Aber natürlich der große Tour, ebenso wie die Brücke über dem Fluss. Der Fluss schimmerte und verströmte einen warmen Nebel. Es konnte gar nicht sein, dass Paras die beiden Rennpferde roch oder spürte, die so weit entfernt waren. Es konnte gar nicht sein, dass sie sich irgendwie von ihnen angezogen fühlte. Ihr jetziges Leben war doch ein sattes Vergnügen. Was konnte sie da noch wollen? Sie erreichte den Zaun am Teich, trabte ein Stück vor und zurück, um den Boden zu prüfen und setzte mit einem kurzen Galopp hinüber. Auch das war ein Vergnügen – das sie fast vergessen hatte. Springen. Mit den Hindernissen hatte sie es immer sehr genau genommen, ob beim Training oder Rennen, hatte nie eins berührt. Sie gehörte nicht zu diesen Sorglosen, die in den Stall zurückkehrten und über Hiebe und Stöße meckerten. Sie zog die Knie bis zu dem Kopf hoch und trat nach hinten aus. Wenn man ein wendiges Fohlen gewesen war, das sich zum Schlafen eng zusammenrollte, dann war das ganz leicht und machte noch mehr Spaß als Galoppieren. Vielleicht ein bisschen so wie Fliegen.

Als Nancy Paras sah, quakte sie sofort los. Ihre Küken waren ununterbrochen in Gefahr, und wenn sie überlebten, verdankten sie dieses Wunder allein ihrer Aufmerksamkeit. Paras hatte auf dem Weg über das Champ Habichte, Käuze, einen Fuchs und zwei große Katzen gesehen und bezweifelte das nicht. Die Küken hießen, bisher, Männchen Nr. 1, Weibchen Nr. 1 etc. bis zu Männchen Nr. 3 und Weibchen Nr. 3. Sie sahen alle aus wie Nancy und obwohl sie noch ziemlich jung waren, schwammen sie, laut Nancy, schon tüchtig herum. Momentan lugten nur im Nest die schlafenden Köpfe unter Nancy hervor. Schon, dass alle Küken aussahen wie Nancy, war ein Triumph, denn Nancy war sicher gewesen, dass eine dieser Löffelenten, die man überall sah, ihr ein Ei untergeschoben hatte. Und da konnten bestimmte Raben noch so oft meinen, wo denn da bitte der Unterschied wäre. Der war unübersehbar, dieser schreckliche Schnabel. Dann hörte Nancy auf zu quaken, seufzte und legte sich wieder zwischen ihren Küken zurecht. Alles war ruhig. Und hier, im Schatten der Brüstung, wuchs alles recht üppig. Paras schnupperte an ein paar Kräutern und mampfte ein wenig Gras. »Wo ist Sid?«, fragte sie dann.

»Er kann jetzt jederzeit zurückkommen«, sagte Nancy. »Das hängt vom Luftverkehr ab, der kann manchmal ein wenig heftig sein. Er ist nicht der Typ, der nach versprengten Weibchen Ausschau hält. Sid ist treu und kennt seine Aufgaben.«

»Welche Aufgaben?«, fragte Paras.

»Schau dich um«, sagte Nancy. »Sechs Küken sind jede Menge Arbeit. Bekommen Pferde Junge?«

»Ja«, sagte Paras. »Aber normalerweise nur eins auf einmal.«

Nancy quakte leise vor sich hin. Paras schwieg, zog ein paar Gräser aus dem Wasser, nur um zu wissen, wie sie schmeckten, dann blickte sie wieder zu der langen Brücke hinüber und zu den großen Gebäuden weiter oben auf der Anhöhe. Irgendwie fühlte sie sich davon angezogen, und darum sprang sie, ohne den Boden überhaupt zu prüfen (natürlich war er gut, ohne Hufeisen war jeder Boden gut), über den Zaun neben dem Teich und lief weiter, vorsichtig immer am Rand des beleuchtenden Bereichs entlang, bis sie schließlich, nicht weit von der Brücke, zwischen den Gebäuden stand. Ein paar Autos fuhren vorbei, aber immer wieder war es lange still und dunkel. Sie begriff, wenn sie dorthin wollte, dann musste es zu dieser Nachtzeit sein. Aber was wollte sie dort? Von dem saftigen Gras war sie überfüttert und wegen des fehlenden Trainings nicht mehr wirklich fit. Die anderen Pferde würden sie mit Leichtigkeit überholen, ihr den Staub ins Gesicht wirbeln und sich dann nach dem Rennen betont besorgt nach ihrem Befinden erkundigen. Mittlerweile war sie eine vierjährige Stute. Und das sah man ihr mit Sicherheit an. Jetzt gehörte sie zu diesen wenig anmutigen Wesen, die man zwar respektierte, um die man sich aber nicht weiter scherte und die, wie sie Nancy erklärt hatte, stets ein Fohlen auf einmal bekamen.

Paras hob den Kopf, blähte die Nüstern und erinnerte sich daran, wie sie am ersten Abend den weiten Weg bis in die Stadt getrabt war. Erst war sie durch den Wald gelaufen, dann immer ihrer Nase gefolgt, und schließlich hatte sie etwas überquert, das sie zu einem kleinen umzäunten Rasenstück brachte. Sie war hinein- und wieder hinausgesprungen, mit klappernden Hufeisen die Straße heruntergetrabt und hatte das andere Rasenstück entdeckt – und Frida. Alles schien jetzt leicht verschwommen, schien schon immer verschwommen. Aber nicht so verschwommen, dachte sie, dass sie nicht zurückfinden würde. Sie spitzte die Ohren. War das der richtige Moment?

Doch dann erschrak sie, bäumte sich auf, ein großer Lkw rumpelte an ihr vorbei und hätte sie angefahren und getötet, wenn sie wirklich, wie geplant, losgelaufen wäre. Still blieb sie stehen, mit gesenktem Kopf, rasendem Atem, an den Flanken brach ihr der Schweiß aus.

Als sie sich eine Weile später wieder beruhigt hatte, machte sie kehrt, lief an dem Zaun, dem Teich und der Brücke vorbei bis zur Allee und galoppierte nach Hause. Das Tor stand offen, Frida schlief. Alle Fenster waren dunkel. Der Vorgarten lag friedlich da. Paras stand still neben dem Gebüsch, bis die Sonne aufging und Étienne zum Frühstück rief.

Pierre hatte nicht schlafen können und kam schon im Morgengrauen zur Arbeit. Wenn er früh genug da war, konnte er noch die jungen Eichhörnchen, Tauben, Käuze, Enten und Blesshühner beobachten. Natürlich gab es auch Tauben und Ratten. Und weil die Touristen sie hassten, gehörte es zu seinen Aufgaben, sie in Schach zu halten, aber er selbst war in dieser Frage gespalten: Eine Stadt war ein Ökosystem und Paris ein besonders komplexes. Da entdeckte er überrascht die Pferdeäpfel, noch ganz frisch, grünlich, zwei kleine Haufen. Seit Wochen hatte er das nicht mehr gesehen. Der eine Haufen lag hinter dem Eiffelturm, nahe dem Quai Branly. Er verstrich ihn mit einer Schaufel, vermischte ihn mit Erde, die er in der Schubkarre hatte, und häufelte alles um einige Baumstämme. Der andere, kleinere Haufen lag dort, wo die Allée Adrienne Lecouvreur den Boulevard kreuzte. Als er ihn gerade betrachtete, hörte er hinter sich eine Stimme: »Was ist das?«

Überrascht drehte er sich um. Wahrscheinlich hatte er so früh am Morgen noch nie jemanden im Park getroffen. Die Frau, mit heller Jacke und roter Mütze, kam ihm bekannt vor, aber er konnte sie nicht einordnen. »Ich denke, es sind Pferdeäpfel«, sagt er. Er versuchte, sachlich, gleichgültig zu klingen, aber in Wahrheit war er froh, fast euphorisch, dass das Pferd noch lebte. Es war ihm nicht bewusst gewesen, wie sicher er es schon beim Schlachter geglaubt hatte. Das Mädchen, sie war schlank und wirkte mädchenhaft, obwohl ihr Gesicht so aussah, als wüsste sie genau, was sie wollte, sagte: »Wie können denn auf dem Champ de Mars Pferdeäpfel herumliegen?«

»Historischer Präzedenzfall«, sagte Pierre. Die Frau lächelt unerwartet. »Pferdeäpfel sind nicht gesundheitsschädlich«, sagte er. »Aber wir entfernen sie auf jeden Fall.«

Wieder lächelte die Frau und sagte: »Sie stören mich nicht. Eigentlich bin ich froh, sie beweisen, dass hier wirklich ein Pferd ist. Mir kam das Ganze schon sehr gespenstisch vor.«

»Wovon reden Sie?«, fragte Pierre.

Und Anaïs, die bei dem angenehmen Wetter den Weg über das Champ de Mars gewählt hatte, weil sie nicht wie sonst zwei Mal umsteigen, sondern mit dem RER-Zug nach Hause fahren wollte, erzählte ihm von dem geheimnisvollen nächtlichen Besucher, dem Pferd.

Pierre kannte Anaïs Backkreationen sehr gut, er hatte in dem Café schon oft *galettes* gegessen und Kaffee getrunken. »Arbeiten Sie in dem Café? Oder in der Bäckerei? Ich habe Sie dort noch nie gesehen.«

»Ich bin Bäckerin.«

Pierre konnte seine Erleichterung darüber, dass das Pferd noch lebte, kaum verbergen. Er wusste, dass er breit grinste. »Wann haben Sie das Pferd zum letzten Mal gesehen?«, fragte er.

»Vorgestern Nacht, es hat eine Schüssel Hafermehl mit Leinsamen, Maismehl und sogar geraspelten Karotten gefressen.«

Die beiden schauten sich an, schwiegen und lächelten. Anaïs dachte, dass irgendetwas gerade sehr verrückt war, aber offensichtlich nicht sie, und dass der Gärtner sehr freundlich, angenehm und nett war. Pierre dachte, dass Anaïs ein großes Herz haben musste und die *galettes* und auch die Brötchen, die er in der Pâtisserie gekauft hatte, wirklich sehr zart und köstlich gewesen waren. Am Himmel stieg die Sonne auf, aber nur ein wenig, und brachte die Pferdeäpfel zum Glänzen.

# FÜNFZEHN

Seit Jahren schaute Raoul in die Pariser Häuser- und Wohnungsfenster und beobachtete die Wartenden vor dem Eiffelturm, und darum fiel ihm auf, dass die Menschen für die kleinsten Dinge ewig brauchten. Da standen sie, blickten sich um, warteten und warteten, schlurften langsam vorwärts und sprachen kaum ein Wort. In derselben Zeit, wo ein Mensch in den Aufzug kroch, über die Stadt schaute, zur Erde zurückkehrte und weiterschlenderte, hätten sich schon zehn Vogelschwärme in den Himmel erhoben, formiert und wären längst in alle Himmelsrichtungen davongestoben. Oder wenn man die Leute im Café sah, wo absolut nichts passierte. Die Speisen kamen schon tot auf den Tisch, trotzdem saßen sie da, stocherten mit ihren Werkzeugen in dem toten Zeug herum und kauten und kauten. Und obwohl Delphine eigentlich noch einmal nach Paras suchen, Pierre die Augen offenhalten, Anaïs das nächste Mal Chouchou folgen und sich die Schulbehörde im Viertel und bei der Polizei nach einem streunenden Jungen erkundigen wollte, vergingen die Tage deshalb weiter genauso wie immer, angenehm und duftend oder manchmal regnerisch und kühl. Das Läuferrudel auf dem Champ de Mars schwoll mittlerweile an, bemerkte aber nichts, unter anderem, weil Pierre zwar nicht nach dem Pferd suchte, aber seine Hinterlassenschaften zuverlässig wegräumte und darauf vertraute, dass es schon irgendwann auftauchen würde. Anaïs steckte stets bis zu den Ellbogen im Teig, konnte also schlecht lange Wege zurücklegen, und fütterte das Pferd einfach weiterhin. Wenn sie das Pferd finden würde, wenn sich die Behörden (und auch der freundliche Mann, der Pierre hieß) damit beschäftigten, dann, wusste sie, wäre es mit den Besuchen und dem Vergnügen vorbei. Der rechtmäßige Besitzer würde das Pferd zurückverlangen. Nur Jérôme wollte tatsächlich nichts tun, nichts sagen, sondern einfach nur das Gemüse, Brot und die Knochen herüberreichen und Fridas Kopf tätscheln, wenn sie mit dem Jungen in den Laden kam.

Madame de Mornay strickte derweil weiter, machte ihr Bett, ein Nickerchen, aß von diesem und jenem. Sie redete mit Étienne, hielt ihren Hut in der Hand und strich über die Feder, dachte an ihren Ehemann, ihren Sohn, ihren Enkel und seine Frau, Étiennes Eltern und hoffte, dass ihr irgendetwas einfallen würde. Noch keiner hatte wohl je angenommen, man sterbe aus freiem Willen, es sei denn, man betrachtete es als Akt des freien Willens, in den Krieg zu ziehen, was es ja manchmal war. Und manchmal nicht.

Ihr Vater starb als Kommandant und hatte wenn auch nicht den Krieg, so doch die damit einhergehende Pflicht begrüßt. Ihr Ehemann schickte sie und ihren Sohn im Zweiten Weltkrieg nach Domme, um in der Resistance zu kämpfen, und wurde in Lyon bei einem Bombenangriff getötet, ironischerweise von seinen eigenen Verbündeten. Und Madames Sohn ging als Vertreter von De Gaulle nach Oran. Acht Tage wollte er bleiben, aber am zweiten Tag starb er durch eine verirrte Kugel. Ihr Enkel war damals ein Jahr alt. Seinen Anteil vom Familienvermögen verwendete er dazu, in Alaska, Hawaii, Hongkong, Australien und Kuala Lumpur zu leben, Hauptsache, es war anders als in Paris. Vielleicht hatte er geheiratet, vielleicht auch nicht. Jedenfalls kam er mit einem reizenden Mädchen aus Dublin zurück, sie war fünfundzwanzig, er vierundvierzig. In dem Haus konnten sie alle drei gut leben, Madame hatte das Erdgeschoss für sich. André und Irene bewohnten die oberen Stockwerke.

André machte große Pläne, er wollte alles renovieren und dem Haus seinen früheren, nicht eingestaubten Glanz zurückgeben. Freunde von ihm kamen ins Haus, die verschiedensten Typen, aus verschiedensten Ländern, aber schon damals war Madame ziemlich taub und verstand wenig. Irenes Französisch war gut. Auch wenn ihr Akzent sie irritierte, mochte sie das Mädchen, das Mädchen, das in der Nacht, in der sie starben, den Wagen fuhr, das Mädchen, das auf der Périphérique verwirrt gegen die Fahrtrichtung fuhr.

Étienne war zweieinhalb. Sie wusste nicht, ob er sich an seine Eltern erinnern konnte. Und wenn sie ihn jetzt fragen würde, würde sie die Antwort nicht verstehen. Sie konnte sich nicht an ihren Vater erinnern. Vielleicht war das das Schicksal ihrer Familie oder einfach nur Zufall, einfach Frankreich im Zwanzigsten Jahrhundert, wo die Kriege, wie furchtbare, unaufhaltsame Stürme, kamen und gingen. Als Étienne zweieinhalb oder auch fünf war, war sie noch rüstig genug gewesen, um sich um ihn zu kümmern, doch dann hatten sich die Rollen verkehrt. Sicherlich hatte sie dem Jungen nicht gutgetan. Dann hörte sie auf, weiter darüber nachzudenken, und kehrte zu ihrem Strickkorb zurück. Die Wolle wurde knapp, sie konnte nur noch drei kleine Knäuel ertasten. Mittlerweile hatte sie alle Teile zusammengenäht, die Decke über ihr Bett gebreitet und rundum bis auf den Boden heruntergezogen. Fast war die Decke fertig.

Étienne und Kurt dachten nur an das Reiten. Wenn Étienne sich nicht um seine Uroma kümmerte oder hie und da eilig abstaubte und wischte, schaute er Paras zu, saß auf ihr oder putzte sie mit einem weichen Tuch. Immerhin aß er noch. Und Kurt erkannte sich selbst nicht wieder. Ob drinnen oder draußen, er wollte nichts weiter als seine vier kleinen Füße in diese dicke Mähne krallen und von Ort zu Ort gehen. Sein früher größtes Vergnügen, das Fressen, schien ihm jetzt die reinste Zeitverschwendung, und darum hatte er nur noch Fell und Muskeln auf den Knochen. Und Frida lag in ihrer Ecke im Vorgarten, murmelte und grummelte über die Ratten, die wussten, wo sie hingehörten, die, weil sie schlau waren, im Haus blieben. Sogar Conrad schaute manchmal bestürzt aus dem Fenster im ersten Stock, aber Kurt ließ sich nicht aufhalten. Er war trunken vor Freude und Lust.

Nach ihrem Nahtoderlebnis war Paras zu allem bereit. Sonst hätte sie vielleicht Kurt davon abgehalten, auf ihr herumzulaufen oder ständig auf ihr zu hocken, doch seine leichten, kitzeligen Füße erinnerten sie daran, dass sie lebte. Jegliche Unlust, sich vor Étienne auf der sechsten Stufe zu stellen, war verschwunden. Étienne fütterte sie und gewährte ihr Unterschlupf, er räumte hinter ihr auf (das Zaungebüsch und die Himbeerbüsche waren nie grüner gewesen) und erzählte ihr von Pferden in den Büchern, die er las. Ihm verdankte sie, wenn nicht ihr Leben, so doch alles, was sie dazu brauchte. Paras dachte, dass sie eigentlich gern mit Raoul über ihre widersprüchlichen Gefühle sprechen würde. Bestimmt hätte er etwas dazu zu sagen, und selbst wenn es nicht relevant oder hilfreich wäre, sein Gekrächze würde sie beruhigen. Doch es war Frühling, und sein neues Nest in der nahen Platane hatte noch kaum Fortschritte gemacht. Raoul war unterwegs und machte Rabensachen, was immer das war. Paras war glücklich, aber ihr Glück fühlte sich wie Morgennebel an, der über ihr schwebte und jeden Moment davonwehen konnte.

Raoul war zum letzten Mal von Verlangen ergriffen worden. Früher hatte er gern seinen Cousin Liam Corax Corvus besucht, der im Jardin des Plantes lebte, und darum flog er jetzt dorthin, doch auch wenn sich Liam freute, der Garten war wirklich langweilig. Er hatte Sehnsucht nach mehr, nach einem letzten Abenteuer. Als Alternative lag Vincennes natürlich auf der Hand, aber als er schon fast dort war und seine jugendlichen Lieblingsplätze wiedererkannte, drehte er ab und flog Richtung Westen. Er flog einfach weiter, ein langer Flug für einen alten Vogel, der sonst höchstens vom Place du Trocadéro nach Montmartre reiste, aber er genoss seine Kraft, so wie einst, zumindest bis ganz zum Schluss, als er kreischend, schmerzend und stürzend abbremste, ziemlich wackelig mitten auf der Trainingsbahn von Maisons-Laffitte landete, japsend über den Sand stolperte und ein großes, schwarzes Pferd direkt auf ihn zu galoppierte. Er schloss die Augen, rührte sich nicht – das Pferd galoppierte weiter. Er hörte den Reiter »Mon Dieu!« schreien und hüpfte mit letzter Kraft auf den Ast eines schlanken, kleinen Baums, wo er mit zitternden Flügeln sitzen blieb und nur noch Durst hatte, vielleicht nach seinem letzten Trank. Hinter der Reitbahn saßen ein paar Raben, die er nicht erkannte, auf einem Draht zwischen zwei Stangen, aber er konnte kaum den Kopf heben, und darum ignorierte er sie einfach.

Als Delphine zum Stall zurückkam, erzählte sie Rania, was passiert war, ein Rabe sei direkt vor ihnen vom Himmel gestürzt und habe sich nicht mehr gerührt. Whiskey Shot, das dreijährige Pferd aus England, auf dem sie saß, sei ohne mit den Ohren zu zucken über den Vogel galoppiert, ohne ihn zu berühren, vielleicht sogar ohne ihn zu bemerken. Sie redeten darüber, dass Vögel wahrscheinlich oft einfach vom Himmel stürzten, man das aber nie sah. Es war etwas Besonderes. Whiskey war ein kräftiges Pferd, ihre große Hoffnung, es sollte am Poule d'Essai des Poulains-Rennen in Longchamp teilnehmen. Es war Delphines erstes Pferd, das ein G1-Rennen lief. Und es war jung, im April erst drei geworden. Es hatte Potenzial.

Raoul saß lange in dem kleinen Baum. Genug Zeit für die anderen Raben, einen Streit zu beenden und den nächsten zu beginnen. Neben der Trainingsbahn entdeckte Raoul, unter einem Wasserhahn, eine Pfütze. Er trank ein wenig sandiges Wasser, trippelte darin herum, erfrischte sich ein wenig. Wo er war, wusste er nicht genau, aber die Raben würden es ihm sagen können (und Bemerkungen über seine Ignoranz machen), sobald er sich ein wenig erholt hatte und sich zu ihnen gesellen würde. Das musste warten. Er flog zu dem kleinen Baum zurück, machte es sich in einer Astgabel bequem und nutzte die Gelegenheit, die Landschaft zu studieren. Es gab viele Bäume und deshalb viel mehr Vögel und Vogelarten, als er aus Paris kannte. Sie alle waren gut genährt, besonders die Spatzen, die Bienenfresser, die Finken. Die Spatzen flogen hin und her. Da waren Holztauben, Elstern, Kiebitze und sogar ein oder zwei fluchtbereite Fasane, die hatte er auf dem Champ de Mars noch nie gesehen. In einem nahen Baum erkannte er den Kopf eines jungen Käuzchens, dann saß eines piepend neben ihm. Die Mutter musste in der Nähe sein. Und überall Pferde. Viele schossen an ihm vorbei, andere liefen langsamer, die Reiter über ihren Hals gebeugt. Die Pferde ritten auf unterschiedlichen Wegen, nicht nur auf der dreckigen Bahn, auf der er gelandet war. Manche standen ruhig mit ihren Reitern da und schauten. Auch viele Hunde waren zu sehen, aber an Menschen angebunden, nicht so frei wie Frida. Und im Schatten lagen Katzen. Die Welt war voller Katzen, das wusste jeder *Avis*. Von seinem Baum aus sah er zwei, grau und weiß, durch das zerfetzte Gras streifen. Er richtete seine Flügel. Langsam fühlte er sich wieder kräftig genug und ziemlich stolz auf seine Unternehmung.

Er musste eingedöst sein. Als er aufwachte, hatte er wieder Durst, darum flog er zurück zu dem Wasserhahn, trank, suchte und fand eine Ameisenkolonie. Und auch ein totes Kaninchen, mit ziemlich viel verdörrtem Fleisch am Knochen, dem intensiven Geschmack von Maden und einen köstlichen Aaskäfer. Er pickte sich gerade ein paar Stücke heraus, als sich über ihm Schatten zusammenbrauten und ein Schwarm ziemlich großer Vögel auf einem Teich neben einem kleinen Hügel landete. Oh, Enten. Raoul flog auf die Hügelkuppe und schaute von dort hinab. Es war eine kleine

Erpelgruppe, schöne Färbung, gesund und schlank, wohl auf dem Heimflug, vermutete er. Es war die Zeit.

Raoul lauschte ihrer Unterhaltung über den langen gemeinsamen Flug: Es war noch weiter als letztes Jahr, aber ja, die Landschaft dort im Nordwesten war interessant, man traf an diesem wirklich außergewöhnlichen Sammlungsplatz *Aves* aus aller Welt, aber lohnte sich der weite Flug wirklich, über den Ozean und mit den vielen Stürmen? Auch bei einem Flug in Richtung Nordosten würde man vielen *Aves* aus sonderbaren Gegenden begegnen. Da sagte einer plötzlich: »Nicht ganz so weit weg ist besser für mich. Ich möchte nicht länger von zu Hause weg sein als unbedingt nötig.« Alle anderen quakten leicht skeptisch, und dann drehte sich der Erpel um und blickte Raoul an. Kurze Zeit später kam er aus dem Wasser und watschelte leise quietschend den Hügel hoch. »Wie geht es dir? Was machst du denn hier? Das kann doch nicht wahr sein.« Raoul gelang es kaum, seine überlegene Haltung zu bewahren. Peinlicherweise hatte Sid ihn erkannt und nicht umgekehrt. Doch das war auch nicht der kreischende, panische Sid, den er zu kennen glaubte, der sich so lange putzte, bis sein Gefieder halb ausgerupft war. Das war ein unbekümmerter, gut gelaunter Erpel, ein angenehmer Zeitgenosse.

Offenbar war Sid froh, ihn zu sehen. Wie geht es ihnen allen? Wie viele sind es? Ich wollte eigentlich gar nicht hier landen, ich wollte nur nach Hause. Geht es ihr auch gut? Sind noch alle da? Ich hoffe doch.

Raoul nahm, so gut es ging, Haltung an und sagte: »Sid, deine Jungen sind so zahlreich, dass man sie gar nicht zählen kann, sie sind, soweit ich das beurteilen kann, kerngesund und erwarten deine Rückkehr.« Sid schaute sich zu den anderen Erpeln um, seufzte und ließ sich neben Raoul nieder. »Das wird ein wunderbarer Sommer, glaube ich. Von dieser Reise habe ich so viel mitgenommen. Ich habe jetzt das Gefühl, alles besser im Griff zu haben und bestens gewappnet zu sein. Ich werde das Chaos meistern.«

»Nancy wird überglücklich sein, dich zu sehen.«

»Jeder Sommer ist ein Neuanfang, so viel habe ich gelernt. Ich muss die Vergangenheit nicht mit mir herumschleppen. Ich entscheide, wie ich mit den Gefahren der Vermehrung umgehe. Ich bin dafür verantwortlich, wer ich bin und wie ich die Dinge betrachte. Ich bestimme, wovor ich mich fürchte.«

»Das hört sich weise an …«

»Man hat mir die Augen geöffnet. Wir hatten unterwegs viele Gruppendiskussionen, und ich habe begriffen, dass meine Wahrnehmung der Welt stark von bestimmten Erfahrungen geprägt ist, die ich als Küken gemacht habe, besonders von dem Tod von Männchen Nr. 3, das im Nest genau über mir war und von einem Habicht mitten aus der Gruppe gerissen wurde, und der Habicht ist dann nicht weggeflogen, sondern, als unsere Mutter uns unter ihr Gefieder scheuchte, ununterbrochen über uns hinweggeschossen. Natürlich ist das für Enten keine ungewöhnliche Erfahrung, aber ich bin wohl besonders sensibel und dafür muss ich mich nicht schämen. Allein diesen Herbst haben Menschen zwei aus unserem Schwarm vom Himmel geschossen, gerade als wir über Marmande flogen. Und? Haben wir angehalten? Sind wir in Panik verfallen? Nein, wir verabschiedeten uns von ihnen und flogen weiter. Ich verstehe jetzt viel besser, welchen Einfluss die Erfahrungen als Küken auf einen haben können und auch, was Schicksal ist. Schicksal ist Schicksal. Du lebst oder nicht. Man muss sich den Gesetzen des Universums fügen.«

»Sehr wahr«, sagte Raoul.

»Ich bin froh über dieses Gespräch«, sagte Sid.

»Ja«, erwiderte Raoul.

»Übrigens«, sagte Sid. »Du solltest dir dieses Gelände hier einmal näher anschauen. Wenn ich Nancy von dem Teich an dem Turm wegkriegen könnte, würde ich mit ihr hierhin gehen. Ein sehr lebendiger Ort.«

»Ich weiß ja kaum, wie ich hier überhaupt hingekommen bin«, sagte Raoul. »Normalerweise fliege ich nach Osten.«

»So wie die Raben fliegen«, sagte Sid, «sind es fünfundvierzig Grad Südost, ein einstündiger Flug, wenn man keine Eile hat.«

»Ich habe keine Eile«, sagte Raoul und streckte seine Flügel.

»Du könntest mit mir kommen. Wir fliegen bald los. Ich verlasse die anderen bei Nanterre. Sie kommen alle aus der Gegend um Le Chesnay und leben auf dem Land, sehr gesund also, verglichen mit uns Paris-Bewohnern.«

Raoul fragte sich, was die anderen Raben wohl denken würden, wenn ein *Corvus* von seinem Format mit einer Schar niederer Enten flog, doch dann sagte er: »Ja, ich denke, ich fliege wohl mit dir.«

»Das freut mich wirklich«, sagte Sid. »Ich erkläre den anderen dann, wer du bist. Alle wollen schnell nach Hause. Allerdings behältst du deine Ansichten vielleicht besser für dich. Nur so als Ratschlag.«

Raoul krächzte leise und sagte: »Verstehe.«

Die Enten waren alle jung, gesund und weit gereist. Es waren natürlich *Anas platyrhynchos*, und darum drehte sich ihre Unterhaltung (zu der Raoul nichts beitrug) um ihre Glanzleistungen in puncto Kraft und Ausdauer, darum, wo sie schon überall gewesen waren und noch überall hinfliegen würden. Alle hatten Partnerinnen, aber alle außer Sid erzählten unbekümmert von anderen Weibchen, die sie irgendwo kennengelernt, und von Nachkommen, die sie in fernen Gegenden wohl gezeugt hatten. Raoul fühlte sich nicht zum Richter berufen. Alle *Aves* wussten, dass Stockenten ihren festen Platz in der Vogelwelt hatten, und das war oft, auf vielerlei Art, ein Platz als Wild. Und selbstverständlich wusste Sid genau, wo Nanterre lag. Er flog mit den anderen im Schwarm, aber ohne sich um- oder nach unten zu gucken, hob er auf einmal den rechten Flügel und setzte sich von den anderen ab. Raoul flog ihm hinterher. Als sie über die Pariser Vororte glitten, fragte er: »Wie machst du das?«

»Ich achte auf die Zeichen, das ist alles.«

»Welche Zeichen?«

»Auf die Magnetfeldlinien. Es gibt hier eine leichte Störung. Als ich vor Jahren das erste Mal heimflog, musste ich die Nacht in Orléans verbringen, aber seitdem habe ich mich nicht mehr geirrt. Mit der Zeit wird man feinfühliger. Und ihr Raben?« Nach kurzem Zögern sagte Raoul: »Du würdest wahrscheinlich sagen, *Corvi* sind eher örtlich orientiert.«

Sid quietschte leise, und sie flogen weiter. Am späten Nachmittag erreichten sie den Tour. Raoul landete auf einer Strebe und beobachtete, wie Sid auf dem Wasser aufsetzte, ein paar Kreise schwamm und schließlich zum Nest. Die Küken sprangen eins nach dem anderen auf, scharten sich zusammen und wurden von Nancy, mit erhobenen Flügeln, gewölbtem Hals, in Richtung Erzeuger gescheucht. Sie quakte wie verrückt: »Da ist er, nicht so schüchtern, rechts aufschließen, weiter, bewegt euch, quakquakquak.« Sid verließ das Wasser nicht, schwamm weiter seine Kreise, die bräunlichen Vögelchen erreichten, eins nach dem andern, den Rand und stürzten ihm entgegen. Schon bald schwamm die ganze Familie gemeinsam am Teichende, und bei ihrem Anblick riefen und gurrten die Menschen unter Raoul. Sollte er jemals einen Menschen gesehen haben, der beim Anblick eines Jungtiers nicht sentimental geworden wäre, erinnerte er sich jedenfalls nicht daran. Nancys lautes Quaken verebbte, man schwamm friedlich umher.

Wie lange war Raoul weggewesen? Seit Sonnenaufgang vielleicht. Keine große Runde. (Widerwillig musste er zugeben, dass ihn der ausdauernde Flug der Enten beeindruckte. Die Enten flogen zu einem Ort, wo sich von Ozean zu Ozean karge Felsen erstreckten, Dampf aus der Erde aufstieg und das Tageslicht fast nie der Dunkelheit wich, und trafen Vögel aus Gegenden, von denen die Raben nicht einmal etwas ahnten.) Ja, die Enten hatten die sagenumwobenen *Sterna paradisaea* getroffen, weiße *Aves* mit schwarzem Kopf, die sich nur für den höchsten Norden und tiefsten Süden der Erde interessierten. Die meisten *Corvi* wollten von ihrer Existenz nichts wissen. Konnte es sein, fragte sich Raoul, dass *Corvi* eigentlich nicht wussten, wovon sie redeten? Raoul seufzte, hob ab und flog in Richtung Rue Marinoni.

Den Maifeiertag hatte Madame de Mornay vermisst. Ihre Mutter hatte ihn geliebt und jedes Jahr eigenhändig ein kleines Blütenbeutelchen für Madame (damals natürlich noch Mademoiselle Éveline) gemacht.

Als sie ein Kind war, hatten sie, ihre Mutter und ihr Bruder zur Feier des Tages nur ihre Lieblingsspeisen gegessen, egal was es war, ob Foie gras und Baisertörtchen, Champagner und in Butter sautierte Morcheln oder Limettensorbet mit einem Stück Ziegenkäse. Was immer ihnen in den Sinn kam, sie aßen davon in Hülle und Fülle. Und als sie eines Morgens, welcher Tag genau es war, wusste sie nicht, das Fenster öffnete, roch sogar sie, dass ihr Flieder blühte, wie Nebel zog der Duft ins Zimmer und füllte es aus. Einfach erquickend. Und darum nahm sie den Einkaufstrolley, schloss Étienne, der gerade den Flur zwischen *grand salon* und *cuisine* fegte, in die Arme und schlug ihm vor, einkaufen zu gehen. Da es seiner Uroma schon seit Wochen offensichtlich nicht wirklich gut ging, stellte Étienne den Besen sofort zur Seite, übernahm den Trolley und begleitete sie zur Tür. Die Tür ließ er offen, damit Paras nach dem Frühstück nach draußen konnte. Außerdem hoffte er inständig, dass der Rabe und Kurt mit hinausgingen. Sie saßen gerade in der *cuisine*, auf Paras Kruppe beziehungsweise dem Regal über der Spüle. Er mochte beide, aber die Sache wuchs ihm langsam über den Kopf.

Normalerweise ging Étienne langsam, schlich geradezu, und Madame de Mornay trippelte, von Frida aufmerksam bewacht, hinter ihm her. Étienne fragte sich manchmal, ob sie sich über Frida wunderte. Sie erwähnte sie nie oder erkundigte sich, aber wenn sich ihr Arm vom Körper löste und ein wenig ruderte, Frida dann herbeieilte und sich gegen ihr Bein lehnte, um sie zu stützen, begriff sie, worum es ging, und nahm die Hilfe an. Doch heute musste sich Étienne anstrengen, wenn seine Uroma ihn nicht überholen sollte, so schnell ging sie. Als sie den Gemüseladen erreichten, ergriff sie als Erstes Jérômes Hand und drückte sie fest. Aber Madame war heute schwer zufriedenzustellen. Jérôme zeigte ihr die besten jungen Erbsen, die besten Babyartischocken, die besten Basilikumsträuße, neue Kartoffeln, Brunnenkresse. Sie betastete alles, roch daran und schüttelte den Kopf. Schließlich wandte sie sich, vielleicht ein wenig enttäuscht, den Blumen zu und entschied sich für zwei blühende Bartnelken-Töpfe.

Étienne erkannte die Blumen wieder, sie hatten, wenn auch schon seit Jahren nicht mehr, im Garten gestanden. Dann ging seine Uroma zurück zum Gemüse und stand, mit erhobenen Händen und geschlossenen Augen, mitten im Laden. Jérôme und zwei Kundinnen blickten sie freundlich an, aber Étienne machte sich ein wenig Sorgen. Das hatte sie noch nie getan. Schließlich machte sie einen Schritt nach vorn und ließ die Arme fallen.

Sie stand vor dem Spargel, ein Berg dünner Stangen. Lächelnd nahm sie zwei Hände voll, gab Jérôme das Geld und lehnte das Wechselgeld ab. Jérôme lachte und steckte es Étienne zu. Dann zur Fleischerei. Suzanne, die Besitzerin, war nicht so gutmütig wie Jérôme, aber heute hatte sie Geduld, sie beäugte Frida nur einen Moment und trat einen Schritt zurück, als Madame den Laden betrat. Hier konnte Madame natürlich nichts berühren, aber sie schritt die Ladentheke ab und flüsterte Étienne zu: Hühnchen, Filet mignon, Wurst, Kalb, Schweinekotelett, Lamm. Sie konnte sich nicht entscheiden.

Hélène, die Verkäuferin, wartete, trommelte mit den Fingern auf ihrer Zigarettenpackung. Étienne hoffte, dass seine

Uroma nicht irgendwas Exotisches auswählen würde, das er nicht zubereiten konnte. Schließlich sagte sie: »Confit! Das wäre sehr gut!«

Hélène reichte ihr eine ihrer Eigenkreationen, ein Cassoulet im Topf. Sie öffnete ihn sogar für Madame und ließ sie daran riechen. »Oh ja, wirklich köstlich!«, sagte Madame, schloss den Topf mit zitternder Hand, stellte ihn vorsichtig in den Einkaufstrolley und reichte Suzanne das Geld. Auf dem Nachhauseweg kaufte sie noch eine Erdbeertarte. Étienne fiel auf, wie aufgeregt sie war. Auch Zu Hause war sie weiterhin ruhelos, kein Nickerchen nach dem Essen, sie wollte unbedingt durch den Vorgarten spazieren (wo Étienne die Bartnelken einpflanzte und Paras ihm aus dem Weg ging). Während Étienne den Spargel zubereitete, saß Madame in ihrem Sessel, die riesige Patchworkdecke auf dem Schoß, betastete das Strickmuster, das sie ersonnen hatte, die Nähte zwischen den Teilen. Sie bestand darauf, heute im *salon* und nicht in der *cuisine* zu essen.

Als Étienne den Tisch deckte, den Spargel brachte und das Cassoulet aufwärmte, saß sie still in ihrem alten Sessel. Als sie so satt und voll waren, dass sie nicht mehr konnten, holte Étienne die Tarte und stellte sie vor ihr auf den Tisch. Sie nahm einen Löffel, aß die Erdbeeren einzeln ab, dann ein paar Löffel von der Creme. Und offenbar mit dem größten Genuss, den sie je gekannt hatte.

»Du bist so ein unglaublich guter Junge, ein so guter Junge«, sagte sie. Dann trank sie ihren abendlichen Pfefferminztee (die Minze wuchs dieses Jahr so gut wie alles andere im Garten, duftete stark und war saftig grün).

»Der Maifeiertag ist so ein genussreicher Tag«, sagte sie und seufzte dann, weil sie immer noch nicht wusste, was sie mit Étienne machen sollte. Schließlich ging sie in ihr Zimmer, und noch ehe die Sonne hinter dem Zaun im Vorgarten unterging, schlief sie ein.

## SECHZEHN

Natürlich kann Paras nicht mit Étienne »sprechen«, keins der Tiere kann mit Étienne sprechen, aber Paras kann ihre Wünsche äußern. Und eines Morgens, wenige Tage nach Madames Schlemmermahl, wacht Étienne sehr früh auf, die Welt liegt noch völlig im Dunkeln, und er kann nicht wieder einschlafen. Als er durchs Fenster zu Paras hinunterschaut, steht sie da und blickt zu ihm hoch. Leise zieht er sich an und schleicht nach unten. Dort sieht er, dass Frida schläft und der Rabe ebenfalls ruhig in seinem Nest liegt. Der Mond scheint still und hell. Das ist alles. Paras stellt sich seitlich vor die sechste Stufe. Er schiebt ein Bein über ihren Rücken, wickelt die Hände in ihre dicke Mähne und setzt sich zurecht. Er fühlt sich so hellwach wie noch nie. Paras läuft durch das Tor.

In Richtung Avenue de la Bourdonnais sind ein paar schwach erleuchtete Fenster zu sehen, aber keine Autos, keine Aktivitäten. In Richtung Champ de Mars nichts. Die Bäume, die tagsüber kurz und sehr ordentlich wirken, scheinen alles zu dämpfen: Lichter, Geräusche, Aktivitäten. Étienne spürt, wie Paras schneller läuft, mit längeren Schritten, rascherem Rhythmus. Er schaukelt vor und zurück. Paras biegt nach rechts, in die dunkle Allee zwischen den Bäumen und Hecken, hinter denen die Häuser liegen. Noch einmal beschleunigt sie, und dann tun sie es. Genau das, worüber er schon so oft gelesen hat. Sie galoppieren. Er fasst ihre Mähne fester, legt die Beine enger um ihre Flanken, doch Paras bewegt sich leicht und gleichmäßig, schaukelt sacht vor und zurück. Hart ist höchstens der kühle Wind in seinem Gesicht, der seine Haare fliegen lässt. Bei jedem sanften Galoppsprung machte Paras ein Geräusch, ein leises Schnauben aus den Nüstern, eins-eins-eins-eins. So beruhigend und träumerisch, als würde sie zählen. Dann endet die Allee, sie drehen eine Runde um den Tour, die Teiche und Zäune, vorbei an den dunklen, stillen Wagen der Verkäufer, den Leuchten des Tour, die die leere Erde anstrahlen, umrunden die Bäume. Dann weiter (das sanfte Schaukeln fühlt sich wie eine rituelle Bewegung an), über die Allee parallel zur Avenue de Suffren, die Étienne noch nie erkundet hat – bis dahin kann seine Uroma nicht laufen.

Auf halber Strecke, in der Mitte der Allee wird Paras langsamer, fällt erst in eine ruckartige Gangart, die ihn abheben lässt, dann in ihren gleichmäßigen Schritt. Étienne holt tief Luft, schüttelt den Kopf. Schließlich löst er die Fäuste und streichelt Paras unter der Mähne. Paras holt ebenfalls tief Luft und wirft, offenbar hochzufrieden mit sich, den Kopf hoch. Sie laufen weiter. Hinter dem großen Gebäude am Ende des Champ zeigt sich ein sehr schmaler, leuchtender Streifen. Étienne möchte nicht, dass sie erwischt werden, aber überlässt alles Paras. Sie läuft zum Haus zurück.

Als sie das Tor durchschreitet, sieht Étienne auf der Avenue de la Bourdonnais die Scheinwerfer eines Autos. Er steigt ab und verschließt sorgfältig das Tor. Sie sind wieder in ihrer grünen, stillen Oase. Étienne ist so müde, dass er sich im *grand salon* unter einer von Uromas früheren Decken ausstreckt und sofort einschläft. Er wacht nicht einmal auf, als Kurt zwei Mal über ihn rennt. Da gibt Kurt es auf, läuft in die *cuisine* und bedient sich an geriebenen Karotten und ein paar zu Boden gefallenen Croutons. Er ist hellwach, aber anscheinend als Einziger. Hinter den Fenstern wird es langsam heller.

ERST CONRAD ENTDECKTE, dass die alte Dame verschwunden war. Ja, natürlich, ihre Hülle lag – bis obenhin zugedeckt, nur die Nasenspitze lugte heraus – noch in ihrem Schlafzimmer. Und eigentlich wollte Conrad das auch gar nicht entdecken. Er war noch nie über die alte Dame oder einen anderen Menschen gehuscht. Aber weil das Bett so flach und die Raumenergie so schwach war, glaubte er, sie sei im *grand salon,* und wollte ihren Nachttisch absuchen, weil er dort oft Brotrinden fand. Als Conrad ihre Nase sah, quiekte er überrascht, aber die Nase zuckte ganz entschieden nicht. Da kroch er hinauf. Sie gab keine Dämpfe ab. Er legte seine Nase an ihre Nasenspitze. Sie war kalt und hart. Conrad setzte sich auf und drückte seine kleinen Fäuste gegen seinen Bauch. Er blickte die alte Dame an, vollkommen still; das schien angemessen.

Doch das musste er Kurt erzählen, und darum beendete Conrad seine Nahrungssuche und betrat die Gänge. Obwohl die Gänge sein Zuhause waren, schienen sie ihm ein bisschen dunkler als das Zimmer der alten Dame, dunkler als sonst, kälter und enger. Beim Laufen spürte er die Decke, die Seitenwände, die ihn einzwängten, fast zerdrückten. Er wusste nicht, wie alt die Frau war oder wie alt Menschen werden konnten. Doch alle Ratten seiner Familie hatten die alte Frau mehr oder weniger gut gekannt. Sie war älter als alle Geschichten, die er je gehört hatte. Manche Ratten behaupteten, die Menschen seien unsterblich, aber andere, dies sei unmöglich. Man brauche ja nur ihre Ausstrahlung empfangen und spüren, wie stark sie variiere, dann begreife man schnell, wie unwahrscheinlich das sei. Conrad hielt inne, seine Schnurrhaare zuckten. Er hörte Kurts typisches Quieken, lief weiter und sprang in den Raum, wo die Bücher waren. Kurt saß auf dem Fensterbrett und schaute hinunter zu dem Pferd. Conrad setzte sich schweigend neben ihn. Das Pferd und der Hund schliefen noch, obwohl es längst hell war. Der Rabe saß auf dem Grün, das den ganzen Vorgarten überwucherte, und pickte an irgendetwas. Schließlich sagte Conrad: »Erinnerst du dich noch an unser Gespräch über die Ausstrahlung?«

»An welches genau?«, sagte Kurt. »Du redest ununterbrochen davon.«

»Wirklich?«, sagte Conrad. »Eigentlich wiederhole ich mich ungern.«

»Wenn du ein bisschen mehr rausgehen würdest, hätten wir mehr Themen, über die wir reden könnten«, sagte Kurt.

Nach langem Zögern sagte Conrad: »Mein Sohn, du hast recht. Du hast ja so recht. Und weißt du, ab jetzt ist alles anders.« Kurt schaute ihn an. Conrad nickte, dann sagte er: »Jede Ratte hat ihre eigene Theorie zur Macht und Sterblichkeit der Menschen, aber in einem sind wir uns alle einig: Wenn ein Mensch verschwindet, stellt das die Welt der Ratten auf den Kopf.«

Derweil schlief Étienne immer noch, und im Haus war es so ruhig, dass der Gendarm auf seiner Morgenrunde zwei Mal hinschaute. Heute, in der strahlenden Wärme des noch jungen Frühlings, schien ihm das Haus besonders kalt und still.

Frida weckte Étienne schließlich auf, weil sie im Vorgarten wie verrückt bellte. Paras hob den Kopf und sagte: »Wieso machst du so schrecklichen Krach?«

Frida hielt inne, sagte »Ich weiß nicht« und bellte weiter.

Paras stemmte sich hoch, lief zu Frida, stellte sich über sie, legte die Ohren an, formte die Augen zu Schlitzen und bewegte den Schweif bedrohlich hin und her. Doch Frida kannte sich mit der Pferdesprache offenbar nicht aus. Sie bellte einfach weiter. Trotz eines gewissen Unbehagens stieß Paras mit den Knien gegen Frida und warf sie um. Jetzt war Ruhe.

»Was ist los?«, fragte Paras.

»Alle müssen es wissen.«

»Was wissen?«

»Ich weiß nicht. Irgendetwas. Etwas Wichtiges. Jedenfalls kribbelt meine Haut, und mein Fell ist ganz lockig.«

»Dein Fell ist nicht lockig.«

»Aber es fühlt sich so an.« Frida wälzte sich im Gras, rollte entschlossen nach rechts und links, dann auf den Bauch und legte die Pfoten über die Ohren. »Ich kenne das Gefühl«, sagte sie, »doch ich wusste damals nicht, was es war. Aber jetzt vielleicht. Damals ist mein Mensch verschwunden.«

Paras schaute hoch zum Fenster. Étienne schaute zu ihr herunter. »Dem Jungen geht es gut«, sagte sie.

Frida atmete lange aus.

Dank des Bellens war Étienne hellwach, aber auch ein bisschen verwirrt. Warum hatte er im *grand salon* geschlafen? Wie spät war es? Wo war seine Uroma? Was gab es zum Frühstück? Auf dem Weg zur *cuisine* stakste er ein wenig, vielleicht, dachte er, fände sich dort die Lösung, und sein Staksen erinnerte ihn zugleich an sein nächtliches Abenteuer, wie er im Traum um das Champ de Mars galoppiert war. Bei dem Gedanken fühlte er sich noch verwirrter. Erst nach ein wenig Brot, Käse und einem großen Glas Wasser kam er sich wieder wie ein Mensch vor. Gähnend räumte er die *cuisine* besonders sorgfältig auf, erst gestern hatte seine Uroma mit der Hand über den Tisch gewischt und traurig geguckt. Nicht böse, sie war nicht verärgert, aber seit er durch das Pferd abgelenkt war, kam die Hausarbeit eindeutig ein bisschen zu kurz. Die Mängel bei der Abfallentsorgung, hätte Kurt ihm erklären können, lagen auch an seiner, Kurts, Zerstreutheit, doch Étienne wusste ja gar nicht, wie groß Kurts Beitrag sonst stets dazu war.

Erst als Étienne den Tisch abgewischt, die Spüle gereinigt, den Boden gefegt und alle Schubladen und Schranktüren zugedrückt hatte, wandte er sich mit ganzer Aufmerksamkeit der alten Dame zu. Irgendwo musste sie ja sein. Angesichts der Energie, mit der sie am Vortag einkaufen gegangen war, hatte sie sich bestimmt angezogen und das Haus verlassen! Étienne eilte aus der *cuisine*, durch den *grand salon*, über den Flur. Er klopfte, auch wenn sie ihn nicht hören konnte, an ihre Zimmertür, legte die Hand auf die Klinke und drückte sie nach unten. Es war ruhig im Zimmer. So wie Conrad sah er sie erst gar nicht. Tatsächlich, sie war rausgegangen! Nein, doch nicht, ihr Hut mit der Feder lag an seinem Platz. Dann sah er sie. Alle Decken bis zur Nase hochgezogen, auch die große Tagesdecke, die sie gerade fertiggestrickt hatte, die Stirn vom Kissen verdeckt. Étienne blickte sie sehr lange an, dann schlich er zum Bett. Er zögerte, dann schob er eine Hand unter die Decken und ergriff ihre. Drückte sie. Sie war klein, kalt und steif. Jetzt war es so weit, dachte Étienne, es war so weit: Er wusste nicht mehr im Allergeringsten, was er jetzt tun sollte.

Auch Jérôme vom Gemüseladen fühlte sich heute aus irgendeinem Grund unwohl. Unwillkürlich trat er auf die Straße, guckte nach links, nach rechts, ging wieder in den Laden, nur um im nächsten Moment wieder auf der Straße zu stehen.

Anaïs goss sich zu Hause eine Tasse Tee auf. Das heiße Wasser landete das genau auf ihrer Hand, sie schrie auf, hielt die Hand unter kaltes Wasser und weinte. Seit Jahren hatte sie nicht geweint, dachte sie. Dabei verbrannte sie sich eigentlich andauernd, doch heute war es irgendwie etwas anderes.

Pierre hatte am Morgen schon mit dem Laubsauger gearbeitet und noch die Ohrstöpsel im Ohr, als er den Geräteschuppen verließ und die dunklen Wolken sah. Eigentlich hatte der Wetterbericht Sonne gemeldet. Er kehrte in den Schuppen zurück, spürte eine kühle Brise, fand eine Jacke. Als er alle Geräte ordentlich aufgehängt und wie jedes Jahr die Aufschriften erneuert hatte, damit seine Leute wussten, wo was hingehörte, ging er wieder nach draußen. Strahlender Sonnenschein. Wirklich unerklärlich.

Der Gendarm entschloss sich, mit seinem Vorgesetzten endlich über dieses Haus zu sprechen. Das Grundstück war irgendwie seltsam, das sollte sich die Gendarmerie einmal näher anschauen. Er klopfte an die Bürotür, dann noch mal.

Ein Kollege kam vorbei, der Chef sei heute Nachmittag in Nanterre, was immer es sei, die Sache müsse bis morgen warten. Aber morgen war sein freier Tag. Okay, er konnte noch zwei Tage warten.

Frida bellte nicht mehr. Sie lag fast unsichtbar in ihrer Nische, döste ruhig, still, murmelte nicht einmal etwas vor sich hin.

Paras kostete weiter von Gras und Kräutern. Sie wusste, dass Frida sie für unsensibel oder gleichgültig hielt. Aber das stimmte nicht. Sie wappnete sich bloß.

Raoul wusste genau, was los war. Er saß auf der Brüstung vor dem Schlafzimmer der alten Dame und klopfte ans Fenster. Er sah, dass sie tot war, und wusste, dass die Tiere den Jungen jetzt retten mussten.

Delphine fühlte sich wie sonst auch, abgesehen von einer gewissen Beklemmung, die sie vor jedem Rennen spürte. Da sie Pferde für Springreiten und Galopprennen trainierte, hatte sie immer andere Sorgen. Wenn ein Pferd ein Springreiten oder Hindernisrennen meistern musste, befürchtete sie vor allem, dass es stürzte. Jetzt lehnte sie an Whiskeys Boxentür und schaute zu, wie er Heu hinunterschlang. Als Galopppferd würde er nicht stürzen, zumindest nicht auf trockenem, festem Boden. Aber war er vielleicht zu dick? Oder zu groß für sein Alter? Würde ihn der Jockey halten können? Whiskey holte gern von hinten auf, eine gefährliche Strategie. Was, wenn die vorderen Pferde im Pulk ritten? Würde er versuchen, sich dazwischen zu drängeln und sich und alle anderen gefährden? Delphine wischte sich mit dem Ärmel den Schweiß von der Stirn.

Weil Étienne nicht wusste, was er nun tun sollte, tat er, was er, wie er wusste, schon längst hätte tun sollen: putzen, putzen, putzen, erst die *cuisine*, dann den *grand salon*, dann die Bibliothek. Aufräumen, Aussortieren, Wischen, Fegen, Geraderücken. Es beruhigte ihn, im Zimmer seiner Uroma umherzugehen, hier und dort etwas hochzuheben und ihre Lieblingsbesitztümer genau so hinzulegen, wie sie es gewollt hätte, wäre sie ein Geist. (Von Geistern hatte sie nie etwas gesagt, aber in seinen Büchern gab es nicht nur Pferde, sondern auch Geister, und wenn ein Pferd auftauchte, warum nicht auch ein Geist?) Mehrmals ging er zu ihr hin und küsste sie auf die Stirn. Er machte fast keinen Lärm, weil er keinen Staubsauger besaß, und darum konnte der Gendarm nichts feststellen, als er extra von seiner Runde abwich, durch das dichte Gebüsch spähte und auf verräterische Geräusche lauschte. Oben im ersten Stock klopfte zwar ein Rabe an die Scheibe. Das war ungewöhnlich, allerdings nicht ungesetzlich, nicht einmal ein Fall fürs Seuchenamt. Und bis zum Ende seiner Schicht hatte er noch anderes zu tun, doch er würde wiederkommen, dachte er. Auch wenn morgen sein freier Tag war. Er könnte ein wenig offensiver vorgehen, ohne Uniform, als interessierter Bürger.

Als Étienne das Zimmer seiner Uroma aufräumte, fühlte er sich langsam weniger unbehaglich neben dem *cadavre* oder den *restes humains*, wie es in seinen Büchern meistens hieß. Welchen Begriff er wählen sollte, wusste er nicht, beide schienen ihm zu endgültig. Er spähte aus dem Fenster. Frida und der Rabe standen zusammen, als unterhielten sie sich.

Étienne konnte nichts hören, aber Frida sagte: »Wo können wir ihn bloß hinbringen? Man wird uns noch einfangen!«

Und Raoul sagte: »Mein Verwandter Liam Corvus Cor …« Doch dann schüttelte er den Kopf und schwieg.

Paras sagte: »Ich habe eine Idee.«

VIELLEICHT, DACHTE ÉTIENNE, sollte er zur Kirche gehen und den Pfarrer herbitten, doch wenn er wen auch immer ins Haus ließe, würde man ihn und seine Uroma sicher von hier wegbringen. Er spürte das Bedürfnis, noch eine letzte Nacht mit ihr zu verbringen, noch eine letzte Nacht in seinem Zimmer, seiner Bibliothek, seiner *cuisine*. Nachdem er das entschieden hatte, ging er in den Keller, stöberte in dem Gemüse und anderem, was dort lagerte. Zur Mittagszeit kam er mit einer Schüssel schöner roter Bete und Karotten, mit Haferflocken und dem letzten verschrumpelten, aber noch immer duftenden Apfel wieder. Für sich deckte er den Tisch mit Käse und Trockenfrüchten und zu Ehren seiner Uroma richtete er, an ihrem Platz, eine Schüssel mit Walnüssen und einer geschälten Orange her.

Walnüsse hatte seine Uroma seit jeher geliebt. Étienne aß so ordentlich, als säße sie mit am Tisch, und dachte, wie gut und auch interessant sie gewesen war. Dann ging er zum

Vordereingang und öffnete ihn. Die Tiere standen immer noch zusammen.

Mittlerweile war die Sonne untergegangen, aber Étienne drehte nur eine einzige schwache Lampe im *grand salon* an. Weil seine Uroma kaum noch etwas sah, drehte er normalerweise nur noch das Licht auf, das er zum Lesen oder Nachdenken brauchte oder um sie durch die Räume zu führen (obwohl sie dabei nach all den Jahren kaum Hilfe benötigte). Doch als er jetzt mit einem Buch auf den Knien am Tisch saß und in den Raum schaute, musste er weinen. Erst jetzt wurde ihm wirklich bewusst, dass sie tot war und er in all dieser Stille nicht einmal mehr ihr Atmen würde hören können. Von seinem Platz aus sah er schemenhaft den leeren Wollkorb, wie ein Loch im Boden, einen Abfluss ins Nirgendwo. Angst sickerte in seine Traurigkeit. Ob nicht vielleicht andere Achtjährige irgendwo in Paris einfach dasaßen und niemanden hatten, fragte er sich. Ja, ihr Leichnam lag noch in ihrem Zimmer – und was sollte er damit machen? Aber sie war wirklich tot und lebte nur noch in seiner Erinnerung an sie, an ihre Fürsorge und gute Laune. Er hörte sich selbst schniefen, spürte Tränen über seine Wangen rinnen und verbarg das Gesicht in den Händen.

Als erster, aber nicht von draußen, kam Kurt, die hereinwehende Abendluft ließ seine Nase erzittern. Er tauchte an seinem Eingang auf (Étienne hörte ihn mehr, als dass er ihn sah), schwirrte über den Teppich und kauerte sich neben Étiennes rechten Fuß. Étienne nahm die Hände vom Gesicht, dann beugte er sich vor, formte die Hände zur Schale und Kurt trippelte darauf. Étienne setzte sich die Ratte aufs Knie. Als nächstes kam der Rabe, krächzend flog er durch die übliche Tür. Sein Krächzen hörte sich heute anders an, aber nur Kurt wusste, was er sagte: »Tja, letztendlich! Unter solchen Umständen, und glaub mir, *Aves* verstehen das Hin und Her, das Auf und Ab des Sterbens vielleicht besser als jede andere Chordata-Klasse …« Dann verstummte er. Und da kam auch Paras, nicht durch ihre übliche Tür, sondern durch den großen Eingang, über die zehn Stufen, die zum Portikus hinaufführten. Sie wieherte Raoul ein paar Dinge zu, lief zu Étienne, schnupperte an seinem Haar und legte sanft den Kopf auf seine Schulter. Paras' Wärme hüllte Étienne ein. Er schob eine Hand auf die seidige Stelle unter ihrer Mähne.

Und jetzt, nach so vielen Monaten, kam endlich auch Frida durch die schmale Tür, mit eingezogenem Schwanz, angelegten Ohren, halb kriechend, mit traurigem, aber entschlossenem Blick. Sie schaute so, wie Étienne sich fühlte. Sie lief zu ihm, und als Étienne ihren seidenweichen Kopf tätschelte, blieb sie leicht zitternd vor ihm stehen. Frida murmelte, der Rabe krächzte, die Ratte quiekte und Paras wieherte freundlich. Étienne wusste, dass sie ihm gut zuredeten, und fühlte sich, auch wenn sie nicht seine Sprache sprachen, getröstet. Eins nach dem anderen ließen sich die Tiere nieder: der Rabe in dem leeren Wollkorb seiner Uroma, Kurt in der Sofaecke, Paras an ihrem üblichen Platz vor den Fenstern und Frida gleich hier zu seinen Füßen, mit dem wunderbaren Kopf auf den Pfoten. Schon bald hörte man ein ziemliches Schnarchen, und das beruhigte Étienne so sehr, dass auch er den Kopf zurücklegte und einschlief.

Einige Zeit später wachte Paras auf, erhob sich, lief in die *cuisine*, drehte den Wasserhahn auf und trank, dann fraß sie die Reste vom Abendessen. Es war schwärzeste Nacht, die Zeit, wo sie normalerweise zum Champ de Mars aufbrach.

Die Türen standen offen, sie konnte gehen und kommen, wie sie wollte, aber sie kehrte in den *grand salon* zurück, lief zu dem Jungen und stupste ihn mit dem Maul an. Étienne wachte sofort auf. Frida auch. Raoul flog auf und setzte sich auf Paras' Kruppe, und Kurt krabbelte auf die Sofalehne. Étienne begriff, dass sie einen Plan hatten.

Étienne dachte an seinen gestrigen Ausritt und das Vergnügen, das er ihm bereitet hatte. Wenn das Pferd das noch ein letztes Mal machen wollte, er wäre dabei, und plötzlich hatte er das Gefühl, er müsse dieses Haus unbedingt verlassen. Paras stellte sich neben das Sofa und beugte den Kopf. Die Ratte zog sich an der Mähne hoch und setzte sich zwischen ihre Ohren. Étienne ging den beiden durch die schmale Tür hinterher. Frida folgte ihm auf den Fersen. Paras wartete, als er das Tor öffnete, dann liefen sie zur Treppe, und Étienne stieg auf die sechste Stufe. Paras stellte sich in Position, Étienne schob ein Bein über ihren Rücken und hüpfte, die Hände in die Mähne gekrallt, hoch. Gestern Nacht war die Ratte nicht mitgewesen, doch jetzt schaute sie erwartungsvoll. Frida murmelte etwas. Der Rabe saß auf Paras' Kruppe, aber als sie durch das Tor waren, erhob er sich sacht in die Lüfte und segelte ein paar Meter vor ihnen her, hob und senkte die Flügel, schwankte leicht von rechts nach links.

Das Pferd lief die Allee hinunter, lockerte und entspannte sich, dann fiel es wieder in Galopp, und schon schaukelten und sprangen sie wieder, flogen fast, links sausten die Bäume vorbei, ping-ping-ping. Am Teich wechselte Paras in den Schritt. Je länger Étienne ritt, desto länger wollte er reiten, desto mehr fühlte sich der Ritt nach Flucht und nicht mehr nach Spaß an. Jetzt waren sie vor dem Tour, knapp außerhalb des Lichtkegels. Paras Gang war kraftvoll. Frida trabte nebenher. Die Ratte gab leise Quietschgeräusche von sich, aber saß, die winzigen Ohren gespitzt, so aufrecht, als wäre sie ebenso gespannt wie Étienne, wo es hinging.

Dann blieb Paras stehen. Der Rabe landete auf dem Zaun. Sie warteten. Ein großer Lastwagen fuhr vorbei, dann war es so still, dass Étienne den Fluss blubbern und am Ufer plätschern hörte. Sie überquerten den Pont d'Iéna. Sie passierten das Karussell, bogen nach links, nahmen den dunklen Weg neben dem großen Gebäude, und mit jedem einzelnen Schritt betrat Étienne Orte, die ihm, der in Paris zur Welt gekommen war, völlig unbekannt waren.

Normalerweise neigte Paras nicht zum Philosophieren, aber jetzt wunderte sie sich, wie natürlich sich das alles anfühlte, wie leicht. Mit dem Training auf dem Hindernisparcours von Maisons-Laffitte war das überhaupt nicht zu vergleichen. Bislang war das nur ein Sprint, der eine Ausdauerläuferin wie sie kaum aus der Puste bringen konnte. Warum war sie nicht längst schon auf die Idee gekommen? Das war wohl der Preis, den man für seine Unentschlossenheit zahlte. Und wohl auch der Preis für ihre Freiheit. Obwohl sie sich jetzt für Étienne verantwortlich fühlte, sich wieder nach Delphine und ihrem vorigen Leben mit Training und Zielen sehnte, war ihr auch bewusst, dass sie nun nicht mehr nach Lust und Laune einfach tun konnte, was sie wollte. Als sie den Weg hochlief, atmete sie immer wieder tief durch; sie war nicht erschöpft, aber sie liebte diese Luft, den Geruch nach Frühling, Gras, Kräutern, Blumen und

Erde, so ganz anders als beim letzten Mal, als es nach totem Laub, den ersten Vorboten des Winters roch. Sie spürte, wie der Junge auf ihrem Rücken schaukelte, die Beine entspannt, und sich stets im Gleichgewicht hielt. Delphine würde sagen, er sei ein Naturtalent. Und jetzt war sie für ihn verantwortlich. Aber das störte sie nicht. Sie war vier, eine richtige Stute, und in der Herde übernahmen die Stuten für fast alles die Verantwortung.

Vor ihr flog Raoul von Baum zu Baum. Offenbar hatte er nichts zu sagen. Einen Moment lang bedauerte Paras, dass sie nicht angehalten und sich von Sid und Nancy verabschiedet hatten. Wahrscheinlich schliefen sie, aber ein kurzer Abschied wäre eine nette Geste gewesen. Sie lief die Anhöhe weiter hinauf, das riesige Gebäude wärmte und beschützte sie. Und hier war das Tor, das Frida die letzten Monate immer wieder geöffnet hatte. Paras blieb stehen. Frida kam, stellte sich auf die Hinterbeine und öffnete noch einmal das Tor. Sie liefen hindurch. Es herrschte weiter tiefste Dunkelheit, und der Place du Trocadéro lag einsam da. In den Geschäften leuchtete kein einziges Licht, die riesigen Gebäude waren undurchdringlich schwarz, und das seltsame Pferd ragte noch immer reglos in den Himmel. Paras schaute sich um. Sie roch den Wald, aber der Weg dorthin war ein wenig verwirrend.

Raoul wollte sich eigentlich nicht mit seinen eigenen belanglosen Sorgen beschäftigen. Aber das hier war sein früheres Revier, und er hörte Krächzen, ein »Ach du lieber Gott, ich dachte, du wärst längst tot!« oder auch »Pass auf, wo du hingehst!« Er glaubte nicht, dass man ihn mobben würde, aber man wusste nie. Obwohl das jetzt, im Dunkeln und im Frühling, wo überall Nester waren, eher unwahrscheinlich war. Trotzdem blieb er lieber in der Nähe von dem Pferd und Frida.

Auch für Frida war die Rückkehr zum Place du Trocadéro ein schwerer Moment. Seit ihrer letzten traurigen Mahlzeit hatte sie die Pâtisserie Carette nicht mehr gesehen. Unter ihren Füßen spürte sie die U-Bahn rumpeln, sie musste an die schrecklichen Zeiten in der Métro denken, und an ihr kleines, düsteres Versteck hinter dem Café. Und dort an der Avenue, die unweit vom Fluss verlief, befand sich die Stelle, wo Jacques sich eines Morgens hingesetzt, eine Weile gespielt, sich zurückgelehnt und nie wieder erhoben hatte.

Nur Kurt lebte im Moment. Und im Moment sah er überall Katzen kauern, sitzen oder sich verstecken. Immer wieder quiekte er. Eine Katze überquerte die Straße, eine Katze schlich hinter einem Busch über den Rasen. Kurt grub seine Krallen noch ein wenig tiefer, aber genau in dem Moment kräuselte Paras die Nüstern, und Raoul und Frida schüttelten alle schlechten Gedanken ab und liefen beziehungsweise flogen hinter dem Friedhof einfach weiter, über eine schöne Avenue mit toten Autos, flatternden Bäumen und Häusern mit schlafenden Menschen, also geradewegs die Sorte Ausflug, die Paras so liebte. Ihre Hufe klapperten auf dem Asphalt, tock-tock-tock-tock, in großen, langen Schritten. Ab und zu flog ein Vogel auf und umkreiste sie, ein Fuchs spähte zu ihnen hinüber, aber Paras lief weiter und weiter, spürte Étiennes Finger in der Mähne und wie seine Fersen regelmäßig gegen ihre Flanken schlugen. Bei jedem Schritt roch sie die Wiese und die Blätter, Hektar voller Grün.

Étienne hatte nicht vorgehabt, sich so weit von seiner Uroma zu entfernen. Er spürte, dass er bei dem Gedanken an ihren Tod noch genauso traurig war wie zuvor, aber dank anderer Gedanken, Abenteuerlust, der Neugier, wo es hinging, dem Gefühl, von Freunden umgeben zu sein, verblasste der Gedanke ein wenig. Die Luft roch anders, er selbst fühlte sich anders, saß auf dem Pferd. Schon im Voraus erahnte er jede seiner Bewegungen, sein Rücken, seine Beine waren mit dem Pferderücken, den Pferdebeinen verbunden. Er fühlte sich wie hypnotisiert. Bäume und Häuser zogen vorbei, die ersten beleuchteten Fenster, aber all das schien ihm völlig unerheblich gegenüber dem tock-tock-tock-tock.

Und Kurt dachte, wo er jetzt so stark war, nur an eins: Offenbar hatten sie die Katzen hinter sich gelassen.

Und dann waren sie im Wald. Die Wiese unter Paras Hufen war frühlingshaft grün. Frida raste los, verschwand, musste eine Runde gelaufen sein, kam mit Raoul zurück, der kurz hinter ihr flog. Frida hatte die Ohren gespitzt. Raoul erzählte ihr etwas über eine Statue in der Nähe, über seinen Vorfahr Raoul Corvus Corax, den Dreizehnten, krächzte und krächzte und rief dann: »Unglaublich, dass du noch nie ein Kaninchen gesehen hast, Frida!« Frida bellte: »Es ist ein Hase!«, senkte den Kopf, schnüffelte, nahm die Fährte auf, bis zu den Bäumen, wie in Ekstase. Paras lief hinterher, weiterhin ganz entspannt, immer tiefer ging es in den Wald.

# SIEBZEHN

Wie immer an seinem freien Tag frühstückte der Gendarm gut: Pilzomelette, zwei Scheiben Neunkorntoast, eine Schüssel Erdbeeren, zwei Tassen Kaffee, zum Abschluss eine medizinische Dosis alten Cognac. Es folgten noch ein paar andere Samstagsrituale: Nägel feilen, Zunge abschaben, Nasenhaare kürzen. Schließlich ging er zum Kleiderschrank und stand davor: Er suchte so etwas wie eine Uniform, aber keine Uniform. Zum Aussuchen der Schuhe brauchte er fünf Minuten. Er griff nach einem neuen, eleganten Paar, das aber noch ein wenig steif war, ging darin auf und ab und entschied sich dann doch für die Bequemlichkeit, gegen die Eitelkeit.

Auch Delphine kleidete sich an. Die wichtigsten Entscheidungen waren getroffen: der Jockey, der Trainingsplan, ob Whiskey Shot wirklich ein Rennen mit so vielen guten Pferden laufen sollte, ob sie ihn aus purer Angst noch aus dem Rennen nehmen sollte. Das alles hatte sie schon entschieden, jetzt musste sie sich nur noch für das richtige

Oberteil entscheiden: Zwei kamen in Frage, ein grünes von *Hermès* und ein blaues von *Alexander McQueen*. Die Frage war nicht, in welchem sie besser aussah, vielmehr welches ihr mehr Glück bringen würde. Sie blickte von einem zum anderen, strahlend fiel das Sonnenlicht herein.

Auf dem Champ de Mars begann ein wunderbarer Tag. Betrachtete man die Bepflanzungen und Anlagen, war das heute vielleicht der Höhepunkt des Jahres. Alle Rasenflächen waren gemäht, alles Unkraut aus den Blumenbeeten gezupft, alle Alleen geharkt, der Fontänen sprühender Strahl stieg glitzernd auf. Und der Tour erhob sich so glänzend in den Himmel, als hätten Pierre und sein Team sogar ihn poliert, er stand so funkelnd da wie am Tag seiner Fertigstellung, am Eingang zur Weltausstellung 1889. Auch die Enten und Küken auf den Teichen sahen aus, als seien sie von einem Entenpfleger einzeln in Form gebracht worden. Die Parade der Touristen, Jogger, Spaziergänger und Hundebesitzer wirkte ebenfalls gut geraten. Pierre hatte noch einige Arbeit vor sich, die Herbstknollen mussten sortiert werden, doch er spazierte ein wenig herum und genoss die Früchte seiner Arbeit.

Als er den Krankenwagen auf der Rue Marinoni sah, dachte er sich erst nicht viel. Als er seine Runde beendet hatte und zum Geräteschuppen zurückging, packte ihn allerdings die Neugier. Noch immer stand der Krankenwagen da, noch mehr Menschen hatten sich dort eingefunden, auch ein Polizeiwagen. Pierre bog um die Ecke mit dem dichten Gebüsch, sah, dass das Tor halb offenstand und spähte ins Innere.

Eine Tür öffnete sich und zwei Männer, denen ein dritter Anweisungen gab, kamen mit einer Trage heraus. Doch offensichtlich hatten sie keine Eile, und Pierre schloss daraus, dass die Person auf der Trage tot war. Pierre machte Platz, ging weiter in den Vorgarten, und natürlich erkannte er den aufdringlichen, süßlichen Geruch von Pferdeäpfeln. Er schaute sich um und sah mindestens drei Haufen, außerdem, genauso wie er es auch gemacht hätte, Mist, der unter den Himbeerbüschen (er pflückte ein paar saftige, sehr schmackhafte Früchte), entlang der Wurzeln des Gebüschs und um die Stämme einer Reihe kraftstrotzender Eschen angehäufelt war. Hier hatte das wiehernde Tier also gelebt. Dann schlenderte Pierre durch den größeren Vorgarten, wo ihm neben frischen Pferdeäpfeln noch weitere Hinweise auffielen, kurzgefressene Gräser und Kräuter, eine flache Vertiefung, wo sich das Pferd gewälzt haben musste. Als er sie sich näher anschaute, entdeckte er auch den Tunnel unter dem Zaungebüsch, breit genug für einen großen Hund, der Hund hatte also auch hier gelebt. Pierre schob die Hände in die Hosentaschen, dann stieg er die Treppe zu dem großen Eingang hoch. Er stand sperrangelweit auf: »Hallo!«, rief er.

Irgendwo aus dem Haus antwortete jemand: »Ja? Wer ist da?« Als der Mann dann plötzlich vor ihm auftauchte, erkannte er ihn, auch ohne Uniform. Es war der Streifenpolizist der Gegend. »Guten Tag, ich bin Pierre Duman. Ich bin der Wirtschafter vom Champ de Mars. Was ist passiert?«

»Tja, die alte Dame ist offenbar schon länger tot, mindestens seit gestern. Höchstwahrscheinlich Altersschwäche, verdächtige Spuren gibt es nicht. Wie lange sie hier wohl gewohnt hat? Schwer zu sagen.« Und dann: »Kommen Sie ruhig herein, aber fassen Sie bitte nichts an. Momentan müssen wir das als Tatort behandeln. Haben Sie die Leute vielleicht gekannt?«

»Nein«, sagte Pierre, trat trotzdem ein und schaute sich, die Hände in den Taschen, um. Die Räume wirkten wie ein kleinstädtisches Museum, in dem die bekannten Familien und die Stadt alles ausstellten, was irgendwie interessant sein könnte, ob alte Münzfunde aus dem Garten oder ausgestopfte Gazellenköpfe, die jemand vor hundert Jahren aus Afrika mitgebracht hatte. An den Wänden hingen Bilder, aber so staubbedeckt, dass man unmöglich etwas über ihren Wert sagen konnte. Auf den Tischen häuften sich die Bücherstapel, und wo die Möbel nicht abgedeckt waren, sah man zerfranste, aber kunstvolle Brokatbezüge. Es wirkte nicht so, als ob jemand gestorben war oder niemand mehr hier wohnte. Als Pierre sich den Intarsienboden anschaute, erkannte er einen sehr schwachen Hufabdruck. Er bückte sich und strich mit dem Finger darüber. Der Abdruck war noch feucht. Pierre schaute sich um und entdeckte noch einen neben der großen Tür, den er vorher übersehen haben musste. Okay, dachte er, nirgendwo passierten angeblich so seltsame Dinge wie in Paris, und wieso sollte gerade er das nicht glauben?

Als er schließlich, noch immer mit solchen Gedanken beschäftigt, zu seinem Geräteschuppen zurückging, wäre er beinah mit der jungen oder nicht mehr ganz so jungen Frau zusammengestoßen, die in dem Café backte. Wie hieß sie gleich noch? Er blickte in ihre blauen Augen, Anaïs, dachte er und lächelte. »Oh, hallo«, sagte sie. »Wie geht es Ihnen heute?« Weil sie so erfreut und freundlich wirkte, machte er kehrt und begleitete sie. Natürlich erzählte er ihr von dem Haus in der Rue Marinoni, der alten Dame und der antiquierten Einrichtung, vor allem aber von den Pferdeäpfeln im Vorgarten, ein eindeutiger Beweis für das Pferd, und

Anaïs sagte: »Ich habe mich immer gefragt, wo es lebt.« Dann verglichen sie ihre Erinnerungen, angefangen vom Spätherbst, als Pierre das Pferd zum ersten Mal bemerkt hatte, über das Füttern, den Raben, bis zu dem rätselhaften Wiehern, und Anaïs sagte, besonders nachdem sie den Raben habe über den Pferderücken laufen sehen, habe sie gehofft, die Stute sei in Wahrheit ein Zauberwesen, und Pierre sagte: »Zu viel Mist«, und Anaïs sagte: »Die hatte vielleicht einen Appetit! Die reinste Fressmaschine.« Und da lachten sie und dachten, dass der andere eigentlich ganz nett war und ziemlich oft in der Gegend. Aber Pierre musste wieder an die Arbeit. »Man sollte doch meinen, dass sie ganz einfach zu finden ist, offenbar aber nicht.«

Sie schüttelten beide den Kopf.

Rania brachte Whiskey Shot in seine Box. Er benahm sich anständig, aber Rania wusste, dass er wusste, dass dies ein großer Tag war. Whiskey spitzte die Ohren und schaute, wer immer gerade vorbeikam, Pferd, Jockey, Pfleger, inbrünstig an. Das war sein viertes Rennen, sein erstes in Longchamp. Zwei Siege und eine Platzierung. »Er würde Pech nicht mal erkennen, wenn er es mit eigenen Augen sieht«, dachte Rania, »möge Allah dafür sorgen, dass das so bleibt.« Dorthin kam auch Delphine mit den Besitzern, ein sympathisches Paar, das ein oder zwei Fohlen im Jahr züchtete, aber auf Delphines Rat hin Whiskey Shot aus England gekauft hatte. Bislang waren sie hochzufrieden, und sie hatten allen Grund dazu. Die Wetten auf Whiskey Shot standen 5:1, und Rania hoffte, dass das so blieb. Im Wetten war Rania geschickt, in ihrer Handtasche befand sich ein hübsches Sümmchen, das sie in letzter Minute auf Whiskey setzen würde. Bis dahin war es noch eine Stunde.

Paras wachte im Wald als Erste auf. Étienne schlief, wie so oft im *grand salon,* an sie gelehnt, Frida lag schnarchend unter einem nahen Baum. Kurt versteckte sich unter Paras' langer, dicker Mähne, sie spürte sein Gewicht. Als sie aufwachte, wachte er auch auf. In den frühen Morgenstunden waren sie fast die ganze Zeit herumgelaufen und hatten den Wald erkundet. Sie hatten Straßen und zahlreiche Gebäude entdeckt, konnten aber auf den Wiesen und zwischen den Bäumen bleiben und von den Autos, den toten auf der einen, den rasenden, hell erleuchteten auf der anderen Seite, Abstand halten. Irgendwann folgten sie einem niedrigen Zaun, passierten ein Tor und ließen die Straße hinter sich. Doch dann übermannte sie nach ihrer langen Nacht die Müdigkeit und sie hatten diesen hinter Büschen und Bäumen verborgenen Platz entdeckt. Jetzt schnupperte Paras am Gras und fraß ein wenig. Das Gras war nahrhaft und saftig. Sie spürte, wie sich der Junge rührte, er setzte sich auf, erhob sich. Gähnte. Frida schlief immer noch.

Paras besaß lange, zarte und empfindsame Ohren. Als sie so dalag, zuckten die Ohren nach vorn, hinten, nach rechts, links. Paras konnte tiefe, aber auch hohe Töne hören. Es wimmelte im Wald vor kleinen trippelnden Tieren, Blätterrauschen, Ästeknacken, Vogelrufen; und weil die Stadt nicht weit war, hörte sie auch Pkw, Lkw und menschliche Stimmen. Ein Flugzeug dröhnte über sie hinweg. Menschen gingen vorbei, ohne das Tierleben zu bemerken, unterhielten sich, knisterten mit Papier. Kamen und gingen, kamen und gingen. Und unter all diesen Geräuschen ertönten ziemlich plötzlich sehr tiefe Töne, eine Art Stampfen, das Paras halb hörte, halb spürte. Sie wusste, was das war: eine Gruppe Pferde, die über die Rennbahn lief, die unterschiedlichen Töne mündeten in einen, der sich näherte, wieder entfernte. Paras spürte ihre Tasthaare zucken, ihre Haare an den Ohrrändern kribbeln, spürte, wie sich ihre schwere Mähne und ihr Schweif leicht hoben. Dagegen war sie machtlos. Trotzdem lag sie da und wartete auf Étienne, und schon bald schob er ein Bein über ihren Rücken. Paras stand auf. Und auch Frida war sofort auf den Beinen, die Ohren gespitzt, Nase in der Luft. Paras sagte: »Hast du das gehört?«

»Was gehört?«

»Das Rennen. Den Galopp der Pferde.«

Frida schaute sie an und streckte den Kopf vor. Nein, sie hatte nichts gehört.

Jetzt tauchte auch Kurt unter der Mähne auf und lief zu seinem üblichen Platz zwischen den Ohren. Er quiekte leise.

Paras ging los. Das Rennen hatte nichts mit ihr zu tun. Es war ihr nur nicht klar gewesen, dachte sie, dass die Rennbahn so nah war. In ihrer Vorstellung hatte der Weg von Auteuil ewig gedauert, die ganze Nacht, von Sonnenuntergang bis Sonnenaufgang, und sich über Kilometer und Kilometer erstreckt. Es hatte sich angefühlt, als musste sie sich durch dichten Nebel drängen, der sie zurückdrängte, sie am Weitergehen hinderte, sie zermürbte. Sie hatte an der einen Wiese gehalten, ein bisschen Gras fressen, war zu der anderen Wiese weitergelaufen, wo Frida sie entdeckt hatte. Es war ihr vorgekommen, als hätte sie eine Welt verlassen und eine andere betreten. Und weil ihre Erinnerung an den Weg stets unverändert geblieben war, war sie jetzt leicht verwirrt, dass das Stampfen so nah war. Noch immer klopften die Fersen des Jungen an ihre Flanken, seine Hände griffen vertrauensvoll und freudig in ihre Mähne. Frida fragte: »Wohin gehen wir?«, dann: »Wo ist überhaupt Raoul?« und streckte die Nase in die Luft. Die erste Frage beantwortete Paras nicht, die zweite konnte sie nicht beantworten. Sie lief weiter.

Ja, sie war neugierig. Sie war immer noch ein neugieriges junges Pferd, auch wenn sie jetzt vier war. Und es war ganz natürlich, wenn ein neugieriges Pferd neugierig war, was seine alten Freunde machten, und sich freute, Pferde zu sehen, die nicht kalt und reglos oben auf einem Turm standen, sich freute, wieder Klatsch und Tratsch zu hören: Wer wohl gewann, wer vom Land gekommen war, wie man über ihr Verschwinden dachte. Und bestimmt würden sich die anderen freuen, von ihren Abenteuern zu hören. Pferde tratschten gerne.

Sie liefen weiter in Richtung des Lärms, und plötzlich hörte man die ganze Horde, wie sie lauter und wieder leiser wurde, eine menschliche Stimme, die laut Namen ausrief. Da war ein hoher Zaun – sie konnte hindurchsehen, doch er überragte sie noch – und schließlich fanden sie eine Lücke. Paras lief hindurch, die anderen mit ihr. Jetzt tauchte auch Raoul auf, landete auf ihrer Kruppe. »Oh, ein Wettstreit!«, rief er. Und plötzlich erstreckte sich vor ihnen groß und grün die Rennbahn, gemäht, gestutzt, gleichmäßig, federnd, aber ohne Hindernisse. Sie sah anders aus als die, auf der Paras ihren Preis gewonnen hatte und von der sie so unbekümmert weggaloppiert war.

Sie hörte die Rennpferde, ehe sie sie sah. Chaotisch und dunkel donnerten sie aus der Ferne auf sie zu. Ein Galopprennen, sagte sie sich, das ging sie ja nichts an. Und doch zitterte sie noch immer, und schon bald stampfte sie mit den Hufen. Da kamen sie, lang auseinandergezogen, nicht im dichten Pulk. Das Rennen hatte gerade erst begonnen, keiner gab alles, aber alle strengten sich an, mit geblähten Nüstern. Paras prustete, hob den Kopf. Den Schweif. Als sie sich gerade daran erinnerte, dass der Junge auf ihr saß, fragte Frida: »Was ist los mit dir?« Da beruhigte sie sich, aber sie kamen näher, das Geläuf schnurrte zusammen. Nein, sie erkannte keins, nicht wirklich, aber sie erkannte sich in ihnen, nicht nur in den Braunen, auch in den Füchsen, den beiden Schimmeln.

Paras prustete noch einmal, und Frida stellte sich auf die Hinterbeine und zog den Jungen herunter. Er fiel auf einen Erdhaufen, und Paras sprang über das Geländer, das möglichst niedrig war, und als das Feld an ihr vorbei war, schloss sie sich ihm an. Ja, die Jockeys blickten sie an, aber die Pferde sagten einfach: »Willkommen!«, und schon galoppierte sie, hielt, um ihren Rhythmus zu finden, mit einem der Füchse Schritt, langgliedrig, vier weiße Fesseln, guter Takt. Sie ritten Hals an Hals. Ein freundliches Pferd. Der Jockey sagte: »Oh, mein Gott!«, und dann zog Paras vorbei. Sie war noch nie im Pulk gelaufen, sie lief vorn. Schon bald hatte sie sich freigelaufen.

Nur noch zwei Pferde lagen vor ihr, und nur eins vergrößerte seinen Vorsprung. Mit dem anderen lief sie bald Hals an Hals, ein hübscher Schwarzbrauner, ohne Abzeichen. Sie liefen schneller, mit längeren Schritten, er starrte sie an, um sie einzuschüchtern, aber sie war nicht erschöpft, sie trug kein Gewicht. Das andere Pferd, ein Brauner, gewann eine weitere Länge Vorsprung, dann ritten sie zwischen schreienden Menschen, überquerten die Ziellinie, und alle außer

Paras wurden sofort langsamer. Paras lief weiter, bis Kurt wie verrückt quiekte. Sie hatte ihn ganz vergessen. Seine Krallen vergruben sich in ihr, und unter ihrem eigenen Keuchen hörte sie seins. Dann sagte er: »Ich sterbe gleich.«

Paras sagte: »Nein, tust du nicht«, aber sie kehrte um und trabte dorthin zurück, wo alle standen. Das machte sie gern. Und erst als sie stehen blieb, begriff sie, dass die Rufe »Du lieber Himmel! Du lieber Himmel! Das ist sie!« von Delphine kamen. Sie hielt die Zügel des Gewinners, der Jockey sprang ab, dann brach Delphine zusammen und Rania tauchte auf und, was sagte man dazu, kam zu ihr und legte ihr die Arme um den Hals, schmiegte sich an sie und weinte.

Die gigantische menschliche Stimme sagte: »Offenbar ist bei dem Rennen etwas sehr Seltsames passiert! Ariane, kannst du uns Näheres dazu sagen?«

Und dann waren überall Menschen, und ein Mann mit einem Halfter näherte sich, und darum wich Paras zurück, trabte, galoppierte zu Frida, Raoul und dem Jungen, die noch immer an derselben Stelle standen.

Sie hätten fliehen können, sie hätten fliehen sollen, aber niemand und am wenigsten Paras erinnerte sich daran, wo die Lücke in dem hohen Zaun war, und darum saßen sie in der Falle, und darum wurden sie eingefangen, und darum, dachte Paras, war ihr Schicksal besiegelt.

JÉRÔME WICKELTE EINIGE Pflaumen in Zeitungspapier, redete gleichzeitig mit seiner Kundin und behielt die Straße im Blick, wo gerade ein alter Mann vorbeiging, der sich beim Obst gern selbst bediente. Vor ein paar Tagen hatte er einfach eine Handvoll Erdbeeren genommen, Jérôme hatte gesehen, wie er in aller Seelenruhe weiterschlenderte und eine nach der anderen in den Mund steckte. Würde der Mann ihn fragen, er würde ihm etwas geben, in Paris wimmelte es von Obdachlosen und jeder kannte jemanden, bei dem es gerade nicht so gut lief, das konnte schnell gehen. Aber dieser Typ …

Da sah Jérôme in das Gesicht des Jungen, das ihn direkt anblickte. Er drehte die eingewickelten Pflaumen um und entdeckte auch den Kopf des Pferds. Das Foto in der Zeitung zeigte den Jungen und das Pferd Wange an Wange. Jérôme wickelte die Pflaumen aus und in eine Monoprix-Werbung ein, nahm das Geld entgegen, gab das Wechselgeld heraus. Als der Laden einen Moment leer war, las er den Artikel. Und da war auch die Hündin zu sehen. Sie gab Pfötchen, vor ihr stand die Pferdetrainerin, die sie gefunden hatte, oder von der sie sich hatten finden lassen. Das Pferd sei über das Außengeländer mitten auf die Galopprennbahn gesprungen, mit den Pferden mitgelaufen, habe sich dann aber wieder zu dem Jungen und der Hündin geflüchtet, die ganz am Ende von Longchamps warteten, dort, wo außer den Rasenmähern nie jemand hinkomme. Es sei eine Sensation, das Pferd sei nicht nur mitgelaufen, sondern habe fast gewonnen, und es sei nicht irgendein Pferd, vielmehr habe die Trainerin genau dieses Pferd seit seinem Rennsieg im Spätherbst vermisst, es sei aus seiner Box entwischt und spurlos verschwunden. In den Bois de Boulogne? Konnte es dort im Winter überlebt haben? Der Junge schien von dem Erlebnis vollkommen geschockt zu sein. Aber Junge, Pferd und Hund seien wohlgenährt. Ja, dachte Jérôme, wieso auch nicht, er hatte sie ja ernährt und bei ihm gab es nur das Beste. Eine Kundin betrat den Laden, kaufte alles Mögliche, zahlte und ging wieder. Jérôme verließ den Laden und klopfte ans Fenster der Fleischerei. Hélène hob die Hand und kam eine Minute später heraus. Jérôme zeigte ihr den Artikel. Dann mussten beide lachen. Den ganzen Nachmittag schaute Jérôme immer wieder das Foto an. Über die alte Dame nichts, aber das war wohl kaum verwunderlich. Verwunderlich war wohl eher, dass sie überhaupt so lange in seinen Laden gekommen war.

Am späten Nachmittag kam zu guter Letzt noch der Gendarm. Jean hieß er. Jérôme hatte noch nie mit ihm gesprochen, aber sie hatten sich mit einem Griff an die Kopfbedeckung begrüßt, genickt und, wohlwissend, dass sie beide ihrer Aufgabe im Viertel nachgingen, gelächelt. Jérôme winkte den Gendarmen herbei, würdigen Schrittes betrat er den Laden. Habe er die Zeitung gesehen? Jérôme zeigte auf die Fotos von dem Hund, dem Pferd und dem Jungen. Der Gendarm schob seine Mütze zurück und seufzte zufrieden. »Da sind sie also hin«, sagte er. »Wissen Sie, die alte Dame ist gestorben. Im Schlaf. Tja, so einen Tod würde man sich wohl auch wünschen.«

»Das wundert mich nicht«, sagte Jérôme. Und selbst das Pferd wunderte ihn eigentlich nicht, wenn er an die vielen Karotten, Äpfel und Rote Bete dachte, die der Junge in den letzten Monaten weggeschleppt hatte. »Wo haben sie gewohnt?«, fragte er.

»Rue Marinoni, gleich am Champ de Mars.«

Nachdem Jérôme seinen Laden zugemacht hatte, ging er zu dem Haus auf der Rue Marinoni. Das Tor war jetzt verschlossen. Er versuchte, durch den Zaun zu spähen, aber das Gebüsch war zu dicht. Genau das hätte ein Fingerzeig sein können. Die Hände in den Taschen stand er in der Dämmerung und fragte sich, warum er nie auf die Idee gekommen war, dem Jungen, der alten Frau und der Hündin hinterherzugehen, einfach nur aus Neugier. Aber hätte das etwas besser gemacht?

Er stand ruhig da, als Pierre sich näherte. Jérôme wusste gleich, warum. »Haben Sie den Zeitungsartikel gesehen?« Weiter musste er nichts sagen.

Pierre schüttelte den Kopf.

Jérôme zog das zusammengefaltete Blatt aus der Tasche, der Junge, das Pferd, der Hund. Die ganze Zeit hatten sie direkt vor ihren Augen gelebt. Als Pierre bei dem Café ankam, war Anaïs da. Auch sie hatte den Artikel. Die Zeitung hatte auf einem der Tische gelegen, als sie abends zum Backen gekommen war.

Es war wirklich seltsam, die verschiedenen Leute zu treffen, sich über seine Beobachtungen auszutauschen, ein scheinbar wie aus dem Nichts auftauchendes Rätsel zu lösen und völlig unvermutete Fragen zu stellen: Wer war der Junge? (Der Letzte in einer langen Reihe aus Unglücklichen) Wer war der Hund? (Erinnerst du dich an diesen Straßenmusiker? Heruntergekommen, aber ein Musikgenie, hatte eigentlich eine vielversprechende Karriere vor sich.

Jacques Seul nannte er sich, seinen richtigen Namen kannte keiner, das war nur sein Bühnenname. In den 1970ern hat er zwei Platten aufgenommen) Wer war das Pferd? Perestroika, von Moscow Ballett aus Mapleton, von Big Spruce, vier Jahre, zwei Rennen, zwei Siege, braune Stute, weißer Stern, keine weiteren Abzeichen. Was musste man sonst wissen?

# Epilog

Am Abend nach dem Rennen hatte Delphine sehr schnell begriffen, dass niemand eine Ahnung hatte, was jetzt passieren sollte. Paras war noch das geringste Problem: Könnte sie wieder Rennen laufen? Würde sie wieder Rennen laufen? Der Hund brauchte ein Zuhause. Und was den Jungen betraf, auch wenn mancher etwas von seiner Existenz geahnt hatte und die Behörden hart daran arbeiteten, seine Vorgeschichte zu erforschen, hatte keiner einen Plan. Delphine brachte ihn darum die Nacht über in Maisons-Laffitte unter, zusammen mit dem Hund. Die beiden schliefen in einem Zimmer direkt über der Box, in der Paras stand. An der Art, wie der Junge Paras anschaute und streichelte, merkte sie, dass er sehr an dem Pferd hing. Darum zeigte sie ihm dem Weg aus seinem Zimmer nach unten, falls er in ihrer Nähe sein wollte.

Am frühen Morgen fand sie ihn in der Box, an Paras gelehnt, einen Arm auf ihrem Rücken. Der Hund lag neben der Boxentür, den Kopf auf den Pfoten. Und oben über die

Tür hüpfte seitlich ein Rabe, pickte und krächzte, sollte man sagen, mitteilsam? Als Rania am Morgen Kleiebrei brachte, stemmte sich Paras hoch. Der Junge stand gähnend daneben, Delphine nahm ihn bei der Hand, sagte, sie habe Brötchen für ihn, und – und da sah sie genau in der Ecke die Ratte, die schaute, wie Paras aus dem Eimer fraß. Aus der Stallgasse starrte Assassin herüber, aber bellte nicht einmal. Delphine und der Junge lachten.

Delphine war unglaublich glücklich. Sie hatte Madeleine angerufen, die fast vom Stuhl gefallen wäre, sie sei so aufgeregt über die Neuigkeit und würde später vorbeikommen. Vor lauter Freude fiel Delphine Rania um den Hals, der Whiskeys Sieg sage und schreibe tausend Euro eingebracht hatte. Nach dem Füttern führte sie das wunderbare Pferd dann selbst wieder und wieder über den Hof. Seine Beine waren kühl und perfekt, er schien voller Tatendrang. Ab und zu blickte er sich zu Paras um, die Heu fraß. Ja, dachte Delphine, sie ist eine echte Schönheit, bewundere sie ruhig.

Es war ein schöner Morgen und ein schöner Nachmittag, es würde kommen, was kommen musste, dachte Delphine, aber es würde gut sein.

Madeleine beschloss, Paras weiter trainieren zu lassen, zumindest im Moment.

Als Madeleine das Trainingszentrum verließ und zu ihrer Wohnung am Parc Monceau zurückfuhr, holte Delphine Paras aus der Box und führte sie über den Hof. Sie sah den Jungen am Fenster über der Box stehen, dann kam er die Treppe herunter- und aus der Stallgasse gerannt. Paras zog Delphine zu einer Aufstiegshilfe, und der Junge stieg auf.

Delphine zögerte, doch dann reichte sie dem Jungen den Führstrick, und er ritt los. Er saß gut im Gleichgewicht. Er spürte, wo Paras hingehen würde. Man sah, dass es zwischen ihnen eine gute Verbindung gab. Er musste wohl oder übel Pferdeausbilder werden, dachte Delphine und schüttelte den Kopf. Genau dasselbe Gefühl hatte ihre Mutter vermutlich damals bei ihr gehabt.

Die Behördenvertreter kamen am nächsten Tag. Nachdem sie eine Stunde herumgeschnüffelt hatten, erlaubten sie dem Jungen, zumindest zunächst einmal bei dem Pferd zu bleiben. Delphine hatte Platz, es war schon zu spät im Schuljahr, um noch eine Klasse für ihn zu finden, und im Sommer war keine Schule. Als sich Delphine mit Étienne Denotre, wie der Junge hieß, aufmachte, seine Kleidung und andere Habseligkeiten zu holen, sprang Frida ins Auto und fuhr ungefragt mit. Kaum waren sie durch das Tor, raste sie zu den Himbeerbüschen und grub die Handtasche aus. Sie war tiefbraun, feucht, widerlich. Darin steckten zwei Hundert-Euro-Scheine. Delphine gab sie Rania zurück, bei Paras Rennen habe sie damals genau zweihundert Euro gesetzt, sagte Rania. Die Tasche durfte Frida behalten.

Es gab eine kleine, aber feine Beerdigung für die alte Dame. Man begrub sie zwischen ihrem Sohn und ihrem Enkel. Étienne stand bei der Beerdigung zwischen Delphine und Rania, als er weinte, streichelten, hielten und trösteten ihn beide.

Die Bank kümmerte sich um das Haus, um die Möbel, Bücher und auch den Pilz, der im Keller äußerst prächtig gedieh. Sie sah keinen Grund, das Haus zu verkaufen, zumindest nicht, bis sich der Immobilienmarkt wieder erholen würde. Dann könnte Étienne ein hübsches Sümmchen erben. Auf dem Konto der alten Dame lag zudem jede Menge Geld. Die Kunstsammlung würde man schätzen lassen, unter dem Plunder könnten sich ein paar echte Schätzchen finden.

Pierre und Jérôme freuten sich sehr über die Himbeerernte. Den Pferdemist karrte Pierre weg und arbeitete ihn in seinen Komposthaufen ein.

Delphine kaufte Frida ein nicht zu großes, kuscheliges Körbchen und stellte es in die Sattelkammer, mit Blick zur Tür. Die Tür ließ sie immer offen, damit Frida jederzeit rein- und rausgehen konnte.

Raoul baute sich in der Astgabel einer Kastanie, nicht weit von der Trainingsbahn entfernt, ein großartiges Nest.

Und Kurt war ziemlich angetan von Noëlle, einer flinken Hausratte, die ungefähr einen Monat älter war als er und die Assassin nie hatte erwischen können. Ihr erster Wurf waren drei Kleine, zwei Weibchen und ein Männchen.

Anaïs und Pierre fanden, dass sie füreinander geschaffen seien und gingen manchmal, als Delphines Gäste, zu einem Pferderennen.

Paras genoss den Trainingssommer. Schließlich war sie erst vier. Und Springpferde konnten lange reiten. Das amerikanische Pferd Jesse James, das neben ihr in der Box stand, quasselte unentwegt über seinen Stammbaum (sein Akzent war ein bisschen besser geworden). Ein Vorfahre von ihm, »Independence«, habe bis zu seinem zehnten Lebensjahr vierundsiebzig Rennen gelaufen, mit zwei Rennrekorden. Aber natürlich seien diese Zeiten heute vorbei, sagte Jesse James, schnaubte und wandte sich wieder dem Heu zu. Independence – Unabhängigkeit –, ein schöner Name, dachte Paras. Den Namen sollte sie nicht vergessen.

Auch Étienne genoss den Sommer. Die Behörden waren gnädig. Er durfte sich erst noch eine Weile an den Gedanken gewöhnen, zur Schule zu gehen. Aber sie prüften ihn mehrmals, so überrascht waren sie, was er alles wusste und was nicht. Rania sagte, er könne bei ihr wohnen. Um die Ecke gebe es eine Schule, und sie habe ein freies Zimmer. Die Behördenvertreter wollten darüber nachdenken, doch das sagten sie in einem Ton, als hielten sie Ranias Vorschlag im Prinzip für gut und schlussendlich, warum die Dinge unnötig verkomplizieren?

* * *

## Anmerkung zur Schriftart

Die Schriftart in diesem Buch stammt von Pierre-Simon Fournier *le jeune* (1712–1768), der zahlreiche Schriftarten entwarf und sammelte. Die Druckkunst verdankt ihm Schriftarten, Ornamente, Initialen und die Standardisierung der Schriftgröße. Durch ihre Anmutung und Präzision wirken seine Schriftarten sehr klassisch.

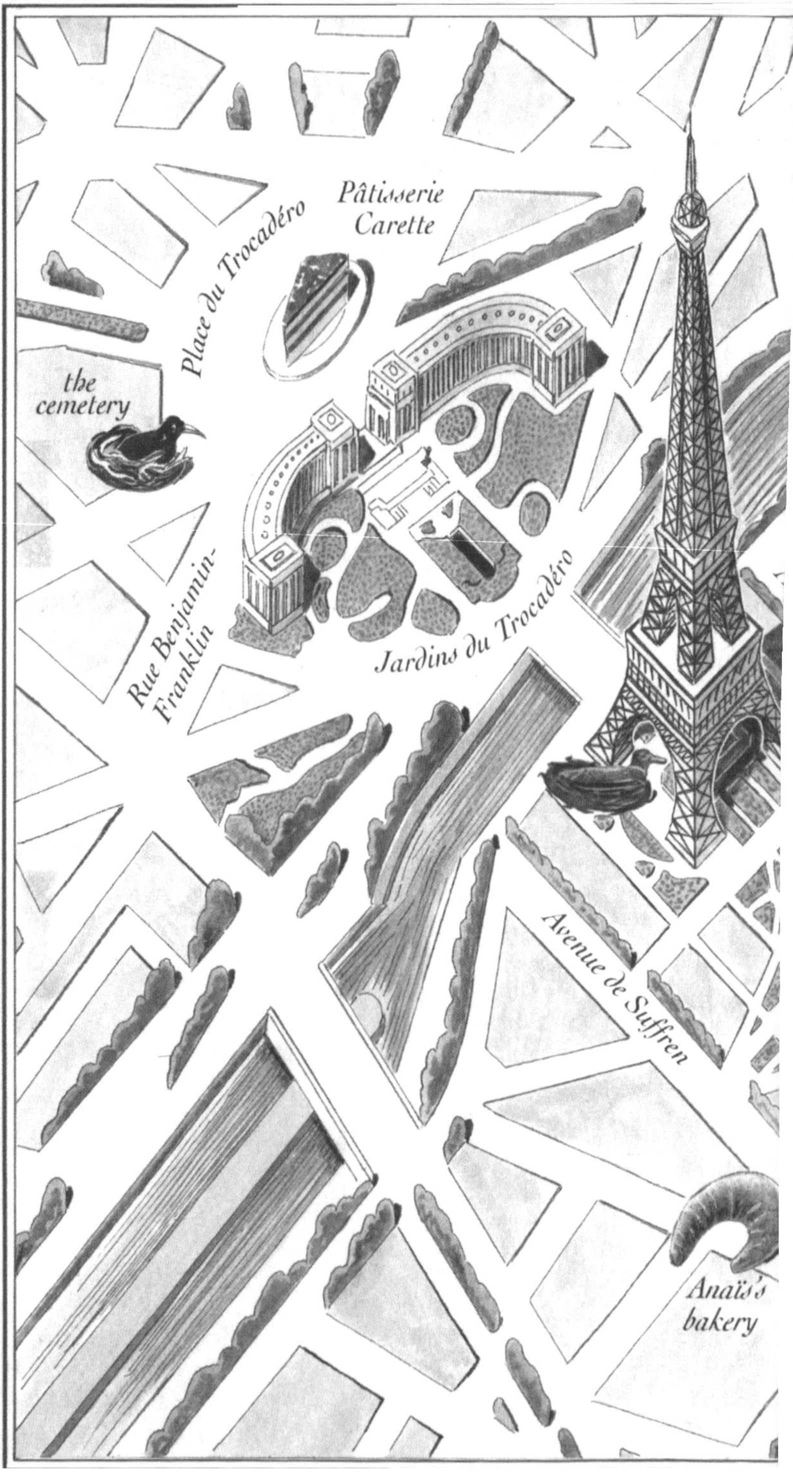
Pâtisserie
Carette
Place du Trocadéro
the
cemetery
Rue Benjamin-
Franklin
Jardins du Trocadéro
Avenue de Suffren
Anaïs's
bakery